तीन वर्ष
[उपन्यास]

तीन वर्ष

भगवतीचरण वर्मा

लोकभारती प्रकाशन

लोकभारती प्रकाशन
पहली मंजिल, दरबारी बिल्डिंग, महात्मा गांधी मार्ग
प्रयागराज-211 001

वेबसाइट : www.lokbhartiprakashan.com
ईमेल : info@lokbhartiprakashan.com

शाखाएँ : 1-बी, नेताजी सुभाष मार्ग, दरियागंज
नई दिल्ली-110 002
अशोक राजपथ, साइंस कॉलेज के सामने
पटना-800 006
1, अनमोल सोराबजी संतुक लेन, धोबी तलाव,
मरीन लाइंस, मुम्बई-400 002

पहला संस्करण : 1936
पहला (लोकभारती) संस्करण : 2019
दूसरा संस्करण : 2024

मुद्रक : बी. के. ऑफसेट
नवीन शाहदरा, दिल्ली-110 032

TEEN VARSH
by Bhagvati Charan Verma

ISBN : 978-81-8031-568-8

मूल्य : ₹ 595

तीन वर्ष

[1]

इकहरे बदन का लम्बा-सा युवक था। उसका मुख सुन्दर था और रंग गोरा था। चौड़े मस्तक पर चिन्ता की गहरी लकीरें पड़ गई थीं। गाल धँस गए थे। आँखें बड़ी-बड़ी किन्तु पथराई हुई-सी थीं, जिनमें कभी-कभी यौवन की आग की क्षीण तथा क्षणिक चमक आ जाती थी। उन आँखों के चारों ओर कालिमा की एक हलकी-सी परिधि खिंची हुई थी। उसके बाल बड़े-बड़े और रूखे थे और बड़ी असावधानी से खिंचे हुए थे।

वह चाइना सिल्क कां सूट पहिने था, जिसके नीचे चेकदार रेशम की कमीज थी। सूट नया था और किसी अच्छी अंग्रेजी दूकान का सिला हुआ मालूम पड़ता था। रेशमी टाई सूट के बाहर उड़ रही थी, सोला हैट बगल में दबा हुआ था। रेशमी मोजे पर पेटेन्ट चमड़े का काला आक्सफर्ड शू था। जेब में एक कीमती फाउन्टेन पेन तथा एक रूमाल था, जिसका रंग टाई के रंग से मिलता-जुलता था। कलाई पर चाँदी की चौपहली घड़ी थी।

प्रयाग-विश्वविद्यालय के साइंस डिपार्टमेन्ट और आर्ट्स डिपार्टमेन्ट को मिलानेवाली सड़क का नाम यूनिवर्सिटी रोड है। उसी यूनिवर्सिटी रोड पर वह युवक चल रहा था। उसका सिर झुका हुआ था, मानो वह किसी गहरे विचार में मग्न हो।

जुलाई का अन्तिम सप्ताह था; यूनिवर्सिटी दो-चार दिन पहले ही खुली थी। उस समय दोपहरी ढल रही थी। विद्यार्थियों की भीड़-की-भीड़ यूनिवर्सिटी से अपने घरों को तथा बोर्डिंग को जा रही थी। निश्चिन्तता का जीवन व्यतीत करनेवाले विद्यार्थी प्रोफेसरों के शासन से मुक्त होकर अपने इच्छित वातावरण में आ गए थे। कुछ कालेज की पढ़ाई की बात कर रहे थे, कुछ नई फिल्म के विषय में पूछ-ताछ कर रहे थे, कुछ फुटबाल मैच की तैयारी कर रहे थे और कुछ रात की म्यूजिक पार्टी का प्रबन्ध कर रहे थे। वे प्रायः जोर से हँस भी देते थे।

पर वह युवक अकेला था, और वह इनमें से किसी भी विषय पर कुछ नहीं सोच रहा था। वह कभी-कभी चौंककर अपने आसपास के विद्यार्थियों को देख अवश्य लेता था; पर उसकी वह दृष्टि निरर्थक तथा शून्य होती थी। दूसरे ही क्षण वह अपने विचारों में मग्न होकर गरदन नीची कर लेता था। कुछ दूर तक चलने के बाद वह रुका और उसने एक ठंडी साँस ली। अपना सिर उठाकर उसने अपने चारों ओर देखा, इसके बाद उसकी दृष्टि एक दूकान पर रुक गई। उस दूकान पर शरबत, चाय, रोटी, कलम, दावात,

बनियाइन इत्यादि सब प्रकार की वस्तुएँ बिकती थीं। बगल में चार-छह मेजें पड़ी थीं, और उनके चारों ओर कुर्सियाँ रक्खी थीं। कुछ विद्यार्थी बैठे हुए शरबत पी रहे थे, बिजली का पंखा चल रहा था। इस बार मानो युवक का विचार-क्रम टूटा, उसने अपने हाथ में बँधी हुई घड़ी देखी। उस समय तीन बज रहे थे। वह दूकान पर चढ़ गया और नौकर से उसने कहा—"एक गिलास गुलाब का शरबत"—इतना कहकर वह खाली कुर्सी पर बैठ गया। थोड़ी देर में नौकर ने शरबत का गिलास उस युवक के सामने पड़ी हुई मेज पर रख दिया।

शरबत का गिलास उस युवक ने अपने मुँह में लगाया, एक घूँट में ही उसने गिलास खाली कर दिया। गिलास सामने रखते हुए उसने कहा—"दूसरा गिलास।"

वहाँ बैठे हुए लोगों की आँखें उस युवक की ओर उठ गईं; पर युवक ने इस पर कुछ बुरा न माना, वह केवल मुस्करा दिया। नौकर दूसरा गिलास बनाने लगा। उस युवक ने बाहर की ओर देखा, एक टक वह अपने सामने से निकलते हुए विद्यार्थियों की भीड़ को देख रहा था। सामने एक मेला-सा लगा हुआ था; पैदल, साइकिलों पर, ताँगों पर और मोटरों पर यूनिवर्सिटी के विद्यार्थी तथा प्रोफेसर जा रहे थे।

युवक ने अपनी आँखें नीची कर लीं। वह फिर विचार-मग्न हो गया। शायद वह अपने सामने से निकलनेवाली भीड़ पर ही कुछ सोच रहा था। नौकर ने शरबत का गिलास उसके सामने रख दिया। उसने उसे नहीं दिखा। नौकर ने कभी किसी विद्यार्थी को विचारों में इतना तल्लीन न देखा था। इसलिए उसका कौतूहल बढ़ा। उस समय तक दूकान पर बैठे हुए अन्य विद्यार्थी चले गए थे। नौकर को कोई काम न था। इसलिए वह वहीं पर खड़ा होकर उस विचित्र मनुष्य पर आश्चर्य करने लगा, काफी देर हो गई, गिलास में पड़े हुए बरफ के टुकड़े गल गए; पर फिर भी उस युवक की तल्लीनता न भंग हुई। नौकर से न रहा गया, उसने कहा—"बाबूजी ! शरबत ठंढा हो रहा है।"

युवक चौंक उठा। उसने अपना मस्तक उठाया—"क्या कहा ? शरबत ठंढा हो रहा है ?"—यह कहकर उसने गिलास उठाया। इसके बाद वह हँस पड़ा—"जनाब शरबत ठंढा नहीं हो रहा है, बल्कि गरम हो रहा है।" अपनी गलती पर लज्जित होकर नौकर ने अपनी आँखें नीची कर लीं। युवक ने गिलास मुँह में लगाया। एक घूँट पीकर उसने गिलास मेज पर रख दिया—"कहो जी खिलावन, अच्छी तरह से तो रहे।"

"हाँ बाबूजी।"—इस बार नौकर ने युवक को पहचानने की कोशिश की। कुछ देर तक सोचने के बाद वह कह उठा—"अरे रमेश बाबू ! बाबूजी बहुत दिन बाद आए। हम तो बाबूजी का पहिचानै न सकेन। बाबूजी बहुत दुबले हुए गए। का बाबूजी बीमार रहे ?"

युवक हँसने लगा—"नहीं, बीमार तो मैं नहीं रहा।"—इतना कहकर उसने गिलास उठाकर दूसरा घूँट पिया।

नौकर ने फिर कहा—"बाबूजी कौन बोर्डिंग मा ठहरे हैं ?"

युवक ने इस प्रश्न को शायद नहीं सुना। वह सामने सड़क पर आनेवाली कार को बड़े गौर से देख रहा था। इसी समय कुछ और विद्यार्थी दूकान पर आ गए थे। उनमें से एक ने आवाज दी—"खिलावन आइसक्रीम।"—नौकर चला गया।

जिस कार की ओर युवक देख रहा था, वह उस समय तक दूकान के सामने आ गई थी। वह छह सिलेंडर की आस्टिन कार थी, और एक युवती उसे चला रही थी। युवती अकेली थी और उसकी अवस्था प्रायः बीस वर्ष की थी। वह गठे बदन की थी और उसका रंग गोरा था। उसके बाल अंग्रेजी ढंग से कटे हुए थे, माथे पर सेन्दुर की लाल बिन्दी थी। वह नीले रंग की छपी हुई रेशमी साड़ी पहने थी और उसका जम्पर भी उसी कपड़े का था, जिसकी साड़ी थी। युवती का मुख भरा हुआ तथा गोल था और उसके होठ छोटे-छोटे तथा लाल थे। भौंहे घनी और काली थीं। मुख पर कीमती पाउडर तथा होठों पर कीमती लिपिस्टिक का प्रयोग किया गया था; क्योंकि दिन में भी सौन्दर्य का एक अच्छा पारखी, जो विदेशी सौन्दर्य-कला से अनभिज्ञ नहीं है, उसके सौन्दर्य की प्रशंसा किए बिना नहीं रह सकता था।

युवती की दृष्टि अचानक दूकान पर बैठे हुए पुरुष पर जा पड़ी। एकाएक उसके मुख से निकल पड़ा—"अरे !" —और पैर स्वयं ही ब्रेक पर जा पड़ा। कार एक झटके के साथ रुक गई।

युवक ने यह देखा। एक क्षण के लिए उसने अपना मुख फेर लिया, और शरबत का तीसरा घूँट पीने का प्रयत्न किया। फिर कुछ सोचकर उसने गिलास मेज पर रख दिया और वह उठ खड़ा हुआ। वह सीधे कार के पास पहुँचा। युवती ने मुस्कराते हुए कहा—"रमेश ! कब आए ?"

युवक के मुख पर भी एक रूखी तथा व्यंग्यात्मक मुस्कराहट दौड़ गई—"प्रभा तुम ! मैं आज सुबह आया।"

[2]

तीन वर्ष पहले की बात है।

इलाहाबाद-यूनिवर्सिटी की गर्मी की छुट्टियों के बाद खुलने का पहला दिवस था। इंगलिश डिपार्टमेन्ट में बी.ए. फर्स्ट इयर के कमरे में कुछ विद्यार्थी बैठे हुए आपस में एक-दूसरे का परिचय प्राप्त कर रहे थे, और कुछ किताबें क्लास में रखकर बाहर टहल रहे थे। अगली सीट पर एक विद्यार्थी अकेला बैठा हुआ एक पुस्तक पढ़ रहा था। वह विद्यार्थी बन्द गले का गबरून का कोट पहने था, जो काफी पुराना था और फटने लगा था। उसकी धोती मोटी थी और घुटने के नीचे का कुछ थोड़ा-सा ही हिस्सा ढँक सकती थी। पैर में एक काला डरबी शू पहने हुए था, जो शायद नया था। सिर पर एक पुरानी

फेल्ट कैप थी, जिसने कभी अच्छे दिन अवश्य देखे होंगे ; पर अब उस पर आध इंच मोटी तैल की तह जमी हुई थी। टोपी का चँदवा उठा हुआ था, और एक लम्बी-सी चुटिया उस टोपी के बाहर पीछे की ओर निकली हुई थी। विद्यार्थी की अवस्था लगभग अठारह वर्ष की थी।

विद्यार्थी का रंग गोरा था, उसका मुख गोल, मसें भीग रही थीं; पर दाढ़ी पर अभी तक उस्तरा न चला था। वह बड़ी तन्मयता के साथ पुस्तक पढ़ रहा था। अपने चारों ओर होनेवाले कोलाहल की उसे कोई चिन्ता न थी। अपने विभिन्न वातावरण के प्रति वह सर्वथा उदासीन था।

घंटा बजा और बाहर टहलनेवाले व्यक्तियों ने क्लास में प्रवेश किया। विद्यार्थी अपनी-अपनी जगह पर बैठने लगे। एक विद्यार्थी ने आकर अगली सीट पर बैठे हुए विद्यार्थी के कंधे पर हाथ लगाया, उसने चौंककर पीछे देखा।

''जनाब आदाब अर्ज ! जिस सीट पर आप डटे हुए हैं, वह मेरी है !''

जिस व्यक्ति ने ये शब्द कहे थे वह दोहरे बदन का एक लम्बा-सा नवयुवक था। दाढ़ी-मूँछ साफ, आँख पर चश्मा और कपड़ों से सेन्ट की महक। धारीदार सिल्क का बहुत सुन्दर सूट पहने था, जेब में रेशमी रूमाल और फाउन्टेन पेन, कलाई पर सोने की रिस्टवाच और उँगलियों में हीरे की अँगूठी। मोजा, रूमाल और टाई एक ही रंग के थे।

नवागन्तुक का यह वाक्य सुनकर उस विद्यार्थी ने उसे देखा और फिर खड़ा हो गया—''आपकी किताबें यहाँ न थीं, इसलिए मैं बैठ गया था, क्षमा कीजिएगा।''—यह कहकर वह पासवाली सीट पर बैठ गया।

नवागन्तुक ने पासवाली सीट पर बैठकर उस विद्यार्थी को गौर से देखा। वह कुछ मुस्कराया, उसकी आँखें चमकने लगीं। उसने कहा—''मेरा नाम कुँवर अजितकुमार सिंह है। आपका नाम ?''

''मेरा नाम रमेशचन्द्र श्रीवास्तव है।''

''और शायद आप बलिया के रहनेवाले हैं।''—अजितकुमार ने अपनी मुस्कराहट दबाते हुए कहा—''देखिए महाशयजी, आपकी चोटी जो आपकी टोपी के अन्दर रहने से विरोध करती है, वही आपकी चोटी, देखिए भूल गया कि क्या कहनेवाला था। हाँ महाशयजी, वही आपकी चोटी बड़ी मजेदार चीज है। और यह आपकी अशोक के समय की टोपी, जिसके चँदवे पर अशोक ने अपना स्तूप बनवा दिया था, महाशयजी, इस टोपी को आप प्रदर्शनी में भिजवाइए, प्रदर्शनी में ! समझे !''—अजितकुमार अब अपनी मुस्कराहट को न दबा सका और वह खिलखिलाकर हँस पड़ा।

रमेश चुप था। जब से वह प्रयाग आया था, लोग उससे इसी प्रकार की बातचीत करते थे। उसने इस बात का जरा भी बुरा न माना। दबी जबान से उसने केवल इतना ही कहा—''मैं बलिया का रहनेवाला नहीं हूँ, मैं झाँसी से आ रहा हूँ।''

''आप झाँसी से आ रहे हैं !''—अजितकुमार ने मुख पर आश्चर्य की मुद्रा लाते हुए कहा—''यह झाँसी कौन-सी जगह है ? माफ कीजिएगा, गलती हो गई। साहब यह

झाँसी अच्छी जगह होगी, लेकिन आपके झाँसी के जू की बाबत मैंने पहले कभी नहीं सुना था, इसलिए यह गलती हो गई। अब आप मेरी गलती का कारण समझ ही गए होंगे। लेकिन महाशयजी, आपके साथियों को, आपका तुड़ा कर यहाँ पर चला आना, बुरा तो लगा ही होगा। देखिए, उन लोगों को भुला देना कोई अच्छी बात नहीं है। कहीं इस तरह से भाई-चारा तोड़ा जाता है...'' इतने ही में प्रोफेसर ने कमरे में प्रवेश किया और अजितकुमार की बात अधूरी रह गई।

प्रोफेसर के प्रवेश करते ही क्लास-रूम में निस्तब्धता छा गई। कुर्सी पर बैठकर प्रोफेसर साहब ने क्लास का आदि से अन्त तक निरीक्षण किया। प्रोफेसर साहब की मेज एक डायस पर रक्खी थी। उनके सामने चार-चार की दो कतारों में लड़कों की डेस्कें तथा कुर्सियाँ पड़ी थीं। इन दो कतारों के बीच में रास्ता था। प्रोफेसर साहब के बगल में, बाईं ओर कुछ डेस्कें तथा कुछ कुर्सियाँ पड़ी थीं, जिन पर क्लास की लेडी स्टूडेन्ट्स बैठती थीं।

रजिस्टर खोलकर प्रोफेसर साहब ने लड़कों के नाम लिखना आरम्भ किया। नाम लिखने के साथ-साथ वे उनकी योग्यता भी पूछते जाते थे।

''रमेशचन्द्र श्रीवास्तव ! किस कालेज से आए ?''

''इंटरमीडिएट कालेज, झाँसी से।''

''किस डिवीजन में इंटरमीडिएट पास किया ?''

''फर्स्ट डिवीजन में।''

''तुम्हारी कौन सी पोजीशन थी ?''

''फर्स्ट।''

नाम लिखकर प्रोफेसर साहब ने अजितकुमार सिंह से पूछा—

''तुम्हारा नाम ?''

''कुँवर अजितकुमार सिंह''

''किस कालेज से आए ?''

''प्रेसीडेंसी कालेज कलकत्ता से।''

''तुम्हारी क्वालीफिकेशन ?''

''वहाँ बी.ए. में दो वर्ष फेल हुआ।''

''क्या वहीं पढ़े ? एफ.ए. किस डिवीजन में पास किया ?''

''मैंने एफ.ए. नहीं पास किया। आक्सफोर्ड में चार साल तक अंडर ग्रेजुएट अवश्य रहा हूँ। इसके बाद मेरा नाम काट दिया गया। मैं सीनियर कैम्ब्रिज पास हूँ।''

क्लास के लड़कों की आँखें अजितकुमार पर लगी थीं। प्रोफेसर साहब मुस्कराए— ''अच्छा तो यों कहिए कि आप तफरीहन पढ़ रहे हैं।'' अजितकुमार ने भी मुस्कराते हुए उत्तर दिया—''बहरहाल जिन्दगी में कुछ करना जरूर चाहिए।''

लड़के हँस पड़े, प्रोफेसर ने दूसरे लड़कों के नाम लिखना आरम्भ कर दिया।

नाम इत्यादि लिखकर प्रोफेसर साहब उठ खड़े हुए—"मुझे दस मिनट के लिए काम से जाना है, आप लोग शान्तिपूर्वक बैठिएगा।"—इतना कहकर वे बाहर चले गए।

प्रोफेसर के बाहर जाते ही अजितकुमार रमेश की ओर घूमा—"अच्छा आप ही इस बार इंटरमीडिएट में फर्स्ट आए हैं ?"

"जी हाँ !"—रमेश ने बड़ी सरलतापूर्वक उत्तर दिया।

"आप साहब, खूब आदमी हैं। देखिए, एक आप कि तेजी के साथ बराबर दर्जों को लाँघते हुए चले जाते हैं, जैसे नकेल तुड़ाकर ऊँट भागता हो, और एक मैं कि अड़ियल टट्टू की तरह जहाँ रुक गया, तो फिर बढ़ने का नाम तक नहीं लेता।"—अजितकुमार ने थोड़ी देर तक कुछ सोचा—"मिस्टर रमेश ! देखिए, एक बात मैं आपसे कहनेवाला हूँ। आप खूब पढ़नेवाले हैं, यह तो मानिएगा ही।"

किंचित शरमाते हुए रमेश ने कहा—"हाँ, मैं पढ़ता तो हूँ।"

"और मैं पक्का आवारा। अब सवाल यह है कि अगर आपकी और मेरी दोस्ती हो जाए, तो कैसी रहे ?"

रमेश चुप रहा। वह अजितकुमार की ओर बड़े आश्चर्य से देख रहा था।

अजितकुमार ने रमेश का हाथ पकड़ लिया—"तो फिर पक्की रही आपकी और मेरी दोस्ती।"—इस बार वह अन्य विद्यार्थियों की ओर घूमा। बैठे हुए ही उसने कहा—"कामरेड्स ! मैंने इस समय यह तै किया है कि मिस्टर रमेशचन्द्र श्रीवास्तव और मिस्टर अजितकुमारसिंह में दोस्ती हो जाए। जोड़ा अच्छा है—काफी दिलचस्प रहेगा। रमेशचन्द्र साहब बिलकुल बलिया, यानी किताबी कीड़े और अजितकुमार साहब अच्छे खासे अपटूडेट यानी पक्के आवारा ! मैं समझता हूँ कि यह दोस्ती आदर्श रहेगी। जो मुझसे सहमत न हो, वह हाथ उठावे।"

विद्यार्थी हँस पड़े, तालियाँ पिट गईं।

तालियों की आवाज प्रोफेसर के कानों तक पहुँची, वे घबड़ाए हुए कमरे में घुस आए। सारा कोलाहल एकदम शान्त हो गया।

"ये तालियाँ क्यों बजीं ?"

किसी ने कोई उत्तर न दिया।

प्रोफेसर साहब ने गम्भीर होकर कहा—"मैं नहीं पसन्द करता कि आप लोग भविष्य में इस प्रकार की बातें करें। आप लोग सब-के-सब शिक्षित तथा सभ्य व्यक्ति हैं। आप लोगों को अपना उत्तरदायित्व और कर्तव्य भली-भाँति समझना चाहिए।"

"चियरियो ! वेल सेड !"—दबी जबान से अजितकुमार ने कहा।

प्रोफेसर ने ये शब्द सुन लिए—"यह कौन बोला ?"—इस बार प्रोफेसर की आँखें अजितकुमार पर रुक गईं।

अजितकुमार ने उठकर सिर झुकाते हुए कहा—"मैं आपकी बात की ताईद कर रहा था।"

क्लास के सब लड़के हँस पड़े और प्रोफेसर भी हँस पड़े।

[3]

रमेशचन्द्र के माता-पिता न थे। उसके जन्म के तीन वर्ष बाद ही उसकी माता का देहान्त हो गया था, और पिता के सिर पर पुत्र का भार आ पड़ा था। उसके पिता का नाम रामप्रसाद था। वे झाँसी हाईस्कूल में मास्टर थे। रामप्रसाद के पिता एक अच्छे खासे जमींदार थे, और उनका कुल भरा-पूरा था। उन्होंने रामप्रसाद को इस आशा से अंग्रेजी पढ़ाई थी कि वे आगे चलकर किसी अच्छी सरकारी नौकरी पर नियुक्त हो जाएँ।

रामप्रसाद की बुद्धि प्रखर थी। वे बी.ए. में अच्छी पोजीशन में पास हुए। उनके पिता ने उन्हें डिप्टी कलेक्टरी के नामीनेशन में भेजना चाहा; पर रामप्रसाद ने इनकार कर दिया। रामप्रसाद में अधिक महत्त्वाकांक्षाएँ न थीं, एक प्रकार से वे अकर्मण्य थे; पर उनका अध्ययन बहुत गहन था। उनकी बुद्धि विलक्षण थी और उनका स्वभाव भी विचित्र था। वे धर्म-कर्म पर विश्वास न करते थे, हक्सले और मिल से वे प्रभावित थे। यहाँ तक कि वे अर्ध-नास्तिक थे। वे सामाजिक प्रथाओं का विरोध करते थे; विरोध ही नहीं, अपने विश्वास को वे कार्य-रूप में परिणत करते थे। फलस्वरूप उनके पिता को उन्हें घर से अलग कर देना पड़ा। रामप्रसाद को अपनी जायदाद का हिस्सा मिल सकता था, पड़ोसियों ने उन्हें समझाया-बुझाया भी; पर उस जायदाद पर उन्होंने लात मार दी और घर से चले आए। हाँ, उनकी पत्नी ने उनका साथ अवश्य दिया।

रामप्रसाद की योग्यतावाले व्यक्ति को नौकरी मिलना कुछ कठिन न था। झाँसी के हाईस्कूल में उन्हें नौकरी मिल गई। रामप्रसाद का हाथ खुला हुआ था। जिसे जरूरत पड़ती थी, वह रामप्रसाद से कर्ज ले जाता था। उस कर्ज को लौटाने की जरूरत लोग प्रायः अनुभव न करते थे। रामप्रसाद में कोई दुर्गुण न थे, इसलिए उन्हें भी रुपया न मिलने पर कोई विशेष कष्ट न होता था।

झाँसी में रामप्रसाद ने एक छोटा-सा मकान ले लिया था। पत्नी के देहान्त के बाद रामप्रसाद के ऊपर ही पुत्र का भार आ पड़ा। रामप्रसाद ने रमेश को शिक्षा देनी आरम्भ की। रमेश पढ़ने लगा। उसने अपने पिता का मस्तिष्क पाया था, क्लास में वह प्रथम रहता था।

रमेश जब आठवें दर्जे में था, तब रामप्रसाद की भी मृत्यु हो गई। रमेश अकेला रह गया। स्कूल के हेडमास्टर पर अब अनाथ रमेश का भार आ पड़ा। उन्होंने रमेश को मकान से हटाकर बोर्डिंग में रख दिया। मकान किराए पर उठा दिया गया। रमेश की फीस माफ कर दी गई। आठवें दर्जे में रमेश को वजीफा मिला। साथ ही कुछ किराए का रुपया मिल जाता था। इन्ट्रेन्स में वह फर्स्ट आया। वजीफा बढ़ गया। इंटरमीडिएट में वह फिर फर्स्ट आया। अब वहाँ के प्रिंसिपल ने उसे प्रयाग विश्वविद्यालय में पढ़ने की सलाह दी; पर वजीफे से तो काम चलता न था, प्रिंसिपल ने रमेश को कुछ परिचयात्मक पत्र दिए, जिसमें उन्होंने यूनिवर्सिटी के प्रोफसरों को रमेश के लिए ट्यूशन

आदि का प्रबन्ध कर देने को लिखा था। साथ ही ट्यूशन न मिलने तक उन्होंने रमेश को अपने पास से खर्च देने का वचन दिया।

रमेश प्रयाग आया। हिन्दू बोर्डिंग हाउस में उसने कमरा लिया। इसके बाद वह प्रोफेसर से मिला। प्रोफेसरों ने रमेश को ट्यूशन दिलाने का वादा कर दिया।

इंग्लिश के क्लास के खतम होने पर अजितकुमार ने उठते हुए कहा–

''कहो भाई, कौन-कौन सब्जेक्ट्स ऑफर कर रहे हो ?''

''हिस्ट्री और इकनॉमिक्स।''

''हिस्ट्री किस पीरियड में है ?''

''दूसरे पीरियड में।''

कुछ सोचते हुए अजितकुमार ने कहा–''भाई, हिस्ट्री चीज तो बुरी नहीं, क्योंकि उसमे कुछ समझने-वमझने की जरूरत पड़ती ही नहीं; लेकिन याद जरा देर में होती है। अच्छा तीसरे पीरियड में कौन-सा सब्जेक्ट है ?''

''इकनॉमिक्स।''

''अच्छा यह तो हुआ; अब मान लो मैंने हिस्ट्री और इकनॉमिक्स ऑफर की, तो फिर क्या मुझे तीसरे पहर के बाद छुट्टी मिल जाएगी ?''

''मैं तो ऐसा ही समझता हूँ।''

''तो फिर मैंने भी हिस्ट्री और इकनॉमिक्स ऑफर की।''–इतना कहकर अजितकुमार हँस पड़ा–''जनाब यहाँ तो पढ़ना है, जो मिला उसे पढ़ा।''

तीसरे पीरियड के बाद क्लास से निकलते हुए अजितकुमार ने रमेश से कहा–''कहो यार, किस बोर्डिंग में डेरा डाला है ?''

''हिन्दू बोर्डिंग में।''

''तो चलो फिर तुम्हारा बोर्डिंग और कमरा देख आवें।''–इतना कहकर अजित ने रमेश का हाथ पकड़कर अपनी कार पर बैठा लिया।

''आप किस बोर्डिंग में हैं ?''–रमेश ने पूछा।

कार स्टार्ट करते हुए अजितकुमार ने कहा–''मैं बोर्डिंग में नहीं ठहरा, मैं जार्जटाउन में रह रहा हूँ।''–कार चल दी।

रमेशचन्द्र के कमरे का नम्बर 145 था। कमरा दुमंजिले पर था। हिन्दू बोर्डिंग के कमरे विचित्र ढंग के बने हुए हैं। कमरों की दोहरी कतार है। प्रत्येक कमरे के पीछे एक खिड़की है, जो दूसरे कमरे की भी पीछे की खिड़की होती है। आगे एक दरवाजा और खिड़की होती है, जिसके सामने बरामदा होता है। रमेश के कमरे का दरवाजा बाईं ओर था, दाहिनी ओर खिड़की थी। पीछेवाली खिड़की से मिली और कमरे की लम्बाई के हिसाब से बीचोंबीच एक चारपाई बिछी हुई थी। चारपाई के नीचे एक टूटा हुआ ट्रंक रक्खा था। बाईं ओर की खिड़की के सामने पीछे की दीवार से मिली हुई एक मेज पड़ी थी, जिस पर काले रंग का एक आइलक्लाथ टेबिलक्लाथ की जगह पड़ा था। एक ओर कुछ किताबें चुनी हुई रक्खी थीं और दूसरी ओर कापियाँ थीं। बीच में एक दावात थी

और दावात के बगल में दो पेंसिल तथा दो कलमें रक्खी थीं। मेज के एक कोने में एक टाइमपीस रक्खी थी, जो चौबीस घंटे में तेईस घंटे बजाती थी। मेज के सामने एक कुर्सी पड़ी थी। ट्रंक के पास चारपाई के नीचे एक खड़ाऊँनुमा चप्पल अथवा चप्पलनुमा खड़ाऊँ पड़ी थी, जिसका तल्ला तो लकड़ी का था लेकिन जिस पर किरमिच के बन्द लगे थे। बाईं ओरवाली दीवार पर खूँटियाँ थीं, जिन पर एक मोटी धोती चुनी हुई टँगी थी और एक कुर्ता लटक रहा था। कोने में एक सुराही रक्खी थी, जिस पर अलमोनियम का एक पुराना गिलास ढँका था। आगेवाली खिड़की पर एक कटोरी रक्खी थी, जिसमें महराज घी ले जाया करता था।

अजितकुमार कमरे को अच्छी तरह से देखकर मुस्कराया—"भाई तुम्हारा कमरा तो बिलकुल एक दरबे का-सा है। इसमें तुम रहते किस तरह से हो ?"

रमेश ने भी मुस्कराते हुए उत्तर दिया—"कमरा तो बहुत अच्छा है। इतने अच्छे कमरे मेरे यहाँ बोर्डिंग में नहीं थे।"

अजितकुमार ने आलमारी खोली। आलमारी में चार खाने थे। तीन खानों में किताबें थीं, जो पुरानी थीं, और इंगलिश, हिस्ट्री तथा इकनॉमिक्स पर थीं। चौथा खाना खाली था। उसने दूसरी आलमारी खोली। ऊपरवाला खाना खाली था। नीचेवाले खाने में एक स्टोव था, स्प्रिट की एक बोतल, एक कटोरदान, एक अलमोनियम की कढ़ाई, एक फूल का गिलास, एक लोटा और एक हँडिया थी, जिसमें घी रक्खा था। बरतन तरतीब से सजे हुए रक्खे थे।

ऊपर से दूसरे खाने पर रामचन्द्र की एक तस्वीर रक्खी थी, जो मढ़ी हुई थी और जिस पर चन्दन अच्छी तरह से पुता हुआ था। तस्वीर के सामने एक रामचरित-मानस का गुटका था और संकटमोचन तथा हनुमान-चालीसा की दो किताबें एक में सिली हुई रक्खी थीं। इन किताबों पर भी चन्दन की तह जमी हुई थी। तीसरे खाने में एक छोटी-सी गोल सिल तथा एक चन्दन का छोटा-सा मुट्ठा, एक पीतल की आचमनी और एक पीतल की छोटी-सी कटोरी थी।

अजितकुमार कुछ देर तक इस आलमारी के सामने खड़ा रहा, फिर उसने बड़ी भक्ति भाव से आलमारी के सामने मस्तक नवाया और एक ठहाके के साथ हँस पड़ा। आलमारी बन्द करके वह कुर्सी पर बैठ गया—"यार तुम खूब मिले। मैं तो प्रयाग में घबड़ा रहा था, अब जाकर कहीं एक अच्छा खासा साथी नसीब हुआ। चलो, मेरे यहाँ चलते हो ?"

रमेशचन्द्र भी हँस पड़ा। इतनी देर बाद उसे भी अपने सामने बैठे हुए व्यक्ति की ओर कुछ आकर्षण हो गया। दोनों कार पर सवार होकर अजितकुमार सिंह के बँगले पर पहुँचे। कार बरसाती के नीचे रोक दी गई। कार की आवाज सुनकर एक चपरासी वहाँ पर मौजूद हो गया था, उसने लपककर ड्राइंग-रूम का दरवाजा खोला। रमेश के साथ अजितकुमार ने कमरे में प्रवेश किया।

जिस कमरे में इन दोनों ने प्रवेश किया, वह चौकोर था और काफी बड़ा था। द्वार

पर एक तार का पायदान पड़ा था। कमरे में एक दरी बिछी थी, जो कमरे की नाप की थी। उसके ऊपर एक व्याघ्र-चर्म बिछा था। व्याघ्र का मुख दरवाजे के सामने था। कमरे के चारों कोनों पर लकड़ी की ऊँची-ऊँची तिपाइयाँ पड़ी थीं, जो उन कोनों को ढँके हुए थीं। एक पर लखनऊ के बने हुए मिट्टी के फल और खिलौने रक्खे थे। दूसरी पर बनारस के लकड़ी पर काम के खिलौने थे। तीसरे पर जयपुर के हाथी दाँत के खिलौने सजे हुए रक्खे थे और चौथी पर एक ग्रामोफोन था। सामने, अर्थात् पीछेवाली दीवाल में दो दरवाजे थे, जो डाइनिंग रूम में खुलते थे। और जो इस समय बन्द थे। इन दरवाजों पर छपे हुए जापानी कर्टेन्स पड़े हुए थे। इन दो दरवाजों के बीचोंबीच एक अँगीठी थी, जिसकी ऊपरवाली कार्निस पर आगरे के संगमरमर की, तरह-तरह की चीजें सजी हुई थीं। दरवाजे के ऊपर हिरन के सिर टँगे थे। दाहिनी ओर एक दरवाजा था, जो कुँवर अजितसिंह के बेड-रूम में खुलता था। इस दरवाजे पर एक रेशमी कर्टेन पड़ा था, जो फ्रांस का था। यह दरवाजा दीवार के बीचोंबीच था। इस दरवाजे के ऊपर मगर का सिर लगा था। दरवाजे के इधर-उधर दो बड़े-बड़े तैल-चित्र टँगे हुए थे। एक में स्विटजरलैंड के आल्पस पहाड़ों का चित्र था और दूसरे में काश्मीर के हिमालय का। इनके अलावा और भी कई फोटोग्राफ टँगे हुए थे। बाईं ओरवाली दीवार के बीचोबीच भी एक दरवाजा था, जो दूसरे बेड-रूम में खुलता था। इस दरवाजे पर भी रेशमी कर्टेन पड़ा था। इस दीवार पर दो बड़े-बड़े साधारण रंगीन चित्र थे, जो अजन्ता के चित्रों के ढंग पर थे।

कमरे के बीच में अँगीठी से कुछ हटकर एक सोफा पड़ा था और दूसरा सोफा उसके सामने था। चार गद्‌देदार कुर्सियाँ सोफे के इधर-उधर थीं। बीच में एक मेज रक्खी हुई थी, जिसके ऊपर संगमरमर का पत्थर लगा था। मेज पर चाँदी का एक सिगरेट का डब्बा था, उसी के पास चाँदी के केस से मढ़ी हुई एक दियासलाई भी पड़ी थी। पास ही चीनी का एक ऐश-ट्रे रक्खा था। मेज के नीचे एक कालीन बिछा था। अजितकुमार ने बिजली का पंखा खोल दिया। रमेश को बैठने का इशारा करते हुए वह एक कुर्सी पर बैठ गया। बैठकर उसने सिगरेट के डब्बे से एक सिगरेट निकालकर मुँह में लगाई और दूसरी रमेश की ओर बढ़ाते हुए उसने कहा—"तुम सिगरेट पीते हो ?"

रमेश आश्चर्यचकित नेत्रों से कमरे को देख रहा था। ऐसा सजा हुआ कमरा उसने जीवन में प्रथम बार देखा था। अजितकुमार के कहने पर वह चौंक-सा उठा—"हाँ...नहीं, मैं सिगरेट नहीं पीता।" इतना कहकर वह उठ खड़ा हुआ और घूम-फिर कर कमरे की सब चीजों को देखने लगा। अजितकुमार ने सिगरेट जलाई, इसके बाद वह आराम से बैठकर रमेश की ओर देखने लगा। वह कभी-कभी मुस्कराता भी जाता था।

रमेश उसी उत्सुकता के साथ अजितकुमार के ड्राइंग-रूम को देख रहा था, जिस उत्सुकता के साथ अजितकुमार ने रमेश के कमरे को देखा था। भेद केवल इतना था कि रमेश में आश्चर्य-मिश्रित कौतूहल था और अजितकुमार में ग्लानि-मिश्रित कौतूहल। अजितकुमार ने कहा—"कहो जी रमेश, कमरा पसन्द आया ?"

रमेश मुस्करा दिया—"मिस्टर अजितकुमार ! मैं आपसे पूछ सकता हूँ कि आपके पिता क्या करते हैं ?"

अजितकुमार ने हँसते हुए उत्तर दिया—"मेरे पिता इस समय स्वर्ग-लोक में अप्सराओं के साथ विहार कर रहे होंगे।"

इस उत्तर से रमेश सहम-सा गया। अजितकुमार वास्तव में विचित्र मनुष्य था; विचित्र ही नहीं, किसी अंश में अधार्मिक। उसे अजितकुमार की अपने पिता के प्रति अश्रद्धापूर्वक बात बुरी लगी, फिर भी उसने कहा, "फिर आपको कौन सपोर्ट कर रहा है ?"

"कोई नहीं, मैं खुद अपने को सपोर्ट कर रहा हूँ।"

"तो आपके जमींदारी होगी।"

"नहीं।"

"तो फिर आप किस प्रकार अपने को सपोर्ट करते हैं ?"

"अजितकुमार इस बार जोर से हँस पड़ा—"भाई, तीन वर्ष यदि मैं अधिक बड़ा होता, तो अपने को ही नहीं, वरन् सैकड़ों, बल्कि हजारों को मैं सपोर्ट कर सकता।"

अजितकुमार जो कुछ कह रहा था, वह रमेश के लिए एक पहेली थी—"मैं नहीं समझा।"

"तो फिर म्याँ तुम इंटरमीडिएट में फर्स्ट कैसे आ गए ? इतनी साधारण-सी बात भी तुम नहीं समझ पा रहे हो ? सुनो, मेरे पिता...राज्य के राजा थे। उनकी मृत्यु के बाद मेरे बड़े भाई, जो मुझसे दो वर्ष बड़े हैं, राजा हुए। मुझे केवल गुजारा मिलता है।"

"कितना गुजारा मिलता है ?"

"अभी तो एक हजार रुपये महीना। विवाह होने पर दो हजार रुपये महीना हो जाएगा।"

रमेश लौटकर कुर्सी पर बैठ गया—"आप यहाँ पर कितना रुपया महीना खर्च करते हैं ?"

"जितना रुपया मिलता है, वह खर्च हो जाता है। इसके बाद भाई साहब को लिखना पड़ता है। भाई साहब सीधे आदमी हैं, दो-चार सौ रुपये और भेज देते हैं। साथ ही जब घर से चलता हूँ, तो माँ साहब और रानी साहब से अच्छी खासी रकम वसूल कर लिया करता हूँ।"

कुछ देर तक चुप रहने के बाद अजितकुमार ने फिर कहा—"लेकिन शायद यहाँ पर भाई साहब को तकलीफ न देनी पड़ेगी। इंग्लैंड में और कलकत्ते में खर्च बहुत होता था।"

अजितकुमार ने आवाज दी—"कोई है ?"

एक नौकर हाजिर हो गया।

"खानसामा से बोलो कि दो आदमियों के लिए चाय लावे।"

रमेश ने मुँह बा दिया—"क्या आप मुसलमान के हाथ का खाना खा लेते हैं ?"

अजितकुमार हँसने लगा—"मुसलमान के हाथ का खा लेने में क्या कोई हर्ज है ? लेकिन इतना मैं बतला दूँ कि मेरे यहाँ कोई मुसलमान नहीं है। मैं अपने कुक को खानसामा कहता हूँ, वह गोआनीज है।"

"गोआनीज कौन लोग होते हैं ?"

"इतना भी नहीं जानते ? जानते हो गोआ कहाँ है ?"

"हाँ गोआ तो पोर्चीग्यूच टेरीटरी है।"

"बस वहीं का रहनेवाला गोआनीज कहलाता है। गोआनीज हिन्दुस्तानी ही है।"

नौकर ने डाइनिंग-रूम से निकलते हुए कहा—"महाराज, चा तैयार है।"

"यहीं भेज दो।"

नौकर एक छोटी-सी मेज उठा लाया। उस पर उसने एक ट्रे रख दी। ट्रे में चाँदी का टी-पाट, शुगर-बेसिन और मिल्क-जग रक्खे थे, जिन पर नक्काशी थी और खुदा था A.K.S. चीनी के दो प्याले और चीनी की चार तश्तरियाँ भी थीं। इन तश्तरियों में एक में केक के कुछ टुकड़े थे, दो पर एक-एक आमलेट था, और एक पर कटे हुए सेब तथा छिले हुए केले थे।

अजितकुमार ने चाय स्वयं अपने हाथों तैयार की। एक प्याला उसने रमेश को दिया। रमेश ने चाय पीते हुए केक की तश्तरी की तरफ इशारा करके पूछा—"यह क्या?"

"मिठाई। हिन्दुस्तानी नहीं, बल्कि अंग्रेजी मिठाई। लेकिन मुझे बड़ी अच्छी लगती है।"

रमेश ने फिर पूछा—"यह किसने बनाई ?"

"मेरे कुक ने।"

रमेश ने केक खाना आरम्भ किया—"अच्छी बनी है, इसे क्या कहते हैं ?"

"इसे केक कहते हैं।"

"यही केक है !"—रमेश के मानो बिच्छू ने डंक मार दिया हो—"केक में तो अंडे भी पड़ते हैं ?"

"हाँ, इसमें हर्ज क्या है ?"

रमेश उठ खड़ा हुआ—"आपने मुझे पहले ही क्यों नहीं बतलाया ? आपने मुझे अंडा खिलाकर मेरा धर्म ले लिया। आप तो विलायत में भ्रष्ट हो चुके हैं, लेकिन मुझे आपको बतला देना चाहिए था।"

"अंडा खाने से कहीं धर्म भी जाता है ?"—अजितकुमार ने आश्चर्य से पूछा; पर एक क्षण में ही आश्चर्य दूर हो गया, आँखों में शरारत की चमक आ गई—"तो फिर गाय का मूत और गोबर पी लेना, अच्छा।"

इस बार उसने आमलेट की ओर संकेत किया—"केक छोड़ दो। यह काश्मीर की नई तरकारी तो खाओ।"

रमेश ने चाय का प्याला रख दिया—"नहीं, आपके यहाँ कुछ न खाऊँगा।"

अजितकुमार ने खड़े होकर रमेश की ठोढ़ पर हाथ लगाते हुए कहा—"भाई गलती

हो गई, माफी माँगता हूँ। अब तो खाओ, देखो इतना नाराज न हो।''

रमेश बैठ गया, उसने आमलेट खाना आरम्भ किया—''यह बड़ी अच्छी तरकारी है, इसका नाम क्या है।''

अजितकुमार के मुख में आमलेट का एक बहुत बड़ा टुकड़ा था, उसने कोई उत्तर न दिया। आमलेट के खतम होते ही केक के बचे-खुचे टुकड़े भी उसने अपने मुँह में भर लिए, रमेश को इस बार भी कोई उत्तर न मिला। रमेश ने आमलेट खतम कर दिया; अजितकुमार ने फलों की तरफ इशारा करते हुए कहा—''अब इन्हें भी।''

केले का टुकड़ा अपने मुँह में रखते हुए रमेश ने फिर पूछा—''आपने बतलाया नहीं कि यह कौन-सी तरकारी है ?''

''यह तो मुझे भी नहीं मालूम। देखो नौकर से पूछता हूँ।'' नौकर से अजितकुमार ने कहा—''देखो, खानसामा को यहाँ भेज दो।''

थोड़ी देर में खानसामा आ गया। वह मँझोले कद और गठे बदन का अधेड़ आदमी था। पैंट पर स्पोर्ट कॉलर की शर्ट थी, नंगे सिर और नंगे पैर, रंग काला और दाढ़ी मूँछ साफ।

''देखो मिस्टर डिसोजा, अभी जो तरकारी तुमने प्लेट्स में भेजी थी, मेरे दोस्त पूछ रहे हैं कि उसका नाम क्या है ?''

''महाराज आमलेट को तो नहीं कह रहे हैं ?''

रमेश इस बार उठ खड़ा हुआ—''क्या वह आमलेट था ?''

''श्रीमान् !''—डिसोजा ने बहुत गम्भीरतापूर्वक उत्तर दिया।

''और तुम्हारा नाम डिसोजा है ? क्या तुम क्रिश्चियन हो ?''

''नहीं श्रीमान् मैं ऐंग्लो-इंडियन हूँ।''

अजितकुमार रमेश की मुख-मुद्रा देख रहा था। उसने डिसोजा को संकेत किया, और वह अपनी मुस्कराहट दबाता हुआ चला गया।

रमेश ने दरवाजे की तरफ बढ़ते हुए कहा—''आपने मेरा धर्म ले लिया। आप बड़े नीच मनुष्य हैं, मुझे यह न मालूम था। आपके हाथ का तो पानी पीना भी पाप है।''

अजितकुमार ने उठकर रमेश का हाथ पकड़ लिया—''अजी जनाब, आप जाते कहाँ हैं ? आप तो अजीब आदमी हैं, जो जरा-जरा सी बातों पर नाराज हो जाते हैं।''

अजीत ने इतना कसकर रमेश का हाथ पकड़ रक्खा था कि रमेश का हाथ दर्द करने लगा था—''अच्छा तो आप मेरा हाथ छोड़ दीजिए !''

''इस शर्त पर कि तुम मेरे यहाँ से अभी न जाओगे।''

''मैं यह शर्त मानने को तैयार नहीं हूँ।''

''तो जनाब, मैं हाथ छोड़ने को भी तैयार नहीं हूँ।''—इतना कहकर उसने अपनी मुट्ठी और कस ली।

रमेश दर्द से कराह उठा—''अच्छा, भाई न जाऊँगा, हाथ तो छोड़ दो।''—रमेश कुर्सी पर बैठ गया।

अजितकुमार ने ग्रामोफोन पर रिकार्ड चढ़ा दिया, गाना होने लगा।

शाम हो गई, उस समय छह बज रहे थे। रमेश ने कहा—"अब मैं घर जाऊँगा।"

"अरे बड़ी देर हो गई !"—अजितकुमार ने घड़ी देखते हुए कहा। उठकर वह बरामदे में गया, वहीं से उसने आवाज दी—"ड्राइवर, कार लाओ।"

कार आ गई। ड्राइवर पीछे की सीट पर बैठ गया, अजितकुमार स्टियरिंग ह्वील पर बैठा। अपने बगल में उसने रमेश को बिठला लिया।

कार सीधे पैलेस थिएटर के सामने रुकी। रमेश ने कहा—"मैं बाइस्कोप नहीं देखूँगा। मुझे बोर्डिंग जाना है, बड़ी देर हो गई।"

"देर हो गई ! देर हो गई ! जनाब आपके नखरे तो...के नखरों से भी बढ़कर हैं।" —इतना कहकर अजितकुमार रमेश का हाथ पकड़े हुए जबर्दस्ती उसे सिनेमा में ले गया।

[4]

"कहो जी रमेश, कल रात तुमने प्रायश्चित्त किया कि नहीं,"—अजितकुमार ने पास वाली सीट पर बैठते हुए कहा।

रमेश कुछ देर तक मौन रहा। उसने अजित की ओर बड़े गौर से देखा, इसके बाद धीरे से कहा—"रोज-रोज प्रायश्चित करना बेकार होगा। मैंने यह तय कर लिया है कि एक़ साथ ही प्रायश्चित्त कर लिया जाय।"—इतना कहकर उसने किताब उठाकर पढ़ना आरम्भ कर दिया।

किताब छीनकर मेज पर रखते हुए अजित ने कहा—"यार, इस वक्त पारा कुछ चढ़ा हुआ मालूम हो रहा है। इतनी नाराजी ठीक नहीं, देखो कल हमारी-तुम्हारी दोस्ती पक्की हो चुकी है।"

इसका रमेश ने कोई उत्तर न दिया, वह बाहर देखने लगा।

"भाई कल जो कुछ हो गया, उसे माफ करो। अब आगे न होने पावेगा !"

"माफी की कोई जरूरत नहीं।"—रूखे स्वर में रमेश ने कहा।

"वाह रे तेरे नखरे !"—अजितकुमार जोर से हँस पड़ा।

उस रोज दिन-भर रमेश अजितकुमार से न बोला और न अजितकुमार ने ही रमेश से कोई बात की। छुट्टी के समय अजित ने कहा—"मेरे यहाँ चलते हो ?"

"नहीं, धन्यवाद, मुझे कुछ काम है।"

दूसरे दिन भी अजितकुमार और रमेश में अधिक बातचीत न हुई। उस दिन फिर रमेश ने अजितकुमार के साथ चलने का प्रस्ताव अस्वीकृत कर दिया।

शाम को चार बजे के करीब अजितकुमार रमेश के कमरे में आया। रमेश उस समय पढ़ रहा था। वह उठकर खड़ा हो गया और फिर अजित को कुर्सी पर बिठलाकर स्वयं

चारपाई पर बैठ गया।

अजित ने कहा—"भाई तुम्हें मनाने आया हूँ।"

रमेश ने कहा—"मैं नाराज भी होऊँ, जो आप मुझे मनाने दौड़े आए हैं।"

"तुम नाराज नहीं हो ? अच्छा तो चलो, मेरे साथ घूमने चलते हो।"

"मैं पढ़ रहा हूँ।"

अजित हँस पड़ा—"यह तो मैं भी देख रहा हूँ कि आप पढ़ रहे हैं; लेकिन यह भी कोई पढ़ने का वक्त है ? तुम्हें चलना पड़ेगा।"—यह कहकर उसने रमेश के हाथ से किताब छीनकर मेज पर रख दी।

"देखिए आप नहीं मानते"—यह कहकर रमेश ने कपड़े पहने। दोनों कार पर बैठे। कार सिविल लाइंस में घुमा दी गई।

पारफिट कम्पनी की दूकान के सामने अजित ने कार रोक दी—"जरा मुझे कुछ कपड़े सिलवाने हैं, क्योंकि कल मेरी वर्षगाँठ है। चलो, कपड़े पसन्द करने में मेरी थोड़ी-सी सहायता कर दो।"

अजित के साथ रमेश दूकान में गया। कपड़े देखते हुए अजितकुमार ने रमेश से कहा—"भाई रमेश ! चार सूट के कपड़े पसन्द करने हैं। दो के कपड़े तुम पसन्द करो और दो के मैं पसन्द करता हूँ। देखें किसकी पसन्द अच्छी होती है।"

कपड़े पसन्द कर लिए गए। अजित ने दर्जी को अपनी नाप दी। अपनी नाप दे चुकने के बाद उसने दर्जी से कहा—"इन बाबू की भी नाप ले लो।"

"नहीं, मुझे कपड़े नहीं बनवाने हैं।"—इतना कहकर रमेश दो कदम पीछे हटा।

अजित ने रमेश का हाथ पकड़ लिया, दर्जी से उसने कहा—"आप जनाब देखते क्या हैं, मैं तो कह रहा हूँ। आप इनकी नाप लीजिए न !"

रमेश की नाप ले ली गई। रमेश द्वारा पसन्द किए हुए कपड़ों की ओर संकेत करते हुए अजित ने कहा—"इन कपड़ों के सूट मेरे लिए बनेंगे, बाकी दो के सूट रमेश बाबू के लिए बनेंगे। सूट कल शाम तक तैयार हो जाने चाहिए।"

कार पर बैठते हुए रमेश ने कहा—"मिस्टर अजित ! आपने मेरे कपड़े क्यों सिलवा दिए ?"

"मेरी खुशी।"

"लेकिन मेरे पास रुपये नहीं हैं, और इतने महँगे सूट मैं पहन भी नहीं सकता।"

"अरे भाई, रुपये अभी मैं दे दूँगा, मुझे धीरे-धीरे देते जाना।"

"मैं सूट नहीं लूँगा, कभी नहीं लूँगा।"

"देखा जाएगा।"—कार पैलेस थिएटर के सामने रुक गई।

रमेश ने कहा—"मुझे बोर्डिंग जाना है।"

अजीत हँस पड़ा—"यार, तुमने तो मेरी जान आफत में कर रक्खी है। तुम समझते हो कि मैं तुम्हें चला जाने दूँगा ?"

दूसरे दिन रविवार था। दोपहर के समय रमेश भोजन करके लेटा ही था कि उसके कमरे में एक चपरासी ने प्रवेश किया। चपरासी ने झुककर रमेश को सलाम किया, इसके बाद उसने कहा—"महाराज ने अपनी वर्षगाँठ के उपहार में कुछ चीजें श्रीमान् के पास भेजी हैं।"

बरामदे में चार कुली खड़े थे। दो के ऊपर दो-दो कुर्सियाँ थीं। एक के ऊपर एक मेज थी और एक के ऊपर एक बड़ी सी दरी थी। अगल-बगल वाले कमरों के लड़के चारों तरफ खड़े हुए तमाशा देख रहे थे।

रमेश ने कहा—"इस सामान को ले जाओ और अपने महाराज को मेरी तरफ से धन्यवाद देते हुए कह देना कि मुझे इस सामान की जरूरत नहीं है।"

चपरासी ने झुककर सलाम किया—"महाराज का हुक्म है कि अगर श्रीमान् इस सामान को लेने से इनकार कर दें, तो श्रीमान् के दरवाजे पर यह सामान रखकर चले आना।"—इतना कहकर उसने कुलियों से सामान बरामदे में रखवा दिया और उनके साथ चलता बना।

आस-पास खड़े हुए लड़के हँसने लगे। एक ने कहा—"कहो निरंजन, तो फिर हम लोग यह सामान आपस में बाँट लें ?"

इस पर सब लोगों ने एक स्वर से कहा—"यार परमेश्वरी, बात तो तुमने लाख रुपये की कही !"

सामान कम था और लड़के अधिक। यह निश्चय करना कठिन था कि किसका बटवारा किया जाए। काफी देर तक आपस में वाद-विवाद होता रहा; अन्त में परमेश्वरी ने कहा—"हमलोग इन चीजों को आपस में नीलाम कर लें, रुपये आपस में बाँट लिए जाएँ। इसमें झगड़े की कोई बात न रहेगी।"

सब लड़के इस बात को मान गए और इस बार वे सामान की ओर घूमे। घूमते ही सबों ने एक स्वर में कहा—"अरे !"—उस समय रमेश आखिरी कुर्सी कमरे में लिए जा रहा था।

शाम के वक्त अजित स्वयं रमेश के यहाँ आया। रमेश ने उस समय तक कमरे को पूरी तरह से सजा रक्खा था। अजित ने कमरे को एक बार अच्छी तरह से देखा, इसके बाद वह मुस्कराया—"हाँ, अब किसी कदर ठीक हुआ है।"—इतना कहकर वह रमेश की ओर घूमा—"तुम्हें मेरे यहाँ चलना होगा। मेरी साल-गिरह के उपलक्ष में दावत है।"

"मुझे तुम्हारे यहाँ जाने में कोई आपत्ति तो नहीं है; पर मैं तुम्हारे घर का भोजन नहीं कर सकता।"

अजित हँस पड़ा—"तो फिर भोजन न करना, केवल फल खा लेना।" रमेश को अजित अपने घर ले गया। ड्राइंग-रूम न ले जाकर वह उसको अपने बेड-रूम में ले गया। उसने कहा—"देखो। आज बड़े-बड़े आदमी यहाँ इकट्ठा हुए हैं, उनके बीच में तुम्हें चलना होगा। अपनी इस पोशाक में तुम्हें वहाँ जाना ठीक न होगा।"

किंचित् क्रोधित होकर रमेश बोला—"तो फिर उन लोगों से मिलने की मुझे कोई आवश्यकता नहीं। तुम क्या मेरा अपमान करने के लिए मुझे यहाँ बुला लाए हो ?"

अजित ने एक बण्डल खोलते हुए कहा—"यार जरा-जरा सी बात पर नाराज हो जाते हो, फिर यह लम्बी जिन्दगी कैसे कटेगी ? देखो तुम्हारे कपड़े सिलकर आ गए हैं, उन्हें पहन लो।"

इतना कहकर अजितकुमार ने पारफिट के यहाँ का सिला हुआ सिल्क का सूट निकाला। मोजा, कमीज, कालर और टाई उसने अपनी ही निकालकर रमेश को पहनाई। सबकुछ पहना कर उसने रमेश को सिर से पैर तक देखा, उसके बाद वह जरा चिन्तित हो गया—"यार, एक बात तो भूल ही गया था। इन कपड़ों पर तुम्हारा यह डरबी शू जरा भी अच्छा नहीं लगता। देखूँ, तुम्हारी नाप का मेरे यहाँ कोई जूता निकल आवे।"

जहाँ जूते रक्खे जाते थे, वहाँ विलोकाफ का एक अंग्रेजी आक्सफोर्ड शू रक्खा था। अजित ने उधर इशारा करते हुए कहा—"इंग्लैंड से यह जूता मँगवाया था, लेकिन छोटा निकला। लौटाने की सोच रहा हूँ, लेकिन देखो अगर तुम्हारे हो जाए, तो फिर क्यों लौटाना पड़े।"

रमेश ने जूता पहना, वह उसके पैर में बिलकुल ठीक था।

सुसज्जित होकर रमेश ने अजित के साथ ड्राइंग-रूम में प्रवेश किया।

ड्राइंग-रूम में चार आदमी बैठे थे। सोफे पर एक सज्जन लेटे हुए थे। इनकी मूँछ घनी और ऊपर की ओर उठी हुई थी। रंग जरा साँवला था, लेकिन चेहरे की बनावट अच्छी। आँखें बड़ी बड़ी थीं, जिनमें लाल डोरे पड़े थे। सुरमे की लीक आँखों के बाहर निकली थी। दाढ़ी इस सफाई से घुटी थी कि एक भी खूँटी न दिखाई देती थी। एक महीन मलमल का कुर्ता पहने हुए थे, जिसकी बाँहें चुनी हुई थीं। कुर्ते के मुड्ढों और चाक पर बेल लगी थी। कुर्ते के नीचे जालीदार बनियाइन थी। महीन किनारे की बहुत महीन धोती पहने हुए थे। पेटेन्ट का पम्प सोफा के नीचे रक्खा हुआ था, एक चुनी हुई दुपल्ली टोपी मेज पर रक्खी थी। ये सज्जन अपनी नजर छत पर गड़ाए हुए बड़े मीठे स्वर में एक गजल का एक शेर बेर-बेर गुनगुना रहे थे—

"वजह खामोशी न पूछें आप मुझ दिलगीर से
एक दिल पाया था वह भी छिन गया तकदीर से।"

दूसरे सज्जन एक कुर्सी पर बैठे हुए सिगरेट का धुआँ छोड़ रहे थे। इनकी आँखें बन्द थीं। ये बीच-बीच में पहले सज्जन के शेर पर वाह, वाह भी कह दिया करते थे। इस सज्जन की मूँछ चुनी हुई-सी और छोटी तथा भूरी; चेहरा लम्बा, दुबला और उस पर बुरी तरह से चेचक के दाग। कान में हीरे की लुरकियाँ पड़ी थीं। कीमखाब की हरे रंग की शेरवानी पहने हुए थे, और उसके नीचे चूड़ीदार पैजामा था। सिर पर जोधपुरी साफा था और पैरों में जयपुरी जूते।

तीसरे सज्जन एक कुर्सी से टिके खड़े थे, और ऐसा मालूम होता था कि वे कलाबाजी खाने की बात पर गौर कर रहे हैं। इनका शरीर लम्बा और गठा हुआ, चेहरा

सुन्दर, रंग गोरा। मूँछ छोटी-छोटी लेकिन ऊपर उठी हुई, दाढ़ी घुटी हुई। चमड़े का राइडिंग बूट इनके पैर पर शोभित था, जिस पर चमकती हुई ऐड़ें लगी थीं। बूट पर ब्रीचेज थी और उस पर हन्टिग कोट। कोट के नीचे स्पोर्ट कालर की कमीज थी। सफेद कार्क हेलमेट को उतारने का इन्होंने अभी तक कष्ट न किया था। इनके एक हाथ में जानीवाकर शराब का अद्धा था और दूसरे में एक शीशे का गिलास। ये सज्जन बोतल को गिलास समझे हुए थे और गिलास को बोतल। इसलिए ये गिलास से बोतल में शराब उँडेल रहे थे और बहुत नाराज थे कि गिलास से बोतल में शराब क्यों नहीं गिर रही है।

चौथे सज्जन कमरे में टहल रहे थे और धीरे-धीरे अपने को तथा अपने मिलनेवालों को गालियाँ दे रहे थे। ये कभी-कभी तीसरे सज्जन की ओर कुछ भय से, कुछ क्रोध से और कुछ ललचाई आँखों से देख लेते थे। ये सज्जन भागलपुरी सिल्क का सूट पहने हुए थे, जिस पर बाजार में बिकनेवाली बँधी हुई दो टाई लगी थी। कमीज पर सोने के बटन थे और कोट में पीतल के। मँझोले कद और दोहरे बदन के आदमी थे, रंग गेहुँआ और मूँछ आधी। इनका हैट चपरासी ने बाहर ही उतरवा लिया था, इसीलिए ये नाराज थे।

कमरे में अजितकुमार के प्रवेश करते ही जो सज्जन टहल रहे थे, एकाएक रुक गए। जोर से चिल्लाकर उन्होंने कहा—"देखिए कुँवर साहब, आप अपने चपरासी को जल्द यहाँ से निकलवा दें, उसने मेरा हैट बाहर दरवाजे पर ही उतरवाकर ले लिया। जानते हैं जनाब, आपने मुझे अपने यहाँ आमन्त्रित किया है, इसके माने यह नहीं कि आप चपरासी से मेरी इज्जत उतरवा लें !"

ये अभी अपनी बात खतम भी न करने पाए थे कि ब्रीचेज पहने हुए सज्जन बोल उठे—"जनाब ! आप हैं बुजदिल। चपरासी साले की क्या मजाल कि वह किसी रईस की इज्जत ले सके ! मुझसे उस चपरासी के बच्चे ने जो हैट माँगा, तो मैंने वह जोर का तमाचा दिया कि वहीं लेट गया।"—इतना कहकर ये सज्जन जोर से हँस पड़े।

इन तीसरे सज्जन की बात सुनते ही कुँवर अजितकुमार सिंह बाहर दौड़े। चपरासी उस समय तक होश में आ गया था। वह दरवाजे से कुछ दूर हटकर खड़ा था। उसके चेहरे पर पाँच उँगलियाँ साफ बनी हुई थीं। अजितकुमार कमरे में लौट आए। इस समय तक सबलोग बैठ गए थे, केवल ब्रीचेज पहने हुए सज्जन शराब और बोतल का झगड़ा सुलझाने में व्यस्त थे और रमेश एक कोने में खड़ा हुआ तमाशा देख रहा था।

अजित ने ब्रीचेज पहने हुए सज्जन से कहा—"कुँवर साहब, क्या मामला है ?"

गिलास को जमीन पर पटकते हुए उन्होंने कहा—"जनाब, इस बोतल में शराब ही नहीं, फिर पिऊँ क्या ? दुकानदार साले ने ठग लिया, पिस्तौल मार दूँगा पिस्तौल !"—इतना कहकर उन्होंने बोतल मेज पर रख दी और दरवाजे की ओर बढ़े।

अजित ने बढ़कर उनका हाथ पकड़ लिया—"अजी कुँवर साहब, क्या यह आपको शोभा देता है कि आप उसकी दूकान पर जाएँ और उससे झगड़ा करें ? मैं अपने नौकर

को भेज देता हूँ।''

''लेकिन नौकर को मेरा पिस्तौल दे दीजिए, और कह दीजिए कि बिना उसको गोली मारे वह वापस न आवे।''—यह कहकर उन्होंने अपनी जेब से ब्राउनिंग पिस्तौल निकालकर अजितकुमार को दे दिया।

''हाँ, हाँ, सब हो जाएगा। आप बैठिए, अभी सब इन्तजाम करवाता हूँ।''—इतना कहकर अजित ने उन्हें कुर्सी पर बैठा दिया।

रमेश को अपने पास बुलाकर अजित ने अपने मेहमानों से कहा—''मैं आप लोगों से अपने मित्र मिस्टर रमेशचन्द्र श्रीवास्तव का परिचय कराता हूँ। आप मेरे साथ पढ़ते हैं और दरजे में सबसे तेज हैं।''

इसके बाद उसने पहले सज्जन की ओर इशारा करते हुए कहा—''आपका नाम राजा रामप्रतापसिंह है और...रियासत के ताल्लुकदार हैं।''

''आपका नियाज हासिल करके बड़ी खुशी हुई।''—रमेश से हाथ मिलाते हुए राजा रामप्रतापसिंह ने कहा।

और आप बुन्देलखंड की...रियासत के जागीरदार हैं तथा आपका नाम ठाकुर केशरीनारायणसिंह है।''—कीमखाब की शेरवानी पहने हुए सज्जन की ओर इशारा करते हुए अजितकुमार ने कहा।

''लीजिए आप सिगरेट पीते हैं ?''

सिगरेट-केस लेकर रमेश की ओर बढ़ाते हुए ठाकुर केशरीनारायण सिंह ने कहा।

''और आप राजपूताना की...रियासत के राजा के तीसरे पुत्र हैं और आपका नाम कुँवर रिपुदमनसिंह है।''...ब्रीचेज पहने हुए सज्जन की ओर संकेत करते हुए अजित ने कहा।

कुँवर रिपुदमनसिंह ने खड़े होकर रमेश को फौजी सलाम किया—''मैं पोलो खेलता हूँ—आपको भी इससे शौक मालूम होता है।''—इतना कहकर वे बैठ गए।

''और आपका नाम लाल अम्बिकाप्रसादसिंह है। आप बिहार के इलाकेदार हैं।''—चौथे सज्जन से परिचय कराते हुए अजितकुमार ने कहा।

लाल अम्बिकाप्रसाद सिंह ने अपना मुख दीवार की ओर फेर लिया।

अजितकुमार ने चपरासी को संकेत किया, वह एक ट्रे में शराब के गिलास ले आया। रमेश ने पीने से इनकार कर दिया।

शराब के दौर चलने के बाद सबलोग डाइनिंग हॉल में गए। रमेश ने कहा—''देखिए, मैं न खाऊँगा।''

अजित मुस्कराया—''भाई, जितने लोग यहाँ पर इकट्ठा हुए है, वे सब-के-सब दकियानूसी हैं। आज तनिक भी भ्रष्टाचार नहीं है, खाना महाराज ने बनाया है।''

भोजन करने के बाद सब मेहमान विदा हो गए। अजित रमेश को स्वयं बोर्डिंग पहुँचाने गया। चपरासी ने कार से उतारकर एक चमड़े का सूटकेस रमेश के कमरे में रख दिया।

रमेश ने पूछा—''यह क्या है ?''

"तुम्हारे कपड़े !"—अजित ने गम्भीरतापूर्वक कहा—"और याद रखना, तुम मेरे उपहार को अस्वीकार करके मेरा अपमान करोगे।"

[5]

अजितकुमार ने संसार देखा था, अच्छाइयाँ और बुराइयाँ दोनों ही। अनुभव के बाद अनुभव, एक दूसरे के विपरीत, अजितकुमार किसी अंश में इन अनुभवों के प्रति उदासीन हो गया था; पर उसकी उदासीनता अकर्मण्यता की न थी, उस उदासीनता का एक दार्शनिक रूप था। अजितकुमार जीवित था, वह जीवन को पहचानता था और पहचानने के साथ ही उसे अपनाना भी जानता था। उसका प्रत्येक क्षण उसके लिए नया था, प्रत्येक क्षण में उसकी उत्सुकता उमड़ी पड़ती थी, प्रत्येक क्षण में नया अनुराग और नया जीवन।

रमेश अजितकुमार के सामने आया। और रमेश संसार के भोलेपन की, उसकी सरलता की और उसकी कोमलता की एक मूर्ति था। अजितकुमार ने रमेश के हृदय को देखा, उस हृदय में उसने वह स्वच्छता पाई, जो सभ्यता के वातावरण में उसे लाख ढूँढ़ने पर भी न मिली। वह रमेश पर मुग्ध हो गया।

और रमेश ने अजितकुमार में क्या देखा, इसे स्वयं ही न समझ सका। उसके सामने एक शक्ति थी, जिसके आगे वह झुक गया; एक पहाड़ था, जिसकी ऊँचाई वह न जान सकता था; एक सागर था, जिसकी थाह वह न पा सकता था। रमेश ने अजितकुमार में एक प्रतिभा देखी, जिसके प्रकाश में उसकी आँखें चकाचौंध हो गईं। अजितकुमार में हृदय था; पर भावुकता न थी। व्यक्तित्व था; पर वह व्यक्तित्व देखा न जा सकता था। केवल अनुभव किया जा सकता था।

अजितकुमार की हँसी में बच्चे का भोलापन था। उसकी बातों में दार्शनिक का ज्ञान था। अजितकुमार रमेश के लिए एक पहेली था।

धीरे-धीरे बिना रमेश के जाने हुए अजितकुमार उसके जीवन में पूरी तौर से आ गया। रमेश एक तूफान का अनुभव करता था; पर देख न पाता था।

उस दिन एक प्रोफेसर की मृत्यु हो जाने के बाद यूनिवर्सिटी में छुट्टी हो गई। विद्यार्थियों को इस छुट्टी की सूचना यूनिवर्सिटी पहुँचने पर मिली। रमेश बाहर निकला। इतने में उसे सुनाई पड़ा—"रमेश !"

रमेश ने मुड़कर देखा—अजितकुमार क्लास की एक लड़की से खड़ा हुआ बातचीत कर रहा था। अजित ने कहा—"रमेश ! यार कहाँ जा रहे हो ? जरा इधर आओ।"

रमेश जरा झिझका। अजितकुमार के साथ जो लड़की खड़ी थी, वह हँस पड़ी। उस लड़की का हँसना रमेश को बुरा लगा, उसके संकोच को उसके क्रोध की भर्त्सना ने दबा

दिया, वह सीधे अजितकुमार के पास चला गया।

उस लड़की से अजितकुमार ने रमेश की ओर संकेत करते हुए कहा—"इन्हें तो आप जानती ही होंगी ?"

"शकल से अच्छी तरह से परिचित हूँ और नाम भी क्लास में अवश्य सुनती हूँ; पर कभी बात करने का तथा विस्तृत परिचय का अवसर नहीं मिला।"

"तो वह आज मिल गया है। आपका नाम रमेशचन्द्र श्रीवास्तव है और आप क्लास के सबसे तेज स्टूडेन्ट हैं। इण्टरमीडिएट में फर्स्ट आए थे। मेरे सबसे बड़े मित्र हैं।"

"और ये सर कृष्णकुमार अध्यक्ष की पुत्री मिस प्रभा अध्यक्ष हैं, तुम्हारी क्लास फेलो हैं।"

रमेश ने हाथ जोड़कर नमस्कार किया और मिस प्रभा अध्यक्ष ने हाथ जोड़कर नमस्कार का उत्तर भी दिया।

प्रभा ने कहा—"क्या करूँ कुछ समझ में नहीं आता। कार समय होने पर आवेगी और छुट्टी अभी हो गई। देखूँ चपरासी से कोई ताँगा मँगवा लूँ।"

"अगर आपको कोई आपत्ति न हो, तो मैं अपनी कार पर आपको घर पहुँचा दूँ।"

"मुझे तो कोई आपत्ति नहीं; पर आप क्यों व्यर्थ में कष्ट करते हैं ?"

"इसमें कष्ट की क्या बात है ? मैं तो अपना गौरव समझता हूँ।"—सिर झुकाकर जरा कुछ मुस्कराते हुए अजितकुमार ने कहा।

अजित स्टियरिंग ह्वील पर बैठा, उसकी बगल में रमेश। प्रभा पीछे की सीट पर बैठ गई।

प्रभा के बँगले की बरसाती के नीचे अजित ने अपनी कार रोक दी। कार से उतरकर प्रभा ने कहा—"कुँवर साहब ! अब बिना चाय पिलाए मैं आपको न जाने दूँगी।"

"आपका निमन्त्रण सिर-आँखों पर।"—इतना कहकर अजित कार से उतर पड़ा।

"मिस्टर श्रीवास्तव। आप भी आइए।"—प्रभा ने रमेश से कहा। रमेश को भी कार से उतरना पड़ा।

तीनों ड्राइंग रूम में गए। खानसामा को चाय लाने का हुक्म देकर प्रभा बैठ गई। अजित ने बातचीत आरम्भ की—"मिस अध्यक्ष ! आपने फोर हार्समेन फिल्म देखी है ?"

प्रभा ने कहा—"नहीं, लेकिन आज जाने का इरादा है। आपने तो देखी होगी ?"

"मैंने भी नहीं देखी, इसी से आपसे पूछ रहा था। सुना है कि यह संसार की सर्वश्रेष्ठ फिल्मों में एक है। आज मेरा भी जाने का इरादा है।"

"तब तो हमलोग सिनेमा में फिर मिलेंगे।"—हँसते हुए प्रभा ने कहा। इसके बाद उसने रमेश से कहा—"और मिस्टर श्रीवास्तव आपने देखी है कि नहीं ?"

प्रश्न रमेश से हुआ, उत्तर अजितकुमार ने दिया—"इन्होंने भी नहीं देखी है। आज ये भी चलेंगे।"

प्रभा ने अजित से कहा—"आप तो इन्हें बोलने ही नहीं देते हैं।" इसके बाद उसने

रमेश से कहा—"आपको सिनेमा अधिक पसन्द है, या ड्रामा !"

रमेश ने उत्तर दिया—"मैं सिनेमा अधिक पसन्द करता हूँ।"

"क्या आप मुझे कारण बतला सकते हैं ?"

अपने सिगरेट-केस से सिगरेट निकालते हुए अजितकुमार ने कहा—"मिस अध्यक्ष ! मेरे सिगरेट पीने में आपको कोई आपत्ति तो न होगी ?"

किंचित क्रोध का भाव प्रदर्शित करते हुए प्रभा ने कहा—"कुँवर साहब ! यदि आप मुझे मिस अध्यक्ष न कहकर केवल प्रभा कह सकें तो अच्छा हो। हम सब मित्र हैं, फिर आपस में यह तकल्लुफ क्यों ?"—इतना कहकर प्रभा ने मेज पर रक्खा हुआ सिगरेट का डब्बा उठा लिया और एक सिगरेट अपने मुँह में लगाकर उसने डब्बा अजित की ओर बढ़ाया—"लीजिए, यह सिगरेट का नया ब्रांड आया है, ऐशेज ऑफ रोजेज।"

अजितकुमार ने मुस्कराते हुए कहा—"आप शायद अधिक सिगरेट नहीं पीतीं ?"

प्रभा भी मुस्कराई—"आप ठीक कहते हैं, मैं केवल साथ दे दिया करती हूँ, लेकिन आपने यह कैसे जाना ?"

"बिलकुल आसान बात थी। सिगरेट पीनेवाला सिर्फ एक तरह की सिगरेट पसन्द करता है, क्योंकि वह उसका अभ्यस्त हो जाता है। मैं ब्लैक एंड ह्वाइट पीता हूँ, वह मेरे पास है।"—इतना कहकर उसने दियासलाई जलाकर प्रभा की सिगरेट सुलगाई, फिर अपनी सिगरेट सुलगाई।

प्रभा ने रमेश के आगे सिगरेट का डब्बा बढ़ाते हुए कहा—"और आप ?"

"धन्यवाद ! मैं सिगरेट नहीं पीता।"

"अरे आप सिगरेट नहीं पीते ? साथ देने के लिए तो कभी-कभी पी लिया कीजिए। मैं भी तो नहीं पीती, केवल साथ दे दिया करती हूँ।"

"बुराई का साथ देना बुराई की ओर अग्रसर होना है। मैं उससे दूर रहना ही अच्छा समझता हूँ।"

सिगरेट का धुआँ छोड़ते हुए प्रभा ने कहा—"क्या दुनिया में कोई चीज बुरी भी होती है ?"—इतना कहकर वह हँस पड़ी।

रमेश ने आश्चर्य के साथ प्रभा की ओर कुछ देर तक देखा—"क्या आप बुराई पर विश्वास नहीं करतीं ?"

"जरा भी नहीं। हमारे वास्ते यह बात बुरी है, जिसे हम नापसन्द करते हैं; और एक बात, जिसे एक व्यक्ति नापसन्द करता है, हम देखते हैं, दूसरा व्यक्ति उसी को पसन्द करता है। इसलिए किसी भी बात को, बुरा कहना गलत है।"

रमेश मुस्कराया—"देख रहा हूँ आपके विचार बहुत बढ़े-चढ़े हैं।"

अजित एक ठहाके के साथ हँस पड़ा—"रमेश ! अभी तुम न जाने क्या-क्या देखोगे।"

अजित की इस बात को मानो प्रभा ने सुना ही नहीं—"हाँ मिस्टर रमेश ! आपने बतलाया नहीं कि आपको सिनेमा क्यों अधिक पसन्द है ?"

रमेश ने कहा—"इसलिए कि सिनेमा में अप्राकृतिक और भद्दी एक्टिंग देखने को

नहीं मिलती। हिन्दी का रंगमंच अभी बहुत नीचे है।''

अजित कह उठा—''हाँ, इसमें क्या शक है। जनाब एक्टर साहब स्टेज पर तशरीफ लाए बात एक कहने को, लेकिन बात कहने के पन्द्रह मिनट तक पूरी कलाबाजी के साथ कसरत कर बैठे।''

प्रभा ने गम्भीरतापूर्वक कहा—''लेकिन कुँवर साहब ! सिनेमा में प्राणहीन तस्वीरें आती हैं। वहाँ संगीत का नाम नहीं होता।''

इस बार अजित ने जरा मुँह बनाते हुए कहा—''प्रभाजी ! आप मुझे कुँवर साहब न कहकर यदि केवल अजित कह सकें; तो अच्छा हो।''

अजित की इस बात पर मुस्कराते हुए प्रभा ने कहा—''मिस्टर अजित ! क्षमा कीजिएगा, भूल हो गई। भविष्य में ऐसी गलती न होने पाएगी; लेकिन आपने मेरी बात का कोई जवाब नहीं दिया।''

''अगर जवाब देने की कोई बात हो, तो जवाब भी दिया जाए। बिना शब्द के भाव का प्रकट कर देना, बिना संगीत के कवित्व का रूप दे देना, यही तो सिनेमा की विशेषता है।''

इस समय तक चाय आ गई थी। ड्राइंग-रूम में ही चाय का प्रबन्ध किया गया। चाय का प्याला हाथ में लेते हुए अजित ने कहा—''प्रभाजी, अभी-अभी आपने जो कहा था कि आप किसी भी चीज में बुराई नहीं देखतीं, तो क्या आपने गम्भीरतापूर्वक यह बात कही थी ?''

एक बनावटी क्रोध मिश्रित गम्भीरता के साथ प्रभा ने कहा—''मिस्टर अजित, क्या आप मेरा अपमान कर रहे हैं ? मैं ऐसी गम्भीर बातों में हँसी करने की अभ्यस्त नहीं हूँ।''

उसी बनावटी गम्भीरता के साथ अजित ने कहा—''और मेरा अनुमान है कि आप गम्भीर बातें करने की अभ्यस्त नहीं हैं।''—इसके बाद वह मुस्कराया—''लेकिन मुझे आपकी बात पर अविश्वास करने का कोई अधिकार नहीं है। अच्छा तो आपने यह जो कहा, क्या आप इसे अधिक स्पष्ट करेंगी ?''

''यह बिलकुल स्पष्ट है, भलाई और बुराई केवल तुलनात्मक हैं और व्यक्तिगत प्रश्न हैं।''

''तो फिर आपके मतानुसार पाप और पुण्य नाम की भी कोई चीज नहीं है, और न आपको जिसे हम सब कर्तव्य कहते हैं, उस पर ही विश्वास होगा।''

''पाप और पुण्य भी मनुष्य के दृष्टिकोण की विषमता का दूसरा नाम है। और हमारा कर्तव्य वह है, जिसे हमारा अन्तःकरण स्वीकार करे।''

इस बार रमेश ने कहा—''प्रभाजी, तो क्या आप सामाजिक अराजकता पर विश्वास करती हैं ? अपनी मनःप्रवृत्ति को अपने कर्तव्य की कसौटी बनाकर रहना तो असम्भव है।''

प्रभा ने रमेश पर आँखें गड़ाकर कहा—''सामाजिक अराजकता पर तो मैं विश्वास

नहीं करती; पर इतना अवश्य मानती हूँ कि यौवन स्वयं अराजकता का दूसरा नाम है।''

प्रभा की आँखों की आग के सामने रमेश सिहर उठा, आँखें नीची करते हुए उसने कहा—''मैं तो यौवन को अराजकता मानने को तैयार नहीं हूँ। यौवन को मैं केवल नियन्त्रित आत्म-विस्मृति तक मान सकता हूँ। इससे आगे बढ़ना, नियन्त्रण को तोड़ना—यह नीचे गिरना है, लक्ष्यहीन जीवन है।''

प्रभा जोर से हँस पड़ी—''मिस्टर रमेश, यौवन का प्राण है प्रेम और प्रेम में नियन्त्रण होना असम्भव है, प्रेम अराजक है।''

अजित कुछ देर से कोने में रक्खे हुए पियानो को देख रहा था। उसने कहा—''प्रभाजी ! क्या आपकी संगीत में कुछ रुचि है ?''

''अधिक नहीं। मैंने लगातार कभी संगीत की शिक्षा नहीं पाई, ऐसा ही थोड़ा-सा सुने-सुनाए जान गई हूँ।''

''यदि आपको कोई आपत्ति न हो, तो मैं आपसे कुछ गाने की प्रार्थना करूँगा।''

प्रभा पियानो पर बैठ गई—''अंग्रेजी गाना सुनाऊँ या हिन्दुस्तानी ?''

''न जाने क्यों मैं अंग्रेजी गाना नहीं पसन्द करता, हिन्दुस्तानी गाना गाइए।''

प्रभा ने एक के बाद एक सात-आठ गाने गाए।

अजित ने घड़ी देखी, चार बज रहे थे। उठते हुए उसने कहा—''प्रभाजी, धन्यवाद ! आज का दिन बड़ा सुन्दर बीता। भगवान उस प्रोफेसर का भला करे, जिसने मरकर हमलोगों को यह स्वर्ण अवसर दिया।''

प्रभा ने कहा—''मिस्टर अजित, धन्यवाद मुझे आपको और मिस्टर रमेश को देना चाहिए। मेरा जीवन तो एकान्त और नीरस है। कभी-कभी आ जाया कीजिए, स्त्री और पुरुष में भेद-भाव होने के कारण मेरा अस्तित्व छाया मात्र रह गया है। आज शायद मैंने सबसे सुन्दर दिन व्यतीत किया है। यदि आप कभी-कभी आ जाएँ, तो मुझ पर बड़ी कृपा हो।''

अजित ने हाथ जोड़कर नमस्कार करते हुए कहा—''अवश्य ! आपके यहाँ आने में तो मैं अपना सौभाग्य समझूँगा।''

प्रभा ने रमेश से कहा—''और आप भी मिस्टर अजितकुमार के साथ आइए।'' —इतना कहकर उसने अजित से कहा—''मिस्टर अजित, देखिए अपने साथ आप मिस्टर रमेश को लाना न भूलिएगा।''

[6]

स्पेशल क्लास के आगे के कोच पर बैठते हुए रमेश ने कहा—''प्रभा ने आज सिनेमा आने को कहा था, लेकिन अभी तक नहीं आई।''

अजित मुस्कराया—"उसके आने में आपको इतनी दिलचस्पी है, यह मैं नहीं जानता था। बस एक दिन की ही जान-पहचान में..."

रमेश ने कुछ झेंपते हुए कहा—"दिलचस्पी होना स्वाभाविक ही है। ऐसी विचित्र स्त्री मैंने जीवन में कभी नहीं देखी। देखो तो शो के शुरू होने में कितनी देर है ?"

घड़ी देखते हुए अजित ने कहा—"बस अब शुरू ही होता है, सिर्फ पाँच मिनट बाकी हैं।"

इतने ही में एक सुरीली आवाज ने कहा—"हलो मिस्टर अजित एंड मिस्टर रमेश !"

दोनों की बातचीत खतम हो गई। उन्होंने देखा कि प्रभा अपने पिता के साथ बगल वाले कोच पर बैठ रही है।

प्रभा ने कहा—"पापा ! मैं आपसे अपने मित्रों का परिचय कराती हूँ। आप कुँवर अजितकुमार सिंह...के राजा के छोटे भाई हैं, और आप मिस्टर रमेशचन्द्र श्रीवास्तव हैं। आप दोनों मेरे सहपाठी हैं।"

सर कृष्णकुमार अध्यक्ष मँझोले कद के और दोहरे बदन के आदमी थे। वे अधेड़ कहे जा सकते थे; क्योंकि उनके सिर के बाल पकने लगे थे। दाढ़ी-मूँछ साफ और सिल्क का सूट पहने हुए थे। उनकी आँखें बड़ी-बड़ी थीं, और मत्था चौड़ा था। सर कृष्ण प्रयाग में सबसे बड़े वकील थे, हँसकर बात करते थे, और उनकी आवाज गम्भीर तथा सुरीली थी, रंग गोरा था और मुख पर एक स्वाभाविक लाली थी। अपनी स्वाभाविक मुस्कराहट के साथ उन्होंने अजित और रमेश दोनों से हाथ मिलाते हुए कहा—"आप दोनों से मिलकर मुझे बड़ी प्रसन्नता हुई।"—इसके बाद उन्होंने अजितकुमार से कहा—"कुँवर साहब ! आप इलाहाबाद में कब से हैं ?"

"इसी साल आया हूँ।"

"ठीक ! आप यहाँ कहाँ ठहरे हुए हैं ?"

"जार्जटाउन में हूँ।"

तीसरी घंटी हुई और बिजली बुझ गई। बिजली बुझने के साथ ही बातें भी रुक गईं।

इंटरवल में सर कृष्ण ने अजितकुमार से पूछा—"कुँवर साहब ! आप ड्रिंक तो करते होंगे ?"

"हाँ, कभी-कभी पी लेने में मुझे कोई संकोच नहीं।"

"और आप ?"—रमेश से उन्होंने पूछा।

"नहीं, मैं नहीं पीता।"

बेयरा को बुलाकर सर कृष्ण ने कहा—"दो ग्लास ह्विस्की और सोडा, एक बियर और एक लेमनेड।"

"मैं बियर भी नहीं पीता।"

"आप बियर भी नहीं पीते ?"—आश्चर्य से सर कृष्ण ने रमेश की ओर देखा।

"जी हाँ ! अभी ये आदमी बन रहे हैं।"—बहुत गम्भीरतापूर्वक अजित ने उत्तर दिया।

पिता और पुत्री, दोनों हँस पड़े। सर कृष्ण ने कहा—"दो लेमनेड।"

बेयरा ने चारों ग्लास लाकर दे दिए।

शो समाप्त होने पर विदा लेते हुए सर कृष्ण ने अजित से कहा—"आगे फिर मिलने की क्या आपसे आशा कर सकता हूँ ?"

"मैं आपकी सेवा में उपस्थित होने में अपना सौभाग्य समझूँगा।"—मुस्कराते हुए अजित ने उत्तर दिया।

पिता और पुत्री के जाने के बाद अजित रमेश के साथ अपनी कार पर बैठा। कार स्टार्ट करते हुए अजित ने रमेश से कहा—"सर कृष्ण बहुत अधिक सुसंस्कृत मनुष्य हैं।"

रमेश उस समय कुछ सोच रहा था, वह चौंक उठा—"शायद ! पर इस संस्कृति को मैं अभी अच्छी तरह से समझ नहीं पा रहा हूँ। फिर भी मैं इतना कह सकता हूँ कि आधुनिक सभ्यता में काफी स्वतन्त्रता और मानसिक विकास पाया जाता है।"

"और यही स्वतन्त्रता तथा मानसिक विकास नैतिकता के लिए घातक भी सिद्ध हो सकता है, इस पर भी कभी सोचा है ?"—अजित ने एक विचित्र स्वर में कहा।

"इस पर अभी सोचने का अवसर नहीं मिला, अवसर मिलने के पहले उसको समझना आवश्यक होगा।"—इतने में कार हिन्दू बोर्डिंग के सामने रुक गई।

यूनीवर्सिटी में रमेश प्रभा को देखता था और नमस्कार कर लेता था। प्रभा सुन्दरी थी। उसकी सुन्दरता पर रमेश ने पहले कभी ध्यान न दिया था। प्रभा में प्रतिभा थी; पर उस प्रतिभा को रमेश ने पहले कभी अनुभव न किया था। इस प्रकार एक सप्ताह बीत गया। उस दिन सन्ध्या के समय रमेश के साथ अजित घूमने चला।

शाम हो गई थी, अजित ने कार सर कृष्ण के बँगले में मोड़ दी। बरसाती के नीचे एक कार खड़ी थी, इसलिए बरसाती के बाहर ही कार रोककर अजित रमेश के साथ कार से उतर पड़ा। सर कृष्ण बरामदे में टहल रहे थे। अजित को देखते ही सर कृष्ण का टहलना बन्द हो गया।

"हलो कुँवर साहब, आप अच्छी तरह से तो हैं !"—कहते हुए सर कृष्ण ने अजित से हाथ मिलाया। इसके बाद रमेश से हाथ मिलाते हुए उन्होंने कहा—"सिनेमा जानेवाला था, प्रभा का इन्तजार कर रहा हूँ। आप लोग सिनेमा चलते हैं ?"

"यह फिल्म मैं कलकत्ता में देख चुका हूँ, कोई अच्छी फिल्म नहीं है।"

इतने में प्रभा निकली। अजित और रमेश को देखकर उसने कहा—"आप लोग खूब आ गए, पापा ! ये लोग भी तो सिनेमा चलेंगे ?"

सर कृष्ण ने मुस्कराते हुए कहा—"नहीं, कुँवर साहब यह फिल्म देख चुके हैं।"

"तो फिर एक दफे और देख लेंगे !"

''नहीं, यह फिल्म इतनी अच्छी नहीं है कि एक दफे भी देखी जाए।''—अजित ने कहा।

''तब फिर ?''—प्रभा ने सर कृष्ण की ओर देखा।

''आप लोग इसे देख आइए, मैं फिर कभी आपके यहाँ आऊँगा''—अजित ने कहा।

''नहीं, मैं भी न जाऊँगी। आपने तो इतनी दूर से आने का कष्ट उठाया, मुझे यह शोभा नहीं देता कि मैं फिल्म देखने जाऊँ। फिर फिल्म भी तो कोई अच्छी नहीं है।''

सर कृष्ण ने कहा—''तो ठीक है, तुम यहीं रहो, लेकिन मुझे जाना ही पड़ेगा, क्योंकि मैं कुछ लोगों से सिनेमा में मिलने का वादा कर चुका हूँ।''—यह कहकर और अजित तथा रमेश से हाथ मिलाकर सर कृष्ण कार पर बैठ गए।

प्रभा ने ड्राइंग-रूम का दरवाजा खोला, और तीनों ड्राइंग-रूम में गए। प्रभा ने रमेश से पूछा—''मिस्टर रमेश ! चाय पीजिएगा ?''

रमेश के उत्तर देने के पहले ही अजित बोल उठा—''मुझे कोई आपत्ति नहीं है।''

मुस्कराते हुए प्रभा ने कहा—''मिस्टर अजित, मैंने आपसे तो नहीं पूछा था।''

''लेकिन चाय पीने की इच्छा तो मुझे थी।''

प्रभा ने नौकर से कहा—''खानसामा से बोलो कि चाय लाए।''

''सिर्फ चाय !''—अजित ने कहा।

''सिर्फ चाय तो मैंने आज तक पी ही नहीं, पूरी चाय आएगी।''

''और मुझे भी कुछ भूख लगी है।''—रमेश ने कहा।

प्रभा ने हँसते हुए कहा—''मिस्टर अजित ! अब आप हारे। देखिए मिस्टर रमेश भी मेरी बात का समर्थन कर रहे हैं।''

अजित भी हँस पड़ा—''शायद पुरुष जाति स्त्री जाति से कभी नहीं जीती।''

प्रभा के मुख पर एक गहरी लाली आकर चली गई। अजित ने यह देख लिया, बात बदलते हुए उसने कहा—''प्रभाजी ! पढ़ाई कैसी हो रही है ?''

''मैंने तो अभी कुछ नहीं पढ़ा, और अभी पढ़ने का समय भी तो नहीं आया।''

''पढ़ने का समय नहीं आया, यह तो मैं मानता हूँ; पर यह हमलोगों के लिए, जिनका काम है बाहर घूमना, दर्जनों दोस्त, दिन-दिन-भर गपबाजी और रोज खेल-तमाशे।''

''यह तो ठीक है; पर हमलोगों को भी काफी काम-काज रहता है।''

''और आपका वह काफी काम-काज क्या है ?''

''सोना, खाना और नावेल पढ़ना।''

रमेश बोल उठा—''आपको कौन उपन्यासकार सबसे अधिक पसन्द आता है ?''

''अंग्रेजी में या हिन्दी में ?''

''भाषा का मैं सवाल नहीं करता, मैं केवल इतना ही पूछ रहा हूँ कि जितने उपन्यास आपने पढ़े हैं, उनमें किसका और कौन-सा उपन्यास आपको पसन्द आया

है ?''

प्रभा कुछ देर तक मौन रही। उसके बाद उसने कहा—''मुझे तो ह्यूगो का 'ला मिजराबिल्स' सबसे अधिक पसन्द है, यद्यपि ह्यूगो को मैं सबसे अच्छा कलाकार मानने को तैयार नहीं।''

अजित और रमेश दोनों ने ही प्रभा की ओर बड़े आश्चर्य से देखा—''अच्छा, आप कला की दृष्टि से किसे सबसे अच्छा उपन्यासकार समझती हैं ?''—अजित ने पूछा।

''कलाकार की हैसियत से मैं प्रथम स्थान टालस्टाय को और दूसरा स्थान अनातोले फ्रांस को दूँगी।''

''दोनों ही कला में नीचे गिरे हुए हैं, क्योंकि दोनों ही प्रोपेगन्डिस्ट्स हैं।''—उपेक्षा के भाव से अजित ने कहा।

रमेश ने प्रभा का पक्ष लिया—''क्या प्रोपेगेन्डिस्ट्स होना ही कला से नीचे गिरना है ? तब तो संसार में कोई कलाकार हो ही नहीं सकता। प्रत्येक मनुष्य का एक दृष्टिकोण होता है, एक विश्वास की नींव पर वह अपना जीवन बनाता है। बिना एक सिद्धान्त के वह आगे बढ़ नहीं सकता। उसका यही दृष्टिकोण, यही विश्वास और यही सिद्धान्त उसका व्यक्तित्व बनाता है। अपनी कृति में यदि वह व्यक्तित्व को प्रकट नहीं कर सकता, तो उसकी कृति निर्जीव होती है। कला में जीवन प्रधान है, और मनुष्य का अपने व्यक्तित्व को प्रधानता देना ही उस मनुष्य का प्रोपेगेन्डिस्ट होना है। मेरे मत से प्रोपेगेन्डा तो कला का एक आवश्यक अंग है।''

अजित उसी प्रकार हँस पड़ा, जिस प्रकार एक बच्चे की बात को सुनकर एक अनुभवी वृद्ध हँस देता है—''यही तो विषमता है। अपनापन, अपना दृष्टिकोण, अपनी प्रेज्यूडिस, यही सब तो हमें जीवन को समझने से रोकते हैं, हमें वास्तविकता से दूर खींचा करते हैं। कला सत्य नहीं है, वह सर्वव्यापी है। कला का लक्ष्य जीवन को समझना, उसका सत्यरूप निर्धारित करना है। सकल विश्व की भावना का सामंजस्य, उसका एकीकरण ही कला है।''

अजित की उस हँसी से रमेश को बुरा लगा, उसका मुख तमतमा उठा; उसने कहा—''न यहाँ पर सत्य एक है और न यहाँ पर कहीं भावनाओं का सामंजस्य है। अगर यही हो सकता, तो संसार इतनी चहल-पहल का, इतनी विभिन्नता का और इन विभिन्नताओं के रूपान्तरों से उत्पन्न उत्सुकता का केन्द्र न हो सकता। संसार में कोई भी वस्तु एक-सी नहीं है, असंख्य पदार्थों में किन्हीं भी दो वस्तुओं में समता न होना ही इस सृष्टि की और सृष्टिकर्ता की विशेषता है, अथवा नास्तिक के मतानुसार प्रकृति का नियम है। कला का ध्येय है नवीनता और नवीनता का दूसरा नाम है विषमता। मैं तो सत्य को एक मानने को अभी तैयार नहीं हूँ, मेरे मतानुसार सत्य तुलनात्मक है; पर यदि हम यह मान भी लें कि सत्य एक है, सत्य सामंजस्य है, तब तो नवीनता असम्भव हो जाएगी और जहाँ नवीनता नहीं, वहाँ कला भी नहीं है। मिस्टर अजित ! व्यक्तित्व को नष्ट कर देना ही मनुष्य की मृत्यु है, और व्यक्ति की मृत्यु के साथ ही

व्यक्ति निरर्थक तथा शून्य हो जाता है।''

प्रभा बड़े ध्यान से इन दोनों की बातचीत सुन रही थी। रमेश की बात समाप्त होते ही उसने कहा—''मिस्टर अजित ! क्या मैं आपकी बात का यह मतलब लगा सकती हूँ कि अनेक पृथक अंगों के होते हुए भी जिस प्रकार कुल के मिलने से एक व्यक्ति बनता है, उसी प्रकार अनेक व्यक्तियों के मिलने से एक जीवन अथवा एक विश्व बनता है। व्यक्ति के लिए पृथक अंग की अवहेलना करना या व्यक्ति की अवहेलना करके पूर्ण को अथवा विश्व को समझने की कोशिश करना और उसी पूर्ण अथवा विश्व पर केन्द्रीभूत होना ही कला है।''

अजित सोफा से उठ खड़ा हुआ। हँसते हुए उसने कहा—''वेल सेड प्रभाजी ! आपने मुझे एक विचित्र चक्कर से निकाल लिया है। मैं आपको धन्यवाद देता हूँ। मैं जो कुछ कह गया हूँ, उसका मतलब क्या था, उसे मैं स्वयं ही न जानता था; पर अब मैं कह सकता हूँ कि मेरा यही मतलब था।''

खानसामा ने बीच में पड़ी हुई ट्रे पर चाय रख दी। रमेश ने केवल इतना ही कहा—''आपने शत्रु के साथ मिलकर मेरे साथ विश्वासघात किया। मैं इस समय पराजित हुआ; पर कभी इसका बदला लूँगा।''—यह कहकर वह मुस्कराया और साथ ही प्रभा और अजित हँस पड़े।

प्रभा चाय अपने हाथों से तैयार कर रही थीं। अजित ने कहा—''रमेश ! बर्नार्ड शा के नाटकों के विषय में तुम्हारी क्या राय है ?''

''मेरी समझ में तो बर्नार्ड शा इस युग का सबसे बड़ा कलाकार है।''

''और प्रभाजी, आपकी ?''

चाय का प्याला अजित की ओर बढ़ाते-बढ़ाते प्रभा ने मुस्कराते हुए उसे तिरछी दृष्टि से देखा, फिर बहुत गम्भीर मुद्रा बनाकर धीरे से कहा—''मेरे मत से तो इस युग की सबसे बड़ी कलाकार मैं हूँ।''

रमेश हँस पड़ा। अजित ने केवल मुस्करा दिया—''किसी अंश में मैं सहमत हूँ। कला के सुखी बनानेवाले अंश का इतना सुन्दर विकास मेरे मत में किसी कलाकार में नहीं है, जितना आप में है।''

प्रभा ने अजित की ओर से रमेश की ओर मुख फेर लिया—''मिस्टर रमेश ! देखिए मिस्टर अजित के प्रहारों से आप मेरी रक्षा नहीं कर रहे हैं।''

''मैं आपका साथ दूँ, तो आप अजित से मिलकर मेरे ही ऊपर टूट पड़ेंगी। उससे फायदा क्या है ?''—सबलोग चाय पीने लगे।

थोड़ी देर निस्तब्धता छाई रही। अजित का मुख दरवाजे की ओर था। वह सामने की लॉन को देख रहा था। उस समय लॉन पर माली टेनिस-कोर्ट की लाइनिंग कर रहा था। अजित ने पूछा—''प्रभाजी ! क्या आप टेनिस खेलती हैं ?''

''ऐसी ही कुछ, अभी दो साल हुए खेलना आरम्भ किया है, इसलिए नौसिखिया ही समझिए। पापा को खेलने का बड़ा शौक है। तीन साल पहले तक तो आल इण्डिया

में भी जाते रहे।''—कुछ रुककर उसने कहा—''और मिस्टर अजित, क्या आप खेलते हैं ?''

''हाँ खेलता तो हूँ, और शायद अच्छा खेलता हूँ। अगर अच्छी प्रैक्टिस मिल सके, तो आल इण्डिया में कुछ आशा भी करता हूँ।''

''अब तो बरसात खतम हो गई और टेनिस का सीजन भी आरम्भ हो गया। किसी दिन आप यहाँ आइए।''

''जरूर''।

चाय समाप्त हो गई, नौकर ट्रे उठाकर ले गया। उस समय अँधेरा हो गया था। नौकर ने बिजली जला दी। अजित ने बैठे हुए ही कहा—''शायद अब देर हो रही है, प्रभाजी आज्ञा दीजिए।''

''क्या आपको कोई काम है ?''

''काम तो कुछ नहीं, ऐसे ही कहा; क्योंकि रात हो गई है।''

''वाह, तो फिर जल्दी काहे की ? पापा को आ जाने दीजिए। उनके आने तक तो बैठिए ही। ब्रिज खेलिएगा ?''

''मुझे कोई आपत्ति नहीं है, लेकिन हमलोग तो केवल तीन आदमी हैं।''

''तीन ही आदमी सही।''—प्रभा ने मुस्कराते हुए कहा।

सर कृष्ण के आने पर ब्रिज खतम हो गया। खाना खाने का समय हो गया था। अजित ने उठते हुए कहा—''तो अब मुझे आज्ञा दीजिए।''

''पापा ! मिस्टर अजित टेनिस अच्छी खेलते हैं।''

''ऐसी बात है ? तो फिर कुँवर साहब, कभी आइए।''

[7]

''प्रेम अस्थायी है—और प्रेम के आधार पर होनेवाले विवाह पर मैं विश्वास नहीं करता।''—अजित ने कहा।

रमेश ने कहा—''अजित, मैं तुमसे सहमत नहीं हूँ। प्रेम ईश्वरीय है—प्रेम ही जीवन है।''

अजित मुस्कराया—''प्रेम जीवन है—ईश्वरीय है ! मानता हूँ लेकिन उसी प्रकार जिस प्रकार घृणा, क्रोध, दया आदि भावनाएँ ईश्वरीय हैं, या जीवन हैं।''

रमेश के कमरे में चार आदमी थे; भुवनेश्वर प्रसाद, कृष्णानन्द, अजित और रमेश। चारों सहपाठी थे और नवयुवक। भुवनेश्वर नाटे कद का दुबला सा युवक था। मुख छोटा-सा, लम्बा और पीला। उसको देखनेवाला व्यक्ति उसके मुख पर प्रतिभा के लक्षण न देख सकता था। केवल उसकी आँखों में एक विचित्र प्रकार की चमक थी। कृष्णानन्द

गोरा और लम्बा था। शरीर की एक-एक हड्डी गिनी जा सकती थी। मुख सुन्दर, लेकिन गाल पिचके हुए। आँखें कमजोर, हर वक्त ऐनक लगी रहती थी।

कृष्णानन्द का विवाह होनेवाला था। पिता ने बिना कृष्णानन्द की इच्छा के उसका विवाह तै कर दिया था। कृष्णानन्द का कहना था कि वह विवाह से किसी भी प्रकार सन्तुष्ट न होगा। उसने उस स्त्री अथवा लड़की को कभी नहीं देखा, जो उसकी जीवन-संगिनी होनेवाली थी। वह रमेश से सलाह करने आया था कि क्या किया जाए, और उसी समय अजित भी आ गया था।

कृष्णानन्द ने कहा—"कुँवर साहब ! फिर भी क्या विवाह में प्रेम प्रधान नहीं है ? क्या हमें उस स्त्री को अपने गले बाँध लेना चाहिए, जिसे हमने कभी नहीं देखा, जिसे न हम समझते हैं और जो हमको भी नहीं समझती है।"

अजित कुछ देर तक चुप रहा, फिर उसने कहा—"प्रश्न यह है कि क्या प्रेम विवाह का आधार है अथवा विवाह प्रेम का आधार है। प्रेम की कई परिभाषाएँ की गई हैं; पर मैं तो समझता हूँ कि प्रेम की परिभाषा करना असम्भव है। हम प्रेम को समझ सकते हैं, उसको अनुभव कर सकते हैं; पर उसकी परिभाषा करना हमारी शक्ति के बाहर है।"

इस बार रमेश हँसा—"प्रेम की परिभाषा करना हमारी शक्ति के बाहर है, फिर हम बड़े विश्वास के साथ जोर से चिल्लाकर कह सकते हैं कि प्रेम विवाह का आधार नहीं हो सकता। अजित ! प्रेम ईश्वरीय है, दो आत्माओं का बन्धन है। प्रेम में ही संसार स्थित है—प्रेम अनादि है, प्रेम अनन्त है। प्रेम ही मनुष्य का प्राण है।"

भुवनेश्वर उठ खड़ा हुआ, सीधे खड़े होकर उसने अपने स्वाभाविक तीव्र और सुरीले स्वर में कहना आरम्भ किया—"रमेश बाबू ! आप आदर्शवादी हैं। आप में कल्पना प्रधान है, कविता का भी कुछ अंश आप में हैं; पर मैं भावुक नहीं हूँ, मैं संसार को संसार से ऊपर उठकर देखने में विश्वास करता हूँ। और मैं जानता हूँ कि प्रेम क्या है। प्रेम आत्मिक और शारीरिक आकर्षण का दूसरा नाम है। जहाँ केवल आत्मिक आकर्षण होता है, वहाँ हम उसे मित्रता कहते है, साथ ही शारीरिक आकर्षण को वासना कहते हैं। इसी मित्रता और वासना के सम्मिश्रण का नाम प्रेम है।"—इतना कहकर भुवनेश्वर कुर्सी पर बैठ गया और उसने तीनों की ओर यह देखने के लिए देखा कि उसकी बात का कितना प्रभाव पड़ा है।

अजित मुस्कराया—"एक आदर्शवादी बनने की कोशिश कर रहा है, दूसरा यथार्थवादी बनने की। शब्दों का खेल—यदि इसी को परिभाषा कहते हैं, तो मैं आप दोनों से सहमत हूँ; क्योंकि दोनों ही एक बात कह रहे हैं, जरा भी भेद नहीं है। सृष्टि का विकास ही स्त्री और पुरुष के सम्पर्क से हुआ है। इसलिए प्रेम में ही संसार स्थित है, वह अनादि और अनन्त है। फिर तुम दोनों की बातों में भेद ही क्या है ? पर तुम दोनों ही भूल करते हो। प्रेम, जैसा हम उसे जानते हैं, दो प्राणियों के हितों के एक हो जाने से उनमें जो सहानुभूति, एक दूसरे के प्रति जो एकीकरण की भावना हो जाती है, उसे कहते हैं। याद रखिए कि हम सब जीवन में अपने सुख-दुख के भार को बाँटना

चाहते हैं। सुख या दुख को अकेले वहन करना ही तो हमारे लिए असम्भव है। एकाकीपन का भार ही सबसे अधिक असह्य भार है। इसीलिए हम अपने जीवन में एक साथी चाहते हैं, पर यह भी ध्यान में रखना पड़ेगा कि मनुष्य अपने सुख-दुख में इतना तल्लीन है कि उसे दूसरे मनुष्य के सुख-दुख में हाथ बटाने की फुर्सत नहीं, और पुरुष-जाति प्रकृति से ही अपने ममत्व पर केन्द्रीभूत रहती है। स्त्री असहाय है, वह पुरुष की सहायता चाहती है। साथ ही उसमें बलिदान की प्रेरणा होती है, वह अस्तित्व-विहीन होती है; इसीलिए पुरुष और स्त्री में प्रेम होना स्वाभाविक है। पर, जिसे हम प्रेम कहते हैं, वह विवाह के बाद की बात है, उसके पहले की नहीं। और रही प्रेम की परिभाषा की बात, वहाँ आप लोग देख ही रहे हैं कि प्रत्येक व्यक्ति की एक अलग परिभाषा है—और ये परिभाषाएँ अपना-अपना दृष्टिकोण ही प्रकट करती हैं।''—उस दिन छुट्टी थी। रविवार मनाने के लिए अजित सुबह ही रमेश के यहाँ आ गया था। उस समय ग्यारह बज रहे थे। रमेश ने उठते हुए कहा—''मुझे अभी खाना है और इसलिए मैं केवल इतना ही कहूँगा कि मैं आप लोगों से सहमत नहीं हूँ। वाद-विवाद करना ही बेकार है !''

कृष्णानन्द ने रमेश का हाथ पकड़कर बिठला लिया—''भाई ठहरो, तुम्हीं को अकेले नहीं खाना है, न भुवनेश्वर ने खाया है और न मैंने। सबों का खाना यहीं मँगवाए लेता हूँ।''

अजित ने कोट उतारकर खूँटी पर टाँगते हुए कहा—''क्या आज स्पेशल बना है ?''

''हाँ !''—रमेश ने उत्तर दिया।

''तो फिर एक थाली मेरे लिए भी मँगवा लो, अब कौन घर जाए, जरा वाद-विवाद का विषय रोचक है और इस पर मैं समझता हूँ, मैं काफी अच्छी राय दे सकता हूँ।''

कृष्णानन्द ने कमरे के बाहर निकलकर बरामदे से नौकर को बुलाया। उसे खाना लाने को कहकर वह फिर कमरे में आ बैठा। उसने कहा—''मेरी उलझन अभी नहीं मिटी, खास निर्णय पर तो पहुँचना ही पड़ेगा।''

''म्याँ खास निर्णय पर पहुँचकर क्या करोगे ? बाप ने शादी तय की है, सोच-समझ कर ही तय की होगी। जाओ, शादी कर डालो—यही पक्की राय है।''—अजित ने कहा।

''मैं ऐसे विवाह पर विश्वास नहीं करता—विवाह के पहले तुम्हें खुद लड़की को देख लेना चाहिए, उससे बातचीत कर लेनी चाहिए क्योंकि विवाह तुम्हारा हो रहा है, न कि तुम्हारे पिता का। जीवन-भर तुम्हीं को अपनी पत्नी के साथ निभाना पड़ेगा।''—रमेश ने कहा।

''आखिर क्या यह जरूरी है कि तुम विवाह करो। विवाह बेकार की बात है, क्योंकि अविवाहित रहकर भी काम चलाया जा सकता है।''—भुवनेश्वर ने कहा।

''तीन आदमी और तीन रायें। उलझन से निकलने की जगह तो और भी उलझन में पड़ा जा रहा हूँ।''—कृष्णानन्द ने मेज पर हाथ पटकते हुए कहा।

अजित ने कहा—''जितने आदमी मिलेंगे, उतनी रायें भी मिलेंगी। लेकिन जनाब, अगर आपके पास दिमाग है, और वह दुरुस्त है तथा ठीक तरह से काम-काज कर रहा

है, तो आप बड़ी आसानी से अपनी भी राय कायम कर सकते हैं और वही राय ठीक है।''

''तो मिस्टर अजित, मुझे तो रमेश की बात अधिक जँच रही है।''

''वह तो जँचेगी ही, क्योंकि उस पाश्चात्य संस्कृति की भी यही राय है, जिसमें हम पल रहे हैं और जो हमें अपाहिज बनाए हुए है। मिस्टर कृष्णानन्द, एक बात आप जानते हैं कि विवाह का आरम्भ कहाँ से हुआ है ? विवाह प्राकृतिक नहीं है, क्योंकि मनुष्य-जाति को छोड़कर वह कहीं नहीं पाया जाता। भुवनेश्वर ठीक ही कहता है कि विवाह की कोई आवश्यकता नहीं। जहाँ तक हमारी काम-वासना का सम्बन्ध है, वहाँ हम बिना विवाह के भी रह सकते हैं और पशु-पक्षियों में यह होता भी है। मनुष्य पशु-पक्षी से भिन्न है, वह सामाजिक जीवन पर विश्वास करता है। पशुओं तथा पक्षियों में मादाएँ इतनी असहाय नहीं होतीं, जितनी स्त्रियाँ। साथ ही सामाजिक जीवन न होने के कारण पशु-पक्षियों में आपस में कलह की भी कोई सम्भावना नहीं है। स्त्री को आश्रय देना, उसकी रक्षा करना, यह पुरुष का कर्तव्य है; इसलिए प्रत्येक पुरुष का कर्तव्य समझा गया है कि वह एक स्त्री को आश्रय दे, साथ ही उस स्त्री को अपनाकर अपने को पूर्ण बनावे। सृष्टि में पुरुष अपूर्ण है, क्योंकि उसके ममत्व पर केन्द्रीभूत होने के कारण उसमें दया, त्याग, सहानुभूति आदि की कोमल भावनाओं का अभाव-सा है, और साथ ही स्त्री भी अपूर्ण है; क्योंकि उसमें अधिकार, वीरता, साहस आदि का अभाव है; इसलिए स्त्री और पुरुष के मिल जाने से ही जीवन पूर्ण होता है। फिर काम-वासना का भी प्रश्न स्त्री और पुरुष के साथ होने से हल हो जाता है, इसीलिए विवाह का जन्म हुआ है और यही हिन्दू स्मृतिकारों का मत भी है। भुवनेश्वर की बात यहीं समाप्त हो जाती है। यदि आप विवाह नहीं करते, केवल काम-वासना की तृप्ति को ही विवाह का लक्ष्य समझते हैं, तो न तो आप अपने जीवन में पूर्णता पाते हैं और न आप अपने कर्तव्य का ही पालन करते हैं। अब आती है रमेश की बात। मिस्टर कृष्णानन्द ! क्या आप समझते हैं कि आप अपने लिए योग्य स्त्री ढूँढ़ सकते हैं ? यह याद रखिए कि जब आप किसी स्त्री को देखकर उससे विवाह करते हैं, तब आप उसके रूप को अपनाते हैं न कि उसके गुणों को। रूप की चकाचौंध के आगे आप गुणों को देख ही नहीं सकते और फलतः जब रूप का खुमार उतर जाता है, तब आपको एक भयानक स्थिति का मुकाबिला करना पड़ता है। जहाँ आप केवल रूप देखते हैं, वहाँ आपके पिता बराबर का कुल, लड़की के गुण तथा अन्य कई बातों की जाँच करते हैं, जिनकी आप रूप की तृष्णा के आगे परवाह नहीं करते, पर जो जीवन को सुखी बनाने के लिए नितान्त आवश्यक है। आप अपने पिता पर विश्वास कीजिए, वे अनुभवी हैं, वे आपके पिता हैं, आप पर उनकी ममता है। पिता आपका अहित न करेंगे, आप स्वयं अपना अहित कर सकते हैं। और प्रेम तो बाद की बात है। जिस समय आप दोनों एक बन्धन में बँध गए, आप दोनों के स्वार्थ एक हो गए, जीवनधाराएँ एक में मिल गईं, तब आपस में प्रगाढ़ सहानुभूति हो ही जाएगी। इसीलिए हमारी संस्कृति ने विवाह में पिता को इतनी

स्वतन्त्रता दे रक्खी है।''

कृष्णानन्द के मुख पर एक प्रकार की चमक आ गई, खड़े होकर उसने अजित से हाथ मिलाया, फिर उसने कहा—''मिस्टर अजित, आप विलायत हो आए हैं, मैं आपको पूरा साहब समझता था; लेकिन आज मैंने देखा कि आप बहुत बड़े विद्वान तथा अनुभवी हैं। आपने मुझे एक अमूल्य सलाह दी है, मैं आपको धन्यवाद देता हूँ।''

रमेश ने कहा—''भाई कृष्णानन्द ! मेरी बात भी तो सुन लो !''

''नहीं, अजित ने जो बात कह दी है, वह पक्की है—अब कुछ नहीं।''

''पक्की कैसे, मेरी बात भी...''

''नहीं जो, उलझन दूर करके अब मैं उलझन में नहीं पड़ने का।''

''और सुनो तो !''—झुँझलाते हुए रमेश ने कहा—''क्या हम इतने समझदार...''

''तुम मेरी उलझन को बढ़ाने पर तुले हो, और मैं उसे दूर कर चुका हूँ।'' इसलिए मैं चला। यहाँ बैठने से तुम मानोगे नहीं, कहोगे जरूर ! इसलिए आदाब !''—यह कहकर वह दरवाजे की ओर बढ़ा।

भुवनेश्वर ने कहा—''भले आदमी, खाना मँगाया है, वह तो खाते जाओ।''

''खाना मेरे कमरे में भिजवा देना।''—बरामदे से कृष्णानन्द ने जवाब दिया।

थोड़ी देर तक तीनों व्यक्ति मौन बैठे रहे। भुवनेश्वर ने उठते हुए कहा—''भाई, मैं भी चला। मेरा खाना भी मेरे कमरे में भिजवा देना।''

''अच्छा !''—अजित ने उत्तर दिया।

भुवनेश्वर के चले जाने के बाद अजित ने रमेश का हाथ पकड़ते हुए कहा—''रमेश ! क्या तुम वास्तव में प्रभा से प्रेम करते हो ?''

रमेश चौंक-सा उठा—''नहीं, ऐसी तो कोई बात नहीं है।''

इस समय अजित के मुख की मुस्कराहट गायब हो गई थी; उसकी आँखों में एक प्रकार की करुणा आ गई थी; उसने बहुत गम्भीर स्वर में धीरे से कहा—''रमेश ! या तो तुम मुझे धोखा दे रहे हो, या अपने को ही। दोनों बातों से ही मुझे दुख हुआ। तुम जानते हो कि मैं तुम्हारा मित्र हूँ।''

रमेश उस समय अपने को न रोक सका, अजित का हाथ अपने दोनों हाथों से दबाते हुए उसने कहा—''अजित—मुझे माफ करो, मैं तुमसे झूठ बोला। मैं प्रभा से प्रेम करता हूँ।''

''फिर तुम मुझसे झूठ क्यों बोले ?''—अजित के मुख पर उसकी स्वाभाविक मुस्कराहट दौड़ गई।

''इसलिए कि मैं तुम्हें दुखाना नहीं चाहता था। प्रभा तुम्हारी ओर अधिक आकर्षित है, और शायद तुम भी प्रभा से—''

अजित ठहाके के साथ हँस पड़ा—''रमेश ! तुम निश्चिन्त रहो। मैं प्रभा से प्रेम नहीं करता, और शायद मैं प्रभा से प्रेम कर भी नहीं सकता; लेकिन तुम प्रभा से प्रेम करके गलती कर रहे हो !''

"गलती कर रहा हूँ ?"—आश्चर्य से रमेश ने पूछा।

"हाँ, गलती कर रहे हो। तुम प्रेम करने के लिए बनाए ही नहीं गए हो रमेश ! कम-से-कम ऐसा प्रेम करने के लिए, जैसा प्रेम प्रभा चाहती है।"

रमेश ने आँखें फाड़कर अजित की ओर देखा—"मैं नहीं समझा !"

"और मैं समझा भी नहीं सकता हूँ; लेकिन इतना कह दूँ, तुम प्रभा के साथ खेलो, मौज करो—यह समझ करके कि खेलना और मौज करना ही प्रेम है। इससे आगे मत बढ़ना।"

कुछ रुककर उसने फिर कहा—"लेकिन तुम रुक न सकोगे, मैं जानता हूँ कि रुकना तुम्हारे लिए असम्भव है। तुम उन थोड़े-से आदमियों में एक हो, जीवन जिनके लिए बहुत गम्भीर समस्या है। तुम प्रेम करते हो, तुम्हारे लिए प्रेम का अर्थ होता है विवाह। यहीं तुम गलती करोगे।"

इस बार रमेश के हँसने की बारी थी—"विवाह और प्रेम ! अजित, प्रभा मुझसे प्रेम नहीं करती, और न कर सकती है, फिर इसका प्रश्न ही सामने नहीं आता।"

इसी समय नौकर खाना ले आया, और बातचीत समाप्त हो गई। खाना खा लेने के बाद अजित ने रमेश से पूछा—"अब क्या प्रोग्राम है ?"

"मेरा तो कोई प्रोग्राम नहीं है, जैसा तुम चाहो !"

"तो फिर, भाई, मैंने तो आज अपने को तुम्हारे हाथों छोड़ दिया है।"

कुछ सोचकर रमेश ने कहा—"तो चलो प्रभा के यहाँ ही कुछ गमशप की जाए।"

[8]

"मिस्टर अजित ! आप इधर बहुत दिनों से दिखलाई नहीं दिए ! आज बड़े भाग्य हैं, जो आपके दर्शन हो गए !"—प्रभा ने ड्राइंग-रूम में प्रवेश करते हुए कहा।

अजित ने रमेश की ओर देखा, इसके बाद वह मुस्कराया—"प्रभाजी, क्या बतलाऊँ लगातार कुछ ऐसे काम आते गए कि मुझे जरा भी फुर्सत नहीं मिली। यह मेरा दुर्भाग्य ही है; लेकिन रमेश तो बराबर आया करते हैं।"

रमेश के बगल की कुर्सी पर बैठे हुए प्रभा ने कहा—"हाँ, रमेश बाबू तो प्रायः दर्शन दे देते हैं; पर इसके ये अर्थ नहीं कि आप आवें ही नहीं।"

इसी समय एक दूसरी युवती ने कमरे में प्रवेश किया। वह दुबली-सी और लम्बी-सी स्त्री थी। रंग गोरा, मुख लम्बा, होठ पतले-पतले और लाल, नाक लम्बी और उठी हुई, आँखें बड़ी-बड़ी और मत्था नीचा। प्रभा ने उठते हुए कहा—"मैं आप लोगों से अपनी सखी मिस लीला विशाल का परिचय कराऊँ । मिस लीला विशाल क्रास्थवेट में मेरे साथ

पढ़ती थीं, और आजकल लखनऊ में पढ़ रही हैं। एक बात और भी बतला दूँ, लीला ने संसार में निराश प्रेमियों की संख्या बढ़ाने में काफी काम किया है, और इसके लिए मैं इन्हें मेडल देनेवाली हूँ।''

अजित और रमेश दोनों ने हाथ जोड़कर मिस विशाल का अभिवादन किया। अभिवादन का उत्तर देते हुए मिस विशाल ने कहा—''देखिए, प्रभाजी ने मेरी जो कुछ प्रशंसा की है, वह सब झूठी।''—इतना कहकर वह कुर्सी पर बैठ गई।

अजित की ओर संकेत करते हुए प्रभा ने कहा—''और ये कुँवर अजितकुमार सिंह... के राजा के छोटे भाई हैं, दुनिया देखे हुए और घाट-घाट का पानी पिए हुए, और ये''—रमेशचन्द्र की ओर संकेत करते हुए—''मिस्टर रमेशचन्द्र श्रीवास्तव हैं। यही इस वर्ष इंटर में फर्स्ट आए थे।''

अजित ने सिर झुकाते हुए कहा—''मिस विशाल ! प्रभाजी ने जो बात मेरे लिए कही है, वह अक्षरशः सत्य है।''

लीला ने अजित की ओर एक मर्मभेदी तीव्र दृष्टि डाली—''कुँवर साहब, आप ऐसे लोग जीवन में कम मिला करते हैं, इसलिए मैं कह सकती हूँ कि मुझे आपसे मिलकर बड़ी प्रसन्नता हुई।''

अजित हँस पड़ा—''यही बात मैं आपके लिए भी कह सकता हूँ। ऐसी सुन्दरियाँ यदि संसार में कई हो जाएँ, तो पुरुष-जीवन में वास्तव में एक भयानक उथल-पुथल मच जाए। मैं अपने को बधाई देता हूँ और साथ ही प्रभाजी को आपसे परिचय कराने के लिए मैं धन्यवाद भी देता हूँ।''

प्रभा ने रमेश की ओर देखा और रमेश ने प्रभा की ओर। अजित ने फिर कहा—''मिस विशाल ! क्या मैं आपसे कुछ पूछ सकता हूँ कि आप यहाँ कब तक ठहरेंगी ?''

''तीन-चार दिन तो अवश्य ही ठहरूँगी। बहुत दिनों बाद प्रभा से मिली हूँ। क्यों प्रभा, ठीक है न ? मुझे कब तक रोकोगी ?''

''बड़े दिन की छुट्टियाँ तो तुम्हें मेरे साथ बितानी ही पड़ेंगी। मिस्टर अजित। आप छुट्टियों में घर तो नहीं जा रहे हैं ?''

''जाने का इरादा तो है, क्योंकि भाई साहब का खत आया है, शिकार का पूरा इन्तजाम किया जा चुका है; लेकिन अभी ठीक नहीं कह सकता।''

''और मिस्टर रमेश आप ?''

''मुझे कहीं नहीं जाना है। मेरा घर भी तो नहीं है, भला जाऊँगा ही कहाँ ?''

''क्यों ? मेरे साथ तुम चलने का वादा कर चुके हो न ?''—मुस्कराते हुए अजित ने कहा।

''तो वादा टूट भी सकता है।''—प्रभा ने आँखें तिरछी करते हुए कहा।

''शायद ! आप मुझसे अधिक शक्तिशाली हैं, मैं यह मानने को तैयार हूँ।''—अजित हँस पड़ा।

इस बार लीला ने अजित की ओर देखा—“कुँवर साहब, क्या आपका घर जाना बहुत जरूरी है—किसी तरह आप अपना जाना स्थगित कर सकते हैं या नहीं ?”

“जाना और न जाना तो मेरे हाथ की बात है। शिकार का मुझे लोभ नहीं, और घर में मुझे कोई आकर्षण नहीं, क्योंकि अभी अविवाहित हूँ; लेकिन मुसीबत तो यह है कि जहाँ रमेश को कोई रोकनेवाला है, वहाँ मुझे कोई रोकनेवाला ही नहीं है !”

“मेरा आप पर कोई अधिकार तो नहीं है; पर मैं आपसे रुकने की प्रार्थना कर सकती हूँ।”—जरा-सा मुस्कराते हुए लीला ने कहा।

अजित ने बहुत गम्भीर मुद्रा बनाते हुए कहा—“मिस विशाल, यदि मैं आपको लीला कहूँ, तो आपको कोई आपत्ति तो न होगी ?”

“और कुँवर साहब, यदि मैं आपको अजित कहूँ, तो आपको तो कोई आपत्ति न होगी ?”

अजित खड़ा हो गया—“तो फिर मैं भी घर नहीं जाता।”

लीला ने कहा—“आप लोग ब्रिज खेलिएगा ?”

“लीलाजी, ब्रिज खेल तो सकता हूँ, लेकिन एक शर्त पर।”—अजित ने कहा।

“वह शर्त ?”

“वह शर्त यह रहेगी की पार्टनर्स का चुनाव ताशों पर न छोड़कर हमलोग स्वयं कर लें।”

प्रभा मुस्कराई—“इस शर्त पर लीला को तो कोई आपत्ति न होगी और न मुझे ही कोई आपत्ति है। रमेश बाबू से पूछिए।”

रमेश भी मुस्कराया—“मुझे भी कोई आपत्ति नहीं है, केवल इतना चाहता हूँ कि पार्टनर चुनने का अधिकार मुझे दिया जाए।”

“अरे यह झगड़ा बेकार !”—अजित ने ताश उठाते हुए कहा—“चाहे तुम चुनो और चाहे मैं चुनूँ, जरा भी अन्तर न पड़ेगा। रमेश और प्रभा, अजित और लीला।”

ब्रिज शुरू हो गया। अजित और लीला बराबर हारते गए। अन्त में लीला ने पत्ते फेंकते हुए कहा—“मिस्टर अजित, आपको ताश खेलना तक नहीं आता।”

“क्या बतलाऊँ लीला जी, आपके साथ बैठकर तो मैं सबकुछ भूल गया।”—अजित ने उठते हुए कहा—“अब क्या हो ? लीलाजी, चलिए बाजार ही घूम आएँ।”

प्रभा ने कहा—“मिस्टर अजित, कहाँ जाइएगा ? बैठिए बातें ही हों, अभी तो दोपहर ही है। आपको यह नहीं मालूम कि लीला गाती बहुत सुन्दर हैं।”

“ऐसी बात है ? लीलाजी, आपसे गाने की प्रार्थना कर सकता हूँ ?”

मुँह बनाते हुए लीला ने कहा—“मिस्टर अजित ! आप भी बड़े भोले आदमी हैं। जिसने जो कुछ आपसे कह दिया, उस पर आपने विश्वास कर लिया।”

“यही तो मेरी एक बहुत बड़ी कमजोरी है लीलाजी, मैं अविश्वास करने का आदी

नहीं हूँ।"

"लेकिन मैं आपसे कहती हूँ कि मुझे गाना नहीं आता।"

"तो फिर आपकी बात पर भी विश्वास किए लेता हूँ।"

प्रभा ने घड़ी देखी, चार बज रहे थे—"तो अब फिर चाय मँगवाऊँ ?" अरे हाँ, एक बात तो भूल ही गई थी। मेरी सालगिरह के उपलक्ष में दूसरे इतवार को डिनर है, आप लोगों को कार्ड्स तो मिल ही गए होंगे"—कुछ रुककर—"शायद अभी न मिले हों, क्योंकि आज ही भिजवाए गए हैं; लेकिन मैं आप लोगों से स्वयं प्रार्थना करती हूँ कि उस दिन अवश्य आइएगा।"

प्रभा ने नौकर को बुलाकर चाय लाने का हुक्म दिया। अजित ने कहा—"रमेश, आज चुप क्यों हो !"

"यहाँ बोलनेवाले काफी हैं, फिर मेरी क्या जरूरत ?"—मुस्कराते हुए रमेश ने उत्तर दिया।

"और बोलना एक अवगुण भी माना जाता है मिस्टर रमेश !"—लीला ने कहा। उस समय लीला के माथे पर बल पड़ गए थे।

प्रभा ने लीला का हाथ पकड़ते हुए कहा—"नहीं, रमेश बाबू अधिक बातें नहीं करते और तब, जब अजित उनके साथ रहते हैं। अजित की उपस्थिति में बिचारे रमेश की बात भी तो कोई नहीं सुनता।"

लीला ने अजित की ओर घूमते हुए कहा—"मिस्टर अजित ! आप कभी लखनऊ गए हैं !"

"केवल एक बार, और वह भी कुछ घंटों के लिए ही, यद्यपि यहाँ से चला था लखनऊ में एक हफ्ता बिताने के लिए !"

"तो फिर आप जल्दी क्यों लौट आए !"

"कारण जानना चाहती हैं, तो बतला सकता हूँ, लेकिन बुरा न मानिएगा।"

"नहीं, यदि बुरा मानने की बात होगी, तो बुरा अवश्य मानूँगी, इसलिए अब कारण मत बतलाइए।"

प्रभा ने कहा—"मिस्टर अजित, अब तो कारण बतलाना ही पड़ेगा। लीलाजी अगर बुरा मान जाएँगी, तो उनको मनाने का जिम्मा मैं अपने ऊपर लेती हूँ।"

अजित ने आरम्भ किया—"मुहर्रम के दिनों में मैं लखनऊ गया। वहाँ की ताजियादारी की शोहरत दूर-दूर तक फैली हुई है। मेरे एक सम्बन्धी की वहाँ कोठी है, वे अवध के ताल्लुकदार हैं। उनकी कोठी में ही ठहरना था। स्टेशन पर कार मुझे लेने आई, राजा साहब के एक खास मुसाहिब आए थे। उन्होंने मुझे झुककर सलाम किया, इसके बाद मैं कार पर बैठकर चला। उन मुसाहिब की हुलिया विचित्र थी। गरारेदार पायजामा, चिकन की छकलिया अचकन, सिर पर पट्टी, और पट्टों पर आलपीन से चिपकी हुई दुपल्ली टोपी। आँखों में सुरमा, दाढ़ी-मूँछ साफ। मोटे-से, गोरे-से और खूबसूरत-से कद्दावर आदमी थे। उनके नौकर उन्हें मीर साहब कहते थे। हमलोग जा

रहे थे कि एक जगह एक बहुत बड़ी भीड़ नजर आई। मीर साहब ने कार रुकवाते हुए ड्राइवर से कहा—"ड्राइवर जरा देखना तो क्या हो रहा है।" ड्राइवर ने इत्तिला दी कि कुछ कहा-सुनी हो रही है। भीड़ बढ़ती ही जा रही थी। मीर साहब अपने को नहीं रोक सके, उतरकर वह भीड़ की तरफ बढ़े, और वैसे ही बेतहाशा भागते हुए आए। कार पर बैठते हुए उन्होंने कहा—"हुजूर बलवा हो गया बलवा। अरे मियाँ ड्राइवर, जरा मोटर हाँको और देखो सही सलामत घर पहुँचा देना—ऐ मेरे औलिया पीर ! करम कर, रहम कर, जान बख्श, शरबत चढ़ाऊँगा, रेवड़ी चढ़ाऊँगा।"

"मैं बड़े चक्कर में था। वहाँ थोड़ी-सी मार-पीट अवश्य हो रही थी। मैंने मीर साहब का हाथ पकड़कर उन्हें समझाया-बुझाया। कोठी पर पहुँचे। वहाँ एक राजा साहब और ठहरे हुए थे। बरामदे में वे चहल-कदमी कर रहे थे और बीच-बीच में वे अपनी खिदमतगार से, जो उनके ऊपर पंखा झल रहा था, कहते जाते थे—"जरा तेजी के साथ पंखी झलो, ओफ मुई गर्मी भी बला की है।" मीर साहब ने मुझसे कहा—"ये राजा साहब... हैं, बड़े नफासत पसन्द आदमी हैं।"

"मुझे कुछ न सूझा, तो मैंने सीधे राजा साहब...के सामने पहुँचकर जंगी सलाम किया। उन्होंने मुझे गौर से देखा और फिर खिदमतगार से बोले—"जरा उससे पूछो तो ये कौन हैं !" मेरे मुँह से उसी समय निकल पड़ा—"मुआफ कीजिएगा, मैंने आपको मर्द समझा था।"—मेरी इतना कहना था कि राजा साहब, सीधे अपने कमरे में घुस गए।

"मैं अपने कमरे में गया। मुझे प्यास लगी थी, मैंने ह्वाइट हार्स का एक अद्धा खाली किया। इसके बाद मैं नहाने चला गया। नहाकर उठा ही था कि मुझे गाना सुनाई दिया। उस समय पैर हवा में पड़ रहे थे, तबीयत उमंग पर थी और दिमाग आसमान में। जिस तरफ से गाने की आवाज आ रही थी, उसी तरफ मैं बढ़ा। राजा साहब... का नौकर दरवाजे पर खड़ा था, उसने मुझे रोका; लेकिन भला मैं कब रुकनेवाला ! सीधे राजा साहब...के कमरे में घुस गया। वहाँ क्या देखता हूँ कि राजा साहब छह जनानों से घिरे हुए ताली बजाकर गा रहे हैं और नाच रहे हैं। अब मैं भी अपने को न रोक सका। मैंने भी नाचना शुरू कर दिया।"

"उधर मेरा नौकर मेरे पीछे-पीछे दौड़ा। उसने मुझे नाचते हुए देखा, और सीधे मेरे पास आकर उसने मेरा हाथ पकड़ा। लाख विरोध करने पर भी वह मुझे मेरे कमरे में घसीट ले गया। उसी समय उसने कार मँगवाई, मय सामान के उसने मुझे मोटर पर लाद दिया और सीधे स्टेशन पर पहुँचकर बिना मेरी इच्छा के उसने मुझे इलाहाबाद जानेवाली गाड़ी में ठूँस दिया।"

प्रभा कह उठी—"नौकर की यह मजाल !"

अजित हँस पड़ा—"खैरियत यह है कि उसने मुझे कान पकड़कर चपतिआया नहीं। उसने मुझे लड़कपन से पाला-पोसा है और खिलाया है।"

लीला ने भृकुटी चढ़ाते हुए कहा—"मिस्टर अजित ! क्या आप यह सच कह रहे हैं ?"

"मुझे आपसे झूठ बोलने की अभी तो कोई जरूरत पड़ी नहीं।"

इस वाक्य में छिपे हुए मजाक को समझाने के लिए प्रभा ने लीला को चुटकी काटी। प्रभा की चुटकी का जवाब बकोटे से देते हुए लीला ने कहा—"कुँवर साहब ! इस बार यदि आप लखनऊ जाएँ, तो मेरे यहाँ ठहरने का कष्ट अवश्य करें। लखनऊ इतना बुरा नहीं है, जितना आपने उसे समझ रक्खा है !"

"मैं तो लखनऊ को बुरा नहीं समझता, न मुझे लखनऊ चलने में कोई आपत्ति ही है; पर अपने नौकर को लखनऊ चलने के लिए राजी करने में मुझे काफी मुसीबत पड़ेगी। फिर भी जब लखनऊ आऊँगा, तब आपके यहाँ ही ठहरूँगा।"

इतने में सर कृष्ण ने कमरे में प्रवेश किया। सबलोग उठकर खड़े हो गए। सर कृष्ण ने अजित और रमेश से हाथ मिलाते हुए कहा—"हमलोग सिनेमा चलते हैं, आप लोग भी चलेंगे न ?"

"मैं भी यही प्रस्ताव करनेवाला था !" अजित ने मुस्कराते हुए उत्तर दिया।

[9]

बड़े दिन की छुट्टी भर अजित और रमेश नित्य प्रभा के यहाँ गए। लीला और अजित की मित्रता बड़ी तेजी के साथ बढ़ी, इतनी तेजी के साथ कि स्वयं लीला को इस पर आश्चर्य हुआ।

रविवार आया, सर कृष्ण के यहाँ प्रभा की वर्षगाँठ के उपलक्ष में दावत थी। नगर के प्रमुख नागरिक आमन्त्रित थे, प्रबन्ध पाश्चात्य ढंग पर किया गया था।

प्रभा अपने मेहमानों के साथ व्यस्त थी, लीला ने अजित और रमेश का स्वागत किया। ड्राइंग-रूम मेहमानों से भरा हुआ था, रेडियो लगा हुआ था। अजित ने कहा—"लीलाजी ! क्या यहीं पर बैठना पड़ेगा ?"

"यहाँ तो बड़ी भीड़ है।"—रमेश ने आँखों से प्रभा को ढूँढते हुए कहा।

"हाँ भीड़ तो यहाँ बहुत है, क्या लाइब्रेरी में ठीक रहेगा ?"—लीला ने कहा।

"अगर आपकी उपस्थिति यहाँ पर अधिक आवश्यक न हो !"—मुस्कराते हुए अजित ने कहा।

लीला का मुख लाल हो गया। उसने अजित को तीव्र दृष्टि से देखा, फिर धीरे से उसने कहा—"तुम बड़े क्रूर हो अजित।"

"लीला"—एकाएक अजित की दृष्टि रमेश पर पड़ी। उसने अपने को सँभाल लिया—"चलिए, हम सबलोग लाइब्रेरी में ही चलें।"

तीनों लाइब्रेरी में जाकर बैठ गए, तीनों मौन थे। उस मौन को रमेश ने तोड़ा—"लीलाजी, आज तो प्रभा बहुत व्यस्त हैं ?"

''तभी तो मुझे आप लोगों का स्वागत करना पड़ रहा है !''—मुस्कराते हुए लीला ने कहा।

''इसमें हमलोग अपना सौभाग्य समझें या आपका दुर्भाग्य समझें, मैं अभी तक निश्चित नहीं कर पाया।''—अजित ने लीला की आँखों से अपनी आँखें लड़ाते हुए कहा।

''अजित''—लीला ने केवल इतना ही कहा।

अजित ने लीला का हाथ अपने हाथ में ले लिया—''लीला तुम बुरा तो नहीं मान गई ?''

लीला खिलखिलाकर हँस पड़ी। हाथ छुड़ाते हुए उसने कहा—''तुमसे कौन बुरा मानेगा ? क्यों न रमेश बाबू, आप तो इनके बड़े मित्र रहे हैं और काफी साथ रहे हैं। आप ही बतलाइए कि भला इनसे आपने कभी बुरा माना है ?''

''मैंने इससे कई बार बुरा माना है और...''—रमेश अपनी बात पूरी भी न कर पाया था कि प्रभा ने लाइब्रेरी में प्रवेश किया। प्रभा ने कहा—''वाह ! आप लोग यहाँ कोने में आकर बैठ गए और मैं न जाने कब से आप लोगों को ढूँढ़ रही हूँ।''

प्रभा के आते ही तीनों उठ खड़े हुए थे। अजित ने कहा—''प्रभा जी, ड्राइंग-रूम में तो भीड़ इतनी है कि मैं वहाँ बैठ ही नहीं सकता।''

''हाँ, भीड़ तो बहुत है, मैं खुद ही बड़ी मुसीबत में पड़ गई थी, बड़ी मुश्किल से जान छुड़ाकर आई हूँ; लेकिन यहाँ बैठना ठीक नहीं, लोग मुझे ढूँढ़ रहे है !''—आप लोग ड्राइंग-रूम में क्यों नहीं चलते ? और लोग आप लोगों से मिलने को बड़े उत्सुक हैं। पापा तो आप लोगों को ढूँढ़ने के लिए भी आनेवाले थे, जाने क्यों रुक गए।''

लीला ने अजित की ओर देखा और अजित ने लीला की ओर। रमेश प्रभा को बड़ी तन्मयता से देख रहा था। लीला बोली—''प्रभाजी, मैं तो वहाँ न जाऊँगी, मेरा वहाँ पर दम घुटता है।''

''क्या आपकी कुछ तबीयत खराब है ?''—अजित ने पूछा,—''प्रभाजी, आप रमेश को ले जावें, मैं लीलाजी को अकेले अस्वस्थ छोड़कर कैसे चल सकता हूँ ?''

प्रभा मुस्कराई। रमेश का हाथ पकड़ते हुए उसने कहा—''चलो जी रमेश, तुमने इन लोगों का साथ पहले ही नहीं छोड़ दिया ?''—इतना कहकर प्रभा रमेश के साथ चली गई।

थोड़ी देर तक अजित और लीला दोनों एक दूसरे को देखते रहे, उसके बाद अजित ने कहा—''लीला !''

लीला ने अजित का हाथ पकड़ लिया—''अजित ! एक बात पूछूँगी—ठीक-ठीक उत्तर देना !''

''पूछो, मैं झूठ बोलने का आदी नहीं हूँ !''

''क्या तुम वास्तव में मुझसे प्रेम करते हो ?''

''हाँ !''

लीला थोड़ी देर तक मौन रही। उसकी आँखें अजित की आँखों से मिल

गईं—"अजित, एक प्रश्न और है। क्या तुमने इसके पहले भी जीवन में प्रेम किया है ?"

अजित थोड़ी देर तक चुप रहा, इसके बाद वह मुस्कराया—"लीला, सच कहूँगा, बुरा न मानना। मैंने एक बार नहीं, अनेकों बार प्रेम किया है !"

"अनेकों बार !"—लीला का हाथ अजित के हाथ से छूट गया, "क्या यह सम्भव है ?"

अजित की मुख की मुस्कराहट और अधिक प्रस्फुटित हो गई—"लीला, क्या यह सम्भव नहीं है ? लीला, यह प्रश्न मुझसे पूछने के स्थान पर यदि तुम स्वयं अपने से पूछती तो अच्छा था !"

लीला दो कदम पीछे हट गई। वह बोल उठी—"अजित, तुम झूठ बोलते हो—तुम मुझसे प्रेम नहीं करते।"

अजित ने बढ़कर लीला को आलिंगन-पाश में कस लिया—"मैं सौगंध से कहता हूँ, मैं झूठ नहीं बोलता। मैं तुमसे प्रेम करता हूँ, मैं तुमसे उतना ही प्रेम करता हूँ, जितना कोई भी व्यक्ति कर सकता है; पर मैं पागल नहीं हूँ। मेरा मस्तिष्क विकृत नहीं है, मेरे लिए प्रेम जीवन-मरण की समस्या नहीं है।"

लीला ने अपने को अजित के आलिंगन-पाश से छुड़ाया नहीं, उसने अधखुली आँखों से अजित की ओर देखा—"अजित, क्या तुम मेरे लिए बड़ा से बड़ा त्याग कर सकते हो ?"

अजित ने लीला को आलिंगन-पाश से छोड़ दिया—"कैसा त्याग लीला ?"

लीला मुस्कराई—"प्रेम दो व्यक्तियों की आत्माओं के एक में लय हो जाने को कहते हैं। जब तक मनुष्य में ममत्व रहता है तब तक वह प्रेम नहीं कर सकता !"

अजित हँस पड़ा—"नहीं लीला मैं व्यक्तित्व और ममत्व को बनाए रहने में विश्वास करता हूँ—यदि मैंने अपना ममत्व ही खो दिया, तो फिर मैं कहाँ रहा। मेरे लिए प्रेम का अर्थ है एक दूसरे से जी भरकर हँसना-खेलना, एक दूसरे को अच्छी तरह से समझना।"

लीला चिल्ला उठी—"अजित तुम मनुष्य नहीं हो, पशु हो—पूर्ण रूप से पशु हो !"

"सम्भव है, तुम्हारी दृष्टि में मैं पशु हो सकता हूँ।"

रमेश ने उसी समय प्रवेश किया—"चलो खाना भी तो खाना है। क्या यहीं पर जमे रहोगे ?"

तीनों डाइनिंग हॉल में गए।

डाइनिंग हॉल में एक बहुत बड़ी अंडाकार मेज पड़ी थी। मेज के चारों ओर आमन्त्रित अतिथि बैठे थे। उनमें स्त्रियाँ और पुरुष दोनों ही थे। अजित की दाहिनी ओर लीला थी और बाईं ओर रमेश। रमेश की बाईं ओर प्रभा थी, उसके बाद सर कृष्ण।

खाना अंग्रेजी ढंग से बना हुआ था। तरह-तरह की मदिराएँ भी खाने के साथ चल रही थीं। पुरुषों के आगे शैम्पेन से भरे गिलास थे और स्त्रियों के आगे पोर्ट। वर्षगाँठ पर वेस्ट पीने के समय सब लोगों ने अपने-अपने गिलास शराब से भरे। अकेला रमेश

शराब न पीता था। प्रभा ने रमेश के सामनेवाले गिलास में पोर्ट भर दी—"तुम्हें आज यह पोर्ट पीनी पड़ेगी—समझे !"—मुस्कराते हुए प्रभा ने रमेश से कहा।

प्रभा की आँखों की मादकता ने रमेश को पागल बना दिया। अतिथि खड़े हो गए—उन्होंने अपना-अपना गिलास उठाया। रमेश को भी अपने सामनेवाला गिलास उठाना पड़ा। सबों ने अपने गिलास खाली कर दिए और उनके साथ रमेश ने भी।

आपस में हँसी-मजाक हो रहा था। बातचीत भी काफी दिलचस्प हो रही थी। लीला की दाहिनी ओर एक नवयुवक बैठा था, जो फौज में अफसर था। वह प्रभा का दूर का भाई होता था, और इस उत्सव में खास तौर से पेशावर से आया था। उसका नाम था अविनाशचन्द्र।

लीला और अजित में कोई बात नहीं हुई। अविनाश लीला को देखते ही मुग्ध हो गया था और वह इसलिए लीला के पास बैठा था। लीला अविनाश से बातें कर रही थी, अजित मौन था; पर अविनाश जितना चाहता था, उतना लीला को अपनी ओर आकर्षित न कर सका।

अविनाश ने बात-बात में सर कृष्ण से कहा—"चाचाजी, अफ्रीका के जंगलों में मैंने शेर का जो शिकार किया था, उसका दिलचस्प किस्सा आपको सुनाऊँ। एक दिन मचान पर मैं बैठा हुआ था कि छह-सात शेर नीचे से निकले। छह-सात का झुंड देखकर मेरे होश गायब हो गए; पर उसी समय मैंने साहस किया। मैंने फायर किया, एक शेर गिर पड़ा। उस शेर का गिरना था कि बाकी शेर भाग गए, केवल एक शेरनी रह गई। वह मुझ पर झपटी। मेरे पास इतना समय न था कि मैं अपनी रायफल लोड करता, और मचान काफी ऊँचा न था। उसी समय मैंने रायफिल का बैरल उसके मुख में डाल दिया। बन्दूक का बैरल वह दाँत से दबाकर लटक गई। बस मैंने पिस्तौल निकालकर पाँच गोलियाँ मत्थे में दाग दीं।"

सब लोग अविनाश के साहस की प्रशंसा करने लगे। कुछ ने रूमाल मुँह में लगाकर अपनी हँसी को दबाया भी। सर कृष्ण ने अजित से कहा—"कुँवर साहब ! आप भी बहुत बड़े शिकारी हैं। इसी के मुकाबिले की एक आप कहें !"

अजित ने बहुत गम्भीरतापूर्वक कहा—"मिस्टर अविनाश ने शेर के शिकार की बात बतलाई है, मैं मगर के शिकार की बात कह रहा हूँ। एक दफे गंगा के किनारे मैं घूमने जा रहा था। मेरे पास करीब हाथ भर का एक डंडा था। जनाब, उसी समय एक मगर पानी के बाहर निकला और मेरी ओर बढ़ा। बहुत बड़ा मगर था और साथ ही आदमखोर। पहले मैंने सोचा भागूँ, फिर सोचा क्षत्रिय हूँ, पीठ दिखाना मुझे शोभा नहीं देता। जब तक मैं सोचता-विचारता रहा, तब तक मगर मेरे बहुत पास आ गया था। एकाएक मुझे सूझ ही तो गई। मैंने अपने हाथ का डंडा बीच से पकड़कर मगर के मुँह में खड़ा डाला। मगर ने अपना मुँह बाया और मैं बराबर उसके मुँह में डंडा डालता गया। जब उसने पूरा मुँह खोल दिया तो मैंने वहाँ डंडा लगा हुआ छोड़कर अपना हाथ निकाल

लिया। अब आप लोग समझ सकते हैं कि मगर मुँह बन्द नहीं कर सकता था; क्योंकि उसके दोनों तालुओं के बीच में डंडा अड़ा हुआ था और अपना मुँह अधिक खोलकर वह डंडे को गिरा नहीं सकता था; क्योंकि वह पहले ही अपना मुँह पूरा खोल चुका था। इस हालत में मगर को छोड़कर मैंने उसको ठोकर लगानी शुरू कर दी। करीब बारह ठोकरों में मैंने उसे खत्म कर दिया।"

सर कृष्ण ने अपनी हँसी को दबाते हुए कहा—"कुँवर साहब मैं आपको मान गया, आपकी बाजी रही।"

इस बात पर सब मेहमान खिलखिलाकर हँस पड़े। अविनाश का मुख लाल हो गया। लीला ने अजित का हाथ दबाते हुए कहा—"अजित तुम बड़े दुष्ट हो !"— थोड़ी देर तक दोनों की आँखें मिलीं, उसके बाद लीला ने अजित का हाथ छोड़ दिया—"अजित ! उफ तुम बड़े भयानक जादूगर हो, तुमसे पार पाना असम्भव है !"

अविनाश ने लीला की बात सुन ली। उसने अजित से कहा—"कुँवर साहब ! आप बड़े कुशल शिकारी मालूम होते हैं।"—इसके बाद वह लीला की ओर देखकर मुस्करा दिया।

लीला का मुख एक क्षण के लिए पीला पड़ा, फिर एकाएक वह लाल हो गया। अजित के उत्तर देने के पहले ही वह कह उठी—"अविनाश बाबू ! अभी आपको दुनिया में बहुत कुछ सीखना पड़ेगा।"

अपनी मुस्कराहट को कुछ और प्रस्फुटित करते हुए अविनाश ने कहा—"सिखलानेवाले को ही तो ढूँढ़ रहा हूँ लीलाजी !"

अजित यह बातचीत बड़े ध्यान से सुन रहा था। इस बार उसने उत्तर दिया—"मिस्टर अविनाश ! सिखलानेवाले का नाम तो मैं आपको बतला सकता हूँ; पर सिखलाने के लिए उसे राजी करना आपका काम होगा।"

अविनाश ने कहा—"कुँवर साहब ! सिखलानेवाले को राजी करने के लिए जो जादू चाहिए, पहले मैं उसी जादू से आरम्भ करना चाहता हूँ, और वह आप मुझे सिखला सकते हैं।"

लीला उठ खड़ी हुई—"कुँवर साहब ! अविनाश बाबू के पास आ जाइए और इन्हें पहला सबक आज ही से पढ़ाना आरम्भ कर दीजिए, मैं जा रही हूँ।"

अजित ने लीला का हाथ पकड़ लिया—"लीला इतने दिलचस्प विषय को छोड़कर आप भला जा कहाँ सकती हैं ? मिस्टर अविनाश ऐसे आदमी किस प्रकार सीखते हैं, यह तो देखिए !"—इतना कहकर अजित ने लीला को कुर्सी पर बिठला दिया, इसके बाद उसने अविनाश से कहा—"अविनाश बाबू ! आप यहाँ कितने दिन और ठहरेंगे ?"

"तीन दिन !"

अजित मुस्कराया—"सीखने के लिए समय काफी है, खासतौर से आप ऐसे आदमियों को। पहला सबक मैं आपको यह पढ़ाऊँ कि आप में काफी अधिक मैगनेटिज्म

है; पर आपको अपने उस मैगनेटिज्म का पता नहीं और इसलिए आप उसका प्रयोग नहीं करते !"

"मैगनेटिज्म ! नहीं समझा, थोड़ा-सा आप और स्पष्ट करें !"—अविनाश ने कहा।

"आप सम्पन्न हैं, आपके पास काफी धन है, मान है और प्रतिष्ठा है —यह तो आप मानिएगा ही।"

"हाँ, पर इससे क्या ?"

सबलोग खाना समाप्त कर चुके थे। अजित ने उठते हुए कहा—"आपको अभी कोई काम तो नहीं है।"

"नहीं, मुझे काफी फुर्सत है।"

"तो मेरे साथ चलिए, ड्राइव को चलते हैं। रात सुहावनी है, और शायद लीलाजी भी चलें।"

"प्रभा भी तो हैं, उनसे भी चलने को पूछ लो !"

"हाँ, प्रभाजी और रमेश भी तो हैं !"—अजित रमेश की ओर घूमा—"रमेश, ड्राइव को चलते हो ? हमलोग चल रहे हैं, प्रभाजी से पूछ लो !"

प्रभा इस ओर घूम पड़ी थी—"हाँ,—लेकिन नहीं, मुझे यहाँ भी मेहमानों को विदा करना है।"

"मेहमानों को विदा करके ही सही !"—अविनाश ने प्रभा की आपत्ति दूर करने को कहा।

प्रभा ने रमेश की ओर देखा, दोनों की आँखें चार हुईं। प्रभा ने कहा—"आप लोग ही घूम आइए। मैं बहुत अधिक थक गई हूँ।"

अजित, अविनाश, रमेश और शीला चारों बाहर निकले। बाहर निकलकर रमेश ने कहा—"अच्छा, अब मैं बोर्डिंग में जा रहा हूँ, मेरे कुछ दोस्त आ गए हैं, वे मेरा इन्तजार कर रहे होंगे।"

"तो कार पर चलिए, मिस्टर अजित आपको उतार देंगे।"—अविनाश बोल उठा।

"नहीं, मैं उधर न जाऊँगा, रमेश बाबू पैदल ही चले जाएँगे।"—अजित ने अपनी मुस्कराहट दबाते हुए कहा। तीनों कार पर बैठ गए।

कार चल दी। अविनाश ने कहा—"मिस्टर अजित, अभी जिस मैगनेटिज्म के बाबत आपने कहा, उसे आप अधिक स्पष्ट करें।"

"मैंने आपसे कहा था कि आपके पास धन, मान और प्रतिष्ठा, सभी है, और यही वैभव आपका मैगनेटिज्म अथवा आकर्षण है। यह वह आकर्षण है, जिससे कोई भी प्राणी आपकी ओर आकर्षित हुए बिना नहीं रह सकता।"

कार तेजी के साथ चली जा रही थी। लीला बाहर देख रही थी। अविनाश ने अपना सिगरेट सुलगाते हुए पूछा—"फिर !"

अजित मुस्कराया—"इसी फिर ने तो सबकुछ बिगाड़ रक्खा है। तुम अधिकार रखते हुए भी अपना अधिकार नहीं जानते, इसलिए उसका प्रयोग करके सफल नहीं बन

सकते। दुनिया उसी को पूजती है, जो उसे दबा सके, दबा ही नहीं सके, बल्कि उसकी आत्मा की हत्या कर सके !''

अविनाश मुस्कराया—''देख रहा हूँ, आप किसी हद तक सिनिक हैं।''

अजित ठहाके के साथ हँस पड़ा—''अविनाश बाबू ! मैं सिनिक नहीं हूँ, इसका मैं आपको विश्वास दिलाता हूँ। मैं सत्य कह रहा हूँ, और यह मानता हूँ कि सत्य भयानक है, केवल इसलिए कि हम सब झूठे विश्वासों और झूठी संस्कृति की गोद में पल रहे हैं। आज मैं आपको एक भयानक सत्य बतला रहा हूँ। लीलाजी भी उसे सुन लें, इसलिए उन्हें भी साथ लाया हूँ। मिस्टर अविनाश ! स्त्री प्रकृति से गुलाम है और पुरुष स्वामी है, इतना याद रखिए। पुरुष की गुलामी करने के लिए ही स्त्री उत्पन्न हुई है, वह स्वामी बनकर रह ही नहीं सकती। जिस समय आप एक स्त्री की ओर आकर्षित होते हैं, तो याद रखिएगा कि उस स्थान पर वह स्त्री आपको अपनी ओर आकर्षित करने के पूर्व स्वयं आपकी ओर आकर्षित हो चुकी है, पर आप यह नहीं जानते और इसीलिए आप अपने आकर्षण से प्रेरित होकर अपने को उस स्त्री के हाथ सौंप देते हैं। और प्रकृति से गुलाम होने के कारण स्त्री आपके आत्मसमर्पण व आपको उपेक्षा की दृष्टि से देखती है। आप स्वामी हैं, आप स्त्री से श्रेष्ठ हैं, यदि आप आत्मसमर्पण न करें, तो याद रखिएगा कि स्त्री आपके चरण चूमेगी।''

अन्धकार में न दीखनेवाली लीला के मुख पर क्रोध का भाव उसकी भाषा में उमड़ पड़ा—''कुँवर साहब ! अब लौट चलिए। क्या आप मेरा अपमान करने के लिए यहाँ लाए हैं ?''—लीला का स्वर काँप रहा था। अजित ने हँसते हुए कहा—''लीलाजी, क्षमा कीजिएगा यदि इसमें आप अपने को अपमानित समझ गई हों। मैंने तो केवल सत्य कहा था और वह सत्य किसी अंश में अप्रिय था, यह मैं मानता हूँ। पर आपका अपमान करने की भावना मुझमें तनिक भी न थी, इसका मैं आपको विश्वास दिलाता हूँ।''

लीला चीख उठी—''कुँवर साहब ! मेरा दम घुट रहा है, आप बड़े भयानक शैतान हैं। मोटर मोड़िए, नहीं तो मैं इससे कूदकर प्राण दे दूँगी।''—लीला की हिचकियाँ बँध गईं।

अजित ने कार मोड़ दी—''चलता हूँ; पर अविनाश बाबू, अभी बात अधूरी ही रह गई। आप मुझसे जादू सीखना चाहते थे न ?''

''नहीं—अब बस कीजिए !''—अविनाश ने कहा।

''बात पूरी करूँगा, अविनाश बाबू, यह आपके हित की बात है। जानते हैं, आप सम्पन्न हैं और आप सुन्दर भी हैं। स्त्री पुरुष में पुरुषत्व देखती है, साथ ही वह धन और वैभव भी देखती है। आप में दोनों हैं। आप इनका प्रयोग करें। इसके बाद आप अपनी उँगलियों के इशारे पर एक से एक सुन्दरी स्त्रियों को नचा सकेंगे।''

लीला जोर से चिल्ला उठी—''बस करो ! नहीं तो मैं कार से कूदती हूँ !''—इतना कहकर उसने दरवाजे पर हाथ लगाया।

अजित ने एक रूखी हँसी के साथ कहा—''लीलाजी, मुझे ताज्जुब हो रहा है कि

कितने ही प्रेमियों को निराश करके पागल बना देनेवाली स्त्री आज स्वयं पागलपन का व्यवहार कर रही है।''

[10]

दूसरे दिन सुबह सात बजे अजित की कार हिन्दू बोर्डिंग की बरसाती के नीचे आकर रुकी। अजित रमेश के कमरे में गया। उस समय रमेश सो रहा था। अजित ने रमेश को जगाया।

रमेश ने उठते ही स्टोव पर चाय का पानी रख दिया। इसके बाद वह नित्य कर्म से निवृत्त होने चला गया। अजित एक उपन्यास के पन्ने उलटने लगा। रमेश ने लौटकर चाय तैयार की। चाय का प्याला लेते हुए अजित ने कहा—''आप बहुत देर तक सोए !''

''हाँ।''—आँख नीची किए हुए रमेश ने उत्तर दिया।

अजित चुपचाप चाय पी रहा था और कुछ सोच रहा था। चाय का प्याला समाप्त करके उसने रमेश की आँखें गड़ा दीं—''कल रात तुम कै बजे वापस आए ?''

प्रश्न स्पष्ट, साफ और सीधा था और प्रश्नकर्ता के स्वर में स्वामित्व का ओज था। रमेश को कुछ सोचने का अवसर ही न मिला, आँखें नीचे किए हुए उसने धीरे से कहा—''दो बजे रात।''

''ठीक ! मेरा अनुमान गलत न था !''—अजित मुस्कराया—''रमेश ! यहाँ तक तो जो कुछ हुआ वह ठीक हुआ पर उसके बाद क्या होगा, इसकी मुझे चिन्ता है।''

''क्यों चिन्ता करने की क्या बात ?''

''रमेश एक बार मैंने तुमसे कहा था न, कि यदि तुम प्रभा से प्रेम करते हो, तो यह समझकर प्रेम करो कि हँसना और खेलना ही प्रेम करना है, इसके आगे बढ़ना गलती होगी। साथ ही मैंने तुमसे यह भी कह दिया था कि तुम यहीं न रुकोगे, तुम और भी आगे बढ़ोगे। अब समय आ गया है, यदि तुम यहीं रुक सको, हँसने और खेलने ही को प्रेम समझ सको, तो तुम बचे हुए हो, नहीं तो तुम्हारा डूबना अनिवार्य है, तुम्हें कोई नहीं बचा सकता।''

रमेश ने आँखें नीची किए हुए उत्तर दिया—''अजित ! मैं इतना जानता हूँ कि मैं प्रभा से प्रेम करता हूँ और प्रभा मुझसे प्रेम करती है। इसके आगे की बात मैं नहीं समझ पा रहा हूँ।''

अजित के मुख की मुस्कराहट लोप हो गई—''तुम नहीं समझ पा रहे हो ? तो फिर समझ लूँ कि तुम डूब रहे हो !''

इस बार रमेश ने आँखें उठाईं, उसकी आँखें अजित की आँखों से कुछ क्षणों के लिए मिलीं—''अजित ! क्या यह आवश्यक है कि दुनिया तुम्हारी निरर्थक बातों पर

विश्वास करे ही ?"

अजित चौंक पड़ा—"क्या कहा ?"

रमेश के स्वर में दृढ़ता की तीव्रता आ गई थी—"अजित ! तुम सिनिक हो, तुम्हें दुनिया में अच्छाई नहीं दिखलाई देती। तुम्हें प्रेम की पवित्रता पर विश्वास नहीं पर मैं तो प्रेम की पवित्रता पर विश्वास करता हूँ।"

"प्रेम और प्रेम की पवित्रता !—अजित हँस पड़ा—"बड़े मजेदार शब्द हैं—बड़ा सुन्दर शब्दजाल है। रमेश, क्या तुम वास्तव में इनका अर्थ भी समझते हो ?"

रमेश उत्तेजित हो उठा—"यदि तुम इनका अर्थ नहीं समझते, तो इसके ये अर्थ नहीं कि कोई भी इनका अर्थ नहीं समझता। अजित, इनका अर्थ वही समझ सकता है, जिसने प्रेम किया हो !"

"ऐसी बात है ! उसमें मुझे कोई आपत्ति नहीं है, न मुझे कुछ कहना ही है। प्रत्येक मनुष्य अपने कर्मों का उत्तरदायी है, और जीवन की सफलता अथवा असफलता या अपने सुख-दुख का सबसे अच्छा निर्णायक स्वयं व्यक्ति है। मैंने जो कुछ कहा था, वह केवल इसलिए कहा था कि तुम मेरे मित्र हो।"

रमेश उठ खड़ा हुआ—"अजित इस विषय को हम यदि यहीं समाप्त कर दें, तो ठीक रहे।"

अजित ने रमेश का हाथ पकड़कर बिठला लिया—"लो भाई, मैं इस बात को समाप्त कर चुका। जब मरीज स्वयं ही दवा नहीं चाहता, तो डॉक्टर को क्या गरज पड़ी है कि वह जबर्दस्ती दवा मरीज के गले के नीचे उतारने का प्रयत्न करे। अच्छा, मैं प्रभा के यहाँ जा रहा हूँ, चलते हो ?"

"चलो।"—कहकर रमेश ने कपड़े पहने।

सर कृष्ण, अविनाश, प्रभा और लीला चारों लॉन पर धूप सेंक रहे थे। एक छोटी-सी मेज वहाँ पड़ी थी, जिस पर चाय का सामान रक्खा हुआ था। अजित और रमेश का स्वागत करने के लिए सर कृष्ण खड़े हुए, बाकी सबलोग बैठे ही रहे। अजित और रमेश को कुर्सी पर बिठलाते हुए सर कृष्ण ने कहा—"प्रभा, आप लोगों के लिए भी चाय बनाओ !"

प्रभा ने दो प्याले चाय के तैयार किए। अजित ने कहा—"पापा, चाय तो मैं सुबह से पी रहा हूँ—इस समय तक करीब आधे दर्जन प्याले पी चुका हूँ।"

मुस्कराते हुए प्रभा ने उत्तर दिया—"तो फिर दर्जन यहाँ पूरा कर लीजिए !"

अजित भी मुस्कराया—"हो सकता है, कोई गैरमुमकिन बात नहीं है, लेकिन चाय लीलाजी बनावें तब !"

लीला सर नीचा किए हुए बैठी थी, अपना नाम सुनकर उसने सिर उठाया। एक तीव्र स्वर में उसने कहा—"क्या कहा कुँवर साहब।"

सर कृष्ण, प्रभा और रमेश ने आश्चर्य से लीला की ओर देखा, अविनाश ने अपना मुँह फेर लिया।

अजित ने स्वाभाविक मुस्कराहट के साथ कहा—''लीलाजी, मैंने केवल इतना कहा था कि यदि आप चाय तैयार कर सकें, तो दर्जन में अभी जो छह प्याले चाय के बाकी हैं, उन्हें मैं पूरा कर सकता हूँ।''

सर कृष्ण इत्यादि की आश्चर्य की मुद्रा देखकर लीला सँभल गई—''कुँवर साहब ! मैं नहीं चाहती कि आप अधिक चाय पीकर अपना स्वास्थ्य खराब करें।''

अजित हँस पड़ा—''लीलाजी ! चाय पीकर स्वास्थ्य खराब होता है, यह तो बड़ी मजेदार बात है !''—इतना कहकर अजित ने सर कृष्ण से कहा—''पापा ! अब आप ही बताइए, भला चाय किस प्रकार पी जा सकती है, जब उसके खिलाफ इतना बड़ा फतवा निकल चुका है !''

सर कृष्ण ने मुस्कराते हुए लीला से कहा—''लीला ! कुँवर साहब ने बहुत बड़ी बात कह दी। अब तुम्हारा फतवा तभी कट सकता है, जब तुम इनके लिए चाय बना दो।''

चाय से भरे हुए टी-पॉट में मिल्क जग का दूध उँड़ेलकर और शुगर बेसिन की चीनी डालकर लीला ने टी-पॉट अजित के सामने रख दिया।

अजित ने कहा—''क्या मैं ही अपने हाथ से चाय बनाऊँ ?''

अबकी लीला के मुस्कराने की बारी थी—''नहीं, आप छह प्याले चाय पीने वाले हैं न ? बेर-बेर छह प्याले बनाने के बजाय मैंने एक बार ही बना दी है—टी-पॉट में ही पी लीजिए !''

सबलोग हँस पड़े। अजित ने लीला को तीव्र दृष्टि से देखा, उसके बाद एक बहुत हलकी मुस्कराहट उसके होठों पर आकर निकल गई—''आपकी बात न मानना एक बहुत बड़ा अपराध हो सकता है !''—यह कहकर उसने टी-पॉट की टोंटी मुँह से लगा ली। हँसी का दूसरा ठहाका उठा और मिट गया।

सर कृष्ण ने उठते हुए कहा—''कुँवर साहब ! माफ कीजिएगा, मुझे अभी अपने मुवक्किलों के साथ सर खपाना है, आप लोग बातचीत कीजिए।''—इतना कहकर वे चले गए।

सर कृष्ण के जाने के बाद थोड़ी देर तक मौन का साम्राज्य रहा। इस मौन को प्रभा ने तोड़ा—''अविनाश ! तुम्हारी छुट्टियाँ कब तक हैं ?''

''छुट्टी तो मैंने एक महीने की ली है, पर मैं यहाँ से कल चला जाऊँगा !''

''इतनी जल्दी ?''—लीला ने पूछा।

''हाँ, क्या करूँ कुछ जरूरी काम निकल पड़े हैं।''

''यहाँ से कहाँ जाने का इरादा है ?''—अजित ने पूछा।

''लखनऊ।''

''लखनऊ जाइएगा ! मैं भी तो कल चलनेवाली हूँ !''—लीला ने कहा।

अजित ने रमेश से पूछा—''क्यों जी रमेश, अभी छुट्टियाँ कब तक और हैं ?''

रमेश 'टाइम्स ऑफ इण्डिया' के पन्ने उलट रहा था। पत्र मेज पर रखते हुए उसने

कहा–"अभी तो चार दिन बाकी हैं !"

"तो फिर एक ट्रिप लखनऊ की कैसी रहेगी ? लीलाजी का मुझे निमन्त्रण भी है।"

अविनाश और लीला की दृष्टि आप-ही-आप मिल गई। अविनाश की दृष्टि में कौतूहल था और लीला की दृष्टि में घुट-घुट कर मौन रहनेवाला अभिमान। रमेश ने कहा–"भाई, मैं तो न जा सकूँगा, अगला प्रोग्राम फिक्स हो चुका है।"

इतने में चपरासी ने आकर अविनाश को एक कार्ड दिया। अविनाश ने कुछ सोचा, फिर उठकर उसने कहा–"मुआफ कीजिएगा, मेरे एक मुलाकाती आ गए हैं, उनसे मिलना जरूरी है।"–इतना कहकर वह चला गया।

अविनाश के जाते ही प्रभा ने उठते हुए रमेश से कहा–"रमेश ! तुमने मेरा अलबम देखा है ? चलो दिखा लाऊँ !"–इसके बाद उसने मुस्कराकर लीला की ओर देखा।

रमेश उठ खड़ा हुआ। न जाने क्यों उसकी दृष्टि आप-ही-आप अजित की दृष्टि से मिल गई। अजित मुस्करा दिया। रमेश ने कहा–"चलिए !" और वह प्रभा के साथ चला गया।

थोड़ी देर तक अजित और लीला दोनों मौन बैठे रहे। अजित अपने को अधिक न रोक सका। उसने कहा–"लीला !"

लीला के सामने अजित था और उसके हृदय में एक भयानक विद्रोह की भावना थी। उसकी आँखों में चमक आ गई थी। घूरकर उसने कहा–"अजित ! तुम आदमी हो कि शैतान !"

अजित ने अपनी आँखें लीला से हटाईं नहीं। गम्भीर स्वर में उसने धीरे से कहा–"लीला, इतना विश्वास दिलाता हूँ कि मैं आदमी हूँ, मेरे पास हृदय है और वह प्रेम कर सकता है।"

लीला कुछ देर तक मौन रही, उसके मुख पर आश्चर्य के भाव अंकित थे। एक ठंडी साँस लेते हुए उसने कहा–"अजित ! मैं तुम्हें नहीं समझ पा रही हूँ, तुम मेरे लिए एक पहेली हो।"

अजित ने अपनी कुर्सी लीला के और पास खिसका ली, उसने लीला का हाथ अपने हाथ में ले लिया। लीला ने इसका कोई विरोध न किया–"तुम्हारे लिए ही नहीं, स्वयं अपने लिए भी मैं एक पहेली हूँ। पर इससे क्या ? प्रत्येक व्यक्ति एक पहेली है और संसृति इन पहेलियों के एकत्रित समूह का दूसरा नाम है !"

"और इन्हीं पहेलियों के सुलझाने का नाम प्रेम है !"–लीला बिना सोचे-समझे कह गई।

अजित ने लीला का हाथ जोर से दबा दिया–"शायद तुम ठीक कहती हो पर मैं नहीं समझ पा रहा हूँ। मैं तो पहेली को वैसी ही उलझी हुई रखने में विश्वास करता हूँ। और साथ ही मैं प्रेम करता हूँ।"

लीला हँस पड़ी–"तुम प्रेम करने के लिए नहीं बनाए गए हो ! अजित, प्रेम करनेवाला अपने में और अपने प्रेमी में कोई भेद-भाव नहीं देखता। प्रेम जीवन का

कर्तव्य है, आत्मा का संगीत है। इस कवित्व और संगीत का काम है आत्मा को अपने में लय कर लेना और जीवन को आनन्दमय बनाना पर तुममें न कवित्व है, न संगीत। तुममें न कल्पना है और न कोमलता है !''

अजित भी मुस्कराया–''लीला ! तुम मुझे गलत समझ रही हो ! मुझमें सबकुछ है पर मेरे व्यक्तित्व की छाप ने इन सबको दबा रक्खा है–इसमें मेरा कोई अपराध नहीं है।''

लीला ने अजित की बात का कोई उत्तर न दिया, वह जमीन पर आँखें गड़ाए कुछ सोच रही थी।

अजित ने कहा–''लीला, क्या वास्तव में तुम जा रही हो ?''

''हाँ !''

''दो-एक दिन क्या और न रुक सकोगी ?''

''रुकने से लाभ ?''–और लीला की आँखों ने अजित की आँखों से एक बहुत बड़ा तथा महत्त्व का प्रश्न कर डाला।

लीला की आँखोंवाले प्रश्न को न समझने की कोशिश करते हुए अजित ने कहा–''शायद रुकने से लाभ कुछ भी नहीं है ! हाँ, अविनाश बाबू भी तो कल जा रहे हैं।''

लीला तड़प उठी। लाल होकर उसका मुख श्वेत हो गया–''कल नहीं जा रही हूँ अजित, आज रात को ही जा रही हूँ, समझे !''–इतना कहकर वह उठ खड़ी हुई।

अजित ने उठकर लीला का हाथ पकड़ लिया–''लीला, मैंने जो कुछ अनुचित कहा, उसके लिए क्षमा माँगता हूँ।''

लीला ने अजित का हाथ झटक दिया–''जाने दो ! अजित, तुम पशु हो–शैतान हो ! मुझे चाहिए तो यह था कि मैं कल अविनाश के साथ जाती, पर कल न जाकर मैं आज ही चली जाऊँगी।''

रमेश के साथ प्रभा आ रही थी। अजित ने लीला से कहा–''जैसी तुम्हारी इच्छा पर इस समय बैठ जाओ।''

लीला बैठ गई; प्रभा ने आकर ध्यान से अजित और लीला दोनों को देखा–''मालूम होता है, आप लोगों में काफी गरमागरम बातें हो गईं। क्यों मिस्टर अजित, क्या बात है ?''

अजित ने मुस्कराते हुए कहा–''प्रभाजी, आप लीलाजी से पूछिए मैं तो जहाँ तक समझता हूँ, ऐसी कोई बात नहीं हुई।''

प्रभा ने लीला की ओर देखा। लीला भी मुस्कराई–''नहीं, कोई ऐसी बात तो नहीं हुई।''

रमेश और प्रभा दोनों ही बैठ गए। इस समय अविनाश भी लौट आया। आते ही उसने लीला से कहा–''लीलाजी, आपके कारण ही मैं अपने मेहमान को जल्दी-से-जल्दी विदा कर आया हूँ।''

लीला ने अविनाश को शुष्क भाव से देखा–''मेरी वजह से अपने मेहमान को जल्दी विदा कर आने में आपने कोई समझदारी का काम तो नहीं किया।''

अविनाश सुन्न-सा रह गया, अजित मुस्करा पड़ा। प्रभा और रमेश ने आश्चर्य से लीला के मुख की ओर देखा। लीला कहने को तो इतनी कड़ी बात कह गई ; पर उसे अकारण ही इतनी रूखी हो जाने पर दुख हुआ। थोड़ी देर तक मौन रहकर उसने अपने मुख पर मुस्कराहट लाने का प्रयत्न करते हुए अविनाश से कहा—"अविनाश बाबू ! क्या आप कल अवश्य चले जाएँगे ?"

"क्यों ?"

"मिस्टर अजित का अनुरोध है कि मैं एक-दो दिन अभी और रुकूँ इसीलिए पूछा था।"

"अगर आप मुझसे रुकने को कहें, तो मैं रुक भी सकता हूँ—अधिक-से-अधिक जरूरी काम भी मेरे लिए आपकी बात मानने से कम जरूरी है।"

"नहीं, मैंने केवल इतना ही कहा कि यदि आपका कल जाना बहुत आवश्यक न हो, तो दो-एक दिन आप रुक जाएँ।"

"मैंने आपसे कह दिया है कि आपकी इच्छा पूरी करना मेरे लिए सबसे अधिक जरूरी है और इसलिए मैं दो-एक दिन क्या, जब तक आप यहाँ रहेंगी, तब तक रुका रहूँगा।"

लीला के मुख का रंग उतर गया। वह कह उठी—"जैसी आपकी इच्छा !"—यह कहकर उसने अपने हाथ में बँधी घड़ी देखकर कहा—"प्रभा ! आज का क्या प्रोग्राम है ?"

प्रभा ने रमेश की ओर देखते हुए कहा—"जैसा आप लोग उचित समझें !"

लीला अविनाश की ओर घूमी—"मिस्टर अविनाश ! आज आप शिकार खेलने जानेवाले थे न ?"

"अरे हाँ, मैं तो भूल ही गया था, अच्छी याद दिलाई। लोग मेरा इन्तजार कर रहे होंगे।"—यह कहते हुए अविनाश उठा।

"कब तक लौटिएगा ?"

"आज तो न लौट सकूँगा—कल सुबह तक का प्रोग्राम बन चुका है।" अविनाश चला गया। प्रभा ने कहा—"मिस्टर अजित, खाना यहीं खा लीजिए !"

"नहीं। नौकर मेरा इन्तजार करेंगे !"

"तो कहला दीजिए कि वे आज इन्तजार न करें।"

इतने में सर कृष्ण वहाँ आ गए—"अविनाश कहाँ गया ?"

प्रभा ने इसका उत्तर दिया—"उनका प्रोग्राम शिकार का था, इसलिए वह चले गए।"

लीला अभी तक चुप थी। सर कृष्ण ने कहा—"लीला ! क्या सोच रही हो ?"

"यही कि अब मुझे जाना चाहिए, मुझे आए हुए बहुत दिन हो गए।"

"तो फिर इसमें सोच-विचार क्या ?—जब तुम्हारी इच्छा हो तब चली जाओ।"

"आज रात की गाड़ी ठीक रहेगी ?"

अजित, रमेश और प्रभा तीनों ने आश्चर्य से लीला की ओर देखा। प्रभा ने कहा—"तुम तो अभी दो-एक दिन और रुकने को कहती थीं, इतनी जल्दी तुमने अपना विचार क्यों बदल दिया ?"

लीला ने मुस्कराते हुए कहा—"आए हुए काफी दिन हो गए हैं, अब इलाहाबाद से तबीयत ऊब गई है !"

अजित ने लीला की ओर देखा, दोनों की आँखें चार हुईं। अपने हृदय के रुदन को दबाने के लिए लीला खिलखिलाकर हँस पड़ी—"मिस्टर अजित ! मैं स्वयं अपने लिए पहेली हूँ। आपका आश्चर्य करना स्वाभाविक ही है।"

अजित गम्भीर ही बना रहा, लीला से हटकर उसकी आँखें पृथ्वी पर गड़ गईं। उसने धीरे से कहा—"वास्तव में आप पहेली हैं !"—इसके बाद वह फिर कुछ सोचने लगा।

थोड़ी देर तक सबलोग मौन बैठे रहे। वहाँ का वातावरण न जाने क्यों शुष्क, नीरस और उद्विग्न हो उठा था, सबों ने यह अनुभव किया। रमेश ने उठते हुए कहा—"अजित ! चलते हो ?"

अजित भी खड़ा हुआ—"हाँ, अब चलना ही ठीक होगा। लीला जी, आपकी ट्रेन किस समय जाती है ?"

"क्यों ?"

"आपको स्टेशन तक पहुँचाना तो मेरा कर्तव्य है !"

"ट्रेन तो ग्यारह बजे जाती है, पर मैं यहाँ से दस बजे चली जाऊँगी।"

प्रभा ने कहा—"मिस्टर अजित, आप और रमेश खाना यहीं खाएँ। नौ बजे आ जाइएगा।"

रात को सबलोग लीला को पहुँचाने स्टेशन गए। सेकंड क्लास के लेडीज कम्पार्टमेंट में लीला का असबाब रख दिया गया। गाड़ी छूटने में पन्द्रह मिनट की देर थी। प्रभा ने कहा—"लीला, अब कब आओगी ?"

लीला उदास थी। वह क्यों उदास थी, यह केवल वही जानती थी। एक ठंडी साँस लेते हुए उसने कहा—"कह नहीं सकती, अब तुम्हारे लखनऊ आने की बारी है।"—इतना कहकर उसने अजित की ओर देखा।

अजित की आँखें उस समय पृथ्वी पर थीं। वह कुछ सोच रहा था। उसके मुख पर विषाद की एक हलकी-सी रेखा अंकित थी, उसके हृदय का भार उसकी आँखों के धुँधलेपन के रूप में उमड़ पड़ा था। उसने लीला को अपनी ओर देखते नहीं देखा।

सर कृष्ण ने अजित को हाथ से सचेत करते हुए कहा—"कुँवर साहब, आप क्या सोच रहे हैं ? लीजिए, सिगरेट पीजिए।"—यह कहकर उन्होंने अपना सिगरेट केस अजित के सामने बढ़ा दिया।

अजित चौंक पड़ा। वह उसी प्रकार चौंका, जिस प्रकार कोई मनुष्य एक बुरा सपना देखते-देखते अचानक चौंक उठता है। अन्यमनस्क भाव से उसने सिगरेट उठाकर मुँह में लगा ली। उसके बाद वह मुस्कराया—"पापा, आज न जाने क्यों मैं एकाएक भावुक

हो गया। इस ट्रेन को देखकर एकाएक मेरे हृदय में यह बात उठी कि ट्रेन कितने ही बिछुड़े हुओं को मिलावेगी और कितने ही मिले हुओं को अलग करेगी !''

सबलोग हँस पड़े। लीला के मुख से अनायास ही निकल पड़ा—''मिस्टर अजित ! आप भी इतने अधिक भावुक हो सकते हैं, यह तो बड़े आश्चर्य की बात है !''

अजित ने उसका कोई उत्तर नहीं दिया।

गार्ड ने सीटी दी, लीला ने सबलोगों को नमस्कार किया। अजित अभी तक दूर खड़ा था, वह लीला के निकट आ गया। सब के बाद लीला ने अजित की ओर देखा। उसे ऐसा मालूम हुआ, मानो अजित की आँखें कुछ तरल हैं। अपनी आँखों में उमड़ते हुए आँसुओं को रोकने के लिए वह हँस पड़ी, फिर उसने धीरे से कहा—''अजित !''

अजित मौन रहा। वह लीला की ओर देखते हुए भी न देख रहा था।

गाड़ी चल दी—और अजित को होश आया। लीला खिड़की बन्द करके बाहर झाँक रही थी। उसके हाथ में रूमाल था। अजित अब अपने को न रोक सका। लीला का हाथ पकड़कर वह चलती गाड़ी के साथ-साथ चला। भर्राए हुए गले से उसने कहा, ''लीला—मुझे क्षमा करना !''—उसके हाथ में दो गरम-गरम बूँदें गिर पड़ीं। गाड़ी तेजी हो रही थी, अजित ने लीला का हाथ छोड़ दिया।

सर कृष्ण प्रभा के साथ अपनी कार पर बैठकर चले गए। अजित रमेश के साथ अपनी कार पर बैठ गया। कार चल दी, दोनों मौन थे। कुछ देर बाद रमेश ने कहा—''अजित ! कह नहीं सकता कि तुम इतने हृदयहीन क्यों हो !''

''हृदयहीन हूँ ?''

''हाँ। तुम मूर्ख हो, इतना मानने को तैयार नहीं हूँ, फिर यही समझ सकता हूँ कि तुम हृदयहीन हो। तुम जानते हो कि लीला तुमसे प्रेम करती है ?''

रात का अन्धकार भी अजित के मुख की सफेदी को न छिपा सकता था। उसने कहा—''नहीं रमेश, यह क्षणिक आवेश था—और कुछ नहीं, कुछ नहीं !''—अजित का स्वर शुष्क और अस्पष्ट था—उसके मुख पर अस्थिरता थी।

रमेश ने कहा—''और तुम भी लीला को प्रेम करते हो—किस प्रकार तुम स्वयं अपने प्रेम की हत्या कर सकते हो—उफ़ !''

अजित ने भर्राए हुए स्वर में कहा—''चुप रहो रमेश, मूर्खता की बातें मत करो !''—और एकाएक वह हँस पड़ा।

[11]

एक्जामिनेशन हॉल से निकलते हुए अजित ने रमेश से कहा—''रमेश ! अब क्या इरादा है ?''

''कैसा इरादा ?''—रमेश ने पूछा।

"गर्मी की छुट्टियाँ कहाँ बिताने की सोच रहे हो ?"

"अभी तो कुछ तै नहीं किया है। कुछ दिनों तक तो प्रयाग में रहूँगा, इसके बाद अपना प्लान तै करूँगा। तुम कहाँ जा रहे हो ?"

"यही तो मुझे भी तै करना है—चलो, मेरे यहाँ चलो, वहाँ बातचीत होगी।"

इसी समय प्रभा उनके साथ आ गई। प्रभा ने मुस्कराते हुए कहा—"अजित ! चलो, मेरे यहाँ चलते हो ? बहुत दिनों बाद फुर्सत मिली है, कुछ गपबाजी ही रहे !"

अजित ने रमेश की ओर देखा। रमेश बोला—"चलो, वहीं चलें।"

तीनों प्रभा के यहाँ पहुँचे। पहला प्रश्न प्रभा ने किया—"मिस्टर अजित ! आप अभी कब तक प्रयाग में ठहरेंगे ?"

"ठीक नहीं कह सकता—शायद तीन-चार दिन से अधिक न ठहर सकूँगा !"

"और रमेश तुम ?"

"मेरा जवाब भी करीब-करीब वही है, अन्तर इतना है कि मैं हफ्ता-दो-हफ्ता या महीना-भर तक ठहर सकता हूँ !"

"और क्या आप छुट्टियों में यहीं रहेंगी ?"—अजित ने पूछा।

"नहीं, मैं तो अगले हफ्ते मसूरी जा रही हूँ।"—प्रभा ने कुछ रुककर फिर कहा—"लेकिन जब तक यहाँ रहिए, आया कीजिए—समय बड़ी मुश्किल से कटता है!"

अजित मुस्कराया—"मैं तो आया ही करूँगा; पर रमेश तो आपके जाने तक यहीं रहेंगे, इनसे कहिए।"

प्रभा भी मुस्कराई—"जिस आदमी से कहने की जरूरत पड़ती है, उसी से कहा जाता है। है न ऐसी बात रमेश ! रमेश तुमने मसूरी देखा है ?"

"नहीं।"

"तो फिर मसूरी क्यों नहीं चलते ? जरा पहाड़ की हवा तो खा लो !"

कुछ हिचकिचाते हुए रमेश ने कहा—"मसूरी चल तो सकता हूँ, लेकिन...

"लेकिन क्या ?"

"कुछ नहीं, मसूरी न जाऊँगा, अभी यहीं रहकर पढूँगा।"

रमेश ने बात बदली। प्रभा इसे न समझ सकी; पर अजित समझ गया। उसने मुस्कराते हुए कहा—"प्रभाजी, आपने मुझे निमन्त्रण नहीं दिया, लेकिन मैं मसूरी चलूँगा, और रमेश को अपने साथ जबर्दस्ती ले चलूँगा।"

रमेश ने आश्चर्य से अजित की ओर देखा। प्रथम बार उसके मुख पर उसकी असमर्थता की पीड़ा विकृत रेखाएँ बनकर धुँधलेपन को लेकर प्रकट हुई ! उसने खड़े होकर कहा—"नहीं, मैं न जा सकूँगा।"

अजित ने रमेश के मुख के भाव पढ़ लिए। वह भी उठ खड़ा हुआ—"प्रभाजी, हमलोग मसूरी चलेंगे—आपके जाने के दो दिन बाद ! अब हमलोग चलेंगे, शाम के समय फिर मिलेंगे न !"

प्रभा भी उठ खड़ी हुई—"बड़ी जल्दी चल दिए ! शाम को तो आइएगा ही !"

अजित और रमेश दोनों कार पर बैठ गए। कार चल दी। कार को हिन्दू बोर्डिंग की ओर मोड़ते हुए अजित ने कहा—''रमेश, चलो, तुम्हें तुम्हारे बोर्डिंग में उतार दूँ।''

रमेश एकाएक चौंक उठा—मानो वह सपना देख रहा हो। उसने अजित की आवाज सुनी, बात नहीं सुनी—''अजित ! मैं मसूरी नहीं जाऊँगा।''

अजित मुस्कराया—''क्यों ?''

''नहीं जाऊँगा—बस इतनी-सी बात ! और साथ ही अभी तक तुमने जो कुछ मेरी सहायता की है, वह भी आज से नहीं लूँगा।''

अजित की मुस्कराहट लुप्त हो गई—''आखिर यह भावुकता क्यों !''

रमेश पागल की भाँति कहने लगा—''मैं गिर चुका हूँ, काफी गिर चुका हूँ। अब अधिक गिरने के लिए नहीं तैयार हूँ। मैं जो कुछ हूँ, वह मैं नहीं हूँ, तुमने मुझे बनाया है ! इस कपटपूर्ण व्यक्तित्व को लेकर मैं विश्व में बढ़ रहा हूँ। लोग मुझे अमीर समझते हैं—मैं सम्पन्न हूँ—हा ! हा ! हा ! कैसा अच्छा मजाक है—केवल इसलिए कि मुझ पर तुम्हारी कृपा है, और मैं सहर्ष भिक्षा स्वीकार करके भिखारी बन गया हूँ; पर यह भिक्षा कब तक ? और क्या कभी भिक्षुक कुछ हो सका है ? वह जिस समय भिक्षा स्वीकार करता है, उसी समय अपनी आत्मा बेच देता है, अपने व्यक्तित्व की हत्या कर देता है।''

''और ?''

''और क्या ? क्या इतना काफी नहीं है ? मैं कितना असहाय हूँ, कितना निरवलम्ब हूँ ! इस व्यक्तित्व को तभी तक कायम रख सकता हूँ, जब तक तुम्हारी मुझ पर कृपा है और उसके बाद—सब समाप्त, एक बार ही सब समाप्त है। मुझे जीवन की कठिनाइयाँ झेलनी चाहिए, इसीलिए बनाया गया हूँ; पर तुम मुझे जीवन की कठिनाइयाँ झेलने नहीं देते, तुम मुझे अपाहिज बनाए हुए हो। अभी सब समाप्त नहीं हुआ, अभी मुझमें कुछ जीवन है, कुछ स्पन्दन है। अभी मैं सँभल सकता हूँ; पर आगे चलकर मैं बिलकुल अपाहिज हो जाऊँगा, मेरा अस्तित्व एक छाया-मात्र रह जाएगा—तब क्या होगा ? नहीं अजित नहीं। मुझे तुम्हारी कृपा नहीं चाहिए, मुझे अपना मार्ग लेने दो—अगर मुझमें कुछ है, मेरी आत्मा में कुछ बल है, तो मैं स्वयं सफलता प्राप्त करके मनुष्य बनूँगा, नहीं तो जहाँ इतने अस्तित्वविहीन प्राणी नित्य ही नष्ट हो जाते हैं, उन्हीं की तरह नष्ट हो जाऊँगा।''

अजित आश्चर्य से रमेश को देख रहा था। उसने एक ठंडी श्वास ली, इसके बाद उसने धीरे-से कहा—''रमेश ! शायद हमलोग जीवन को एक ही दृष्टिकोण से नहीं देख सकेंगे। तुम्हारे दृष्टिकोण को मैं बुरा नहीं कहता, क्योंकि मैं इसे समझ ही नहीं पा सकता; पर यदि तुम मेरा दृष्टिकोण जान लो, तो इसमें कुछ बुरा न होगा। तुम्हें मेरा धन लेने में संकोच होता है, केवल इसलिए कि तुम इस धन को अपना नहीं समझते; पर यह धन मेरा भी तो नहीं है। मैंने भी तो इसे उपार्जित नहीं किया। मुझे अपने पिता से मिला; पर पिता को कहाँ से मिला ? मेरे पिता के पिता को कहाँ से मिला ? यह एक लम्बा चक्कर है, जिसे कोई नहीं सुलझा सकता...मैं तो इसे केवल विधि का विधान

समझता हूँ। मैं तो यह जानता हूँ कि मैंने एक राजा के यहाँ इसलिए जन्म लिया कि मैं इस धन को भोगूँ। जिस भगवान ने मुझे राजा के यहाँ जन्म दिया, उसने मुझे छोटा भाई क्यों बनाया ? यदि मैं बड़ा भाई होता, तो राजा ही होता। इसका भी उत्तर मेरे पास है। मुझे केवल इतना ही भोगना है, मेरे बड़े भाई को भगवान ने अधिक वैभव दिया है। बस ! तुम क्यों चिन्ता करते हो ? यह धन न मेरा है और न तुम्हारा है—हम सबको एक दूसरा ही मालिक यह सब देता है, हम-तुम तो केवल साधन हैं। तुम मेरे सामने आए, मैं तुम्हारे सामने आया हूँ। हममें इतनी अधिक मित्रता क्यों बढ़ गई ? संसार में अगणित प्राणियों से हम नित्य ही मिलते हैं; पर हम उनकी ओर क्यों आकर्षित नहीं होते ? यहाँ भी मैं विधि का विधान ही देखता हूँ। रमेश, तुम समझते हो कि मैं तुम्हारी सहायता कर रहा हूँ, मैं उपकार कर रहा हूँ। तुम्हारी यह धारणा निर्मूल है। मैं बड़ा स्वार्थी हूँ। मैं जो कुछ करता हूँ, वह अपने-आप को प्रसन्न करने के लिए करता हूँ। तुम्हें सुखी बनाने में मैं सुखी होता हूँ, इसलिए मैं तुम्हें सुखी बनाता हूँ। समझे ? मैं तुम पर तनिक भी एहसान नहीं करता, इतना विश्वास रखो। मैं अपने ऊपर एहसान कर रहा हूँ। यह याद रखना, यदि नाम-मात्र की सहायता मुझसे लेना बन्द कर दोगे तो मुझे दुख ही होगा।''—अजित रुक गया, कार हिन्दू बोर्डिंग के पास पहुँच गई थी।

रमेश कार से उतर पड़ा। उसने अजित को कोई उत्तर न दिया। थोड़ी देर तक वह कार के पास रुका, उसने अजित के मुख को देखा—एकटक इस प्रकार मानो कोई व्यक्ति किसी को पहचानने का प्रयत्न कर रहा हो और धीरे से उसने कहा—''अजित, तुम्हें मैं नहीं पहचान पा रहा हूँ।''—और वह घूमकर चेतना-शून्य व्यक्ति की भाँति चल दिया। अजित ने मुस्कराते हुए कार बढ़ा दी।

सन्ध्या के समय अजित रमेश के यहाँ आया। रमेश उस समय सो रहा था, अजित के आते ही वह उठ बैठा। अजित ने मुस्कराते हुए कहा—''क्यों भाई, आज तो खूब सोए।''

''हाँ, कई दिनों तक रात-रात भर जागकर पढ़ा भी तो है।''—रमेश ने हँसते हुए कहा।

अजित ने देखा कि रमेश उस समय तक स्वस्थ हो गया था। उसने कहा—''कहो रमेश, प्रभा के यहाँ चलते हो ?''

''हाँ चलता हूँ !''—रमेश उठा, पर एकाएक वह रुक गया—''नहीं, आज न जाऊँगा।''

''यह क्यों ?''

''नहीं जाने की इच्छा होती है, इसलिए।''

अजित ने बढ़कर रमेश का हाथ पकड़ लिया—''नहीं जाने की इच्छा होती है, उसका कुछ कारण तो अवश्य होगा !''

रमेश के मुख पर रूखी मुस्कराहट आई—''कारण सुनना चाहोगे ? तो फिर सुनो—मैं प्रभा के लिए नहीं बना हूँ, मुझे प्रभा से मिलने-जुलने का कोई अधिकार नहीं

है !''

अजित खिलखिलाकर हँस पड़ा—''क्या तुम हृदय से यह बात कर रहे हो ? क्या तुम प्रभा से प्रेम नहीं करते ? क्यों अपने को धोखा दे रहे हो रमेश ?''

रमेश अप्रतिभ-सा हो गया। कुछ देर तक वह चित्रलिखित-सा खड़ा रहा, उसके नेत्र शून्य में हृदय में मचे हुए द्वन्द्व का उत्तर ढूँढ़ रहे थे। उसने एक ठंडी श्वास ली—''ठीक कहते हो अजित—मैं प्रभा से प्रेम करता हूँ, बहुत अधिक प्रेम करता हूँ।''—और वह कुर्सी पर बैठ गया।

अजित ने अवसर देखा—''तुम्हारा पागलपन अभी दूर नहीं हुआ। तुम मेरी सहायता नहीं लेना चाहते हो, और तुम प्रभा से प्रेम करते हो इन सबका परिणाम क्या होगा ? मैं यह मानता हूँ कि तुम प्रभा से प्रेम करने के लिए नहीं बने हो—तुम्हें प्रभा से प्रेम नहीं करना चाहिए। हम दोनों एक ही निर्णय पर पहुँच रहे हैं; पर निर्णय पर पहुँचने के मार्ग भिन्न हैं। तुम्हारे लिए प्रेम दैवी है और मेरे लिए वह लौकिक है। तुम निर्धन हो, निर्धन नहीं भी हो। तुम्हारा व्यक्तित्व तुम्हारा धन है—पर प्रभा की दृष्टि में व्यक्तित्व का मूल्य नहीं है, उसकी दृष्टि में मूल्य है रुपये-पैसे का। इसीलिए तुम प्रभा के लिए नहीं बने हो, प्रभा तुम्हारे लिए नहीं बनी है ! यदि तुम इतना समझ सको, तब तो ठीक है। यदि तुम यह समझ सको कि प्रभा के लिए विवाह अथवा प्रेम का अन्त धन है—रुपया-पैसा है, तब तो तुम ठीक समझ रहे हो, पर यदि तुम प्रेम के आदि को रुपया-पैसा समझते हो—अन्त को नहीं, तो यह तुम्हारी गलती है।''

अजित की बात सुनकर रमेश का मुख लाल हो गया। उसने अपने क्रोध को दबाते हुए कहा—''अजित, कृपा करके प्रभा का अपमान मत करो—तुम जितना चाहो, मेरा अपमान कर सकते हो। तुम प्रभा को स्वार्थी और धन-लोलुप समझकर बड़ी भारी भूल कर रहे हो ! अजित वह जानती है कि मैं निर्धन हूँ, फिर भी वह मुझसे प्रेम करती है। प्रभा देवी है, तुम उसे समझ नहीं सकते हो अजित ! असल में मेरा अर्थाभाव मुझे खटकता है, प्रभा को नहीं। अपने अर्थाभाव के कारण मैं अपनी इच्छाएँ नहीं पूरी कर पाता हूँ—तुम प्रभा को दोष देकर बहुत बड़ा पाप कर रहे हो।''

जिस समय रमेश यह सब कह रहा था, अजित ने अपनी आँखें बन्द कर ली थीं। रमेश के वाक्य के समाप्त होते ही उसने आँखें खोलीं, उसके मुख पर एक करुणा की छाया आई—''तुम मुझे नहीं समझ पा रहे हो रमेश, और अब मैं इससे अधिक समझा भी नहीं सकता। शायद अनुभव स्वयं तुम्हें सबकुछ समझा देगा; पर इतना याद रखो—मैं अपने में और तुममें कोई भेद नहीं देखता। इतना याद रखना, मेरा धन तुम्हारा धन है—मुक्त हस्त होकर खर्च करो, तुम्हारे मार्ग में अर्थाभाव की कठिनाइयों को न आने देने का भार मुझ पर है।''

रमेश कह उठा—''नहीं अजित।''

रमेश की बात काटते हुए अजित ने उसका हाथ पकड़कर उठा लिया—''नहीं—नहीं—तुम फिर मूर्खता की बातें करने लगे—चलो, प्रभा के यहाँ चलो,

आज मसूरी चलने का प्रोग्राम भी तो बनाना है। जानते हो, मैं अभी तक मसूरी नहीं गया हूँ—तुम्हारे बहाने मसूरी भी देख लूँगा।''

रमेश अजित के साथ प्रभा के यहाँ पहुँचा। उस समय छह बज रहे थे। लॉन पर कुर्सियाँ पड़ी थीं और सर कृष्ण प्रभा के साथ बैठे हुए बातें कर रहे थे। अजित और रमेश के आते ही उन्होंने उनका स्वागत किया। सर कृष्ण ने शराब मँगवाया—बातें होने लगीं।

सर कृष्ण ने एकाएक कहा, ''कुँवर साहेब ! आजकल एक विचित्र प्रकार का केस मेरे सामने है और मेरी समझ में नहीं आ रहा है कि किया क्या जाए। हिन्दी लॉ में डाइवोर्स का कोई स्थान नहीं, यह तो आप जानते ही हैं न ?''

''हाँ !''

''अब केस यह है—पति और पत्नी दोनों शिक्षित हैं, दोनों ही ऊँचे समाज के, धनी तथा सम्पन्न व्यक्ति हैं; पर पति और पत्नी में लेशमात्र प्रेम नहीं रह गया, दोनों के जीवन इस सम्बन्ध से नष्ट हो गए हैं। विवाह-बन्धन से दोनों ही मुक्ति चाहते हैं। पति का एक स्त्री से अनुचित सम्बन्ध है। पत्नी एक पुरुष से प्रेम करती है। ज्यूडिशेल सेपरेशन हो सकता है; पर उससे स्त्री तो विवाह नहीं कर सकती। अब भाग्य की विडम्बना यहाँ आती है कि पतिदेव एक बहुत ही सज्जन व्यक्ति हैं। वे पत्नी को उस पुरुष से विवाह कर लेने देने के लिए तैयार हैं, उन्हें तनिक भी आपत्ति नहीं है। यदि पति इस बन्धन से मुक्त हो सके, तो वह उस स्त्री से विवाह कर लेगा, जिसके साथ उसका अनुचित सम्बन्ध है।''

अजित मुस्कराया—''यह तो वास्तव में एक विचित्र परिस्थिति है—पर आपने कुछ उपाय निकाला ?''

''अभी तक मैं असफल हूँ—समझ में नहीं आता कि क्या किया जाए। हिन्दू लॉ ज्यूडिशेल सेपरेशन से आगे बढ़ने के लिए तैयार नहीं—फिर हो तो क्या हो !''—सर कृष्ण ने निराशा के भाव से कहा।

रमेश बोल उठा—''पापा ! हिन्दू लॉ में डाइवोर्स की बड़ी आवश्यकता है—आप लोग उसका प्रयत्न क्यों नहीं करते ?''

सर कृष्ण मुस्कराए—''प्रयत्न क्यों नहीं करते रमेश !—डाइवोर्स लेने की आवश्यकता अनुभव करनेवाले व्यक्ति हिन्दू-समाज में हैं कितने ? हिन्दू-समाज में स्त्रियों का क्या स्थान है, यह तो तुम जानते ही हो। स्त्री पुरुष की सम्पत्ति है, जब यह मान लिया गया, तब डाइवोर्स का प्रश्न नहीं रह जाता। कुछ इने-गिने स्थानों में, जहाँ शिक्षा फैल चुकी है, जहाँ लोग स्त्री और पुरुष के अधिकारों को समझने लगे हैं, डाइवोर्स की आवश्यकता प्रतीत की जाने लगी है; पर अधिकांश हिन्दू स्त्री को सम्पत्ति ही समझते हैं।''

अजित के मुख से अचानक ही निकल पड़ा—''और दुर्भाग्यवश मैं उन हिन्दुओं में एक हूँ।''

अजित की इस बात का प्रभाव वहाँ बैठे हुए लोगों पर वैसा ही हुआ, जैसा उन

पर उनके सामने ही बिजली गिरने पर होता। सर कृष्ण की सिगरेट उनके हाथ से छू पड़ी, प्रभा इतने जोर से चौंकी कि गिरते-गिरते बची और रमेश ने शरबत का गिलास मेज पर रख दिया। कुछ देर तक तीनों आश्चर्य से अजित की ओर देखते रहे, इसके बाद सर कृष्ण ने उस मौन को तोड़ा—"कुँवर साहब, क्या आप यह कहना चाहते हैं कि आप स्त्री को सम्पत्ति समझते हैं ?"

"हाँ, पापा, स्त्री को मैं सम्पत्ति समझता हूँ—इससे अधिक कुछ नहीं।"

सर कृष्ण ने अजित की ओर इस प्रकार देखा, मानो वे अजित की बात पर विश्वास ही नहीं कर रहे हों। फिर उन्होंने कहा—"आपकी-सी संस्कृतिवाले मनुष्य से इस बात को सुनने की मुझे आशा न थी।"

अजित सँभलकर बैठ गया। उसने सिगरेट-केस निकालकर एक सिगरेट सर कृष्ण को दी, दूसरी स्वयं सुलगाई। इसके बाद उसने कहना आरम्भ किया—"पापा, क्या करूँ, मेरा तो यह विश्वास है—और मेरे पास इस विश्वास की पुष्टि के अकाट्य तर्क हैं। कुछ दिनों पहले—जब मुझमें व्यावहारिक ज्ञान न था, जब मैं आधुनिक विचार-धारा को पढ़ा भर था, उसका अध्ययन न किया था, मैं भी स्त्री को देवी समझता था; पर अब ऐसा नहीं समझ सकता। जिन बातों पर मैं विश्वास करता हूँ, उन्हें यदि स्पष्ट करूँ, तो केवल हँसी ही होगी, मेरे तर्कों को सुनने को कोई तैयार नहीं होगा, इसलिए कभी मैंने अपने विचारों को प्रकट नहीं किया। आज अचानक ही बिना मेरे जाने हुए मेरा विश्वास मेरी भाषा में फूट पड़ा, इसका मुझे दुख है, पर विश्वास तो है ही, मैं उसे नहीं बदल सकता। पापा, वह मेरे जीवन का सत्य है।"

सर कृष्ण ने कहा—"कुँवर साहब—मैं बुद्धिवादी हूँ। मैं आपके तर्कों को सुनूँगा, आप मुझसे कहें।"

"हाँ, अभी मैंने कहा था कि मैं स्त्री को सम्पत्ति समझता हूँ।" अजित ने आरम्भ किया—"और वह ठीक ही कहा था; पर पहले मैं सम्पत्ति की परिभाषा कर लूँ। सम्पत्ति से मेरा प्रयोजन उस वस्तु से है—जीवित अथवा मृत, प्राणहीन अथवा सप्राण—जिस पर अधिकार किया जा सकता है। स्त्री उसी प्रकार की सम्पत्ति है, जिस प्रकार की सम्पत्ति हम गुलाम को, कुत्तों को अथवा अन्य जानवरों को कह सकते हैं। अब आप यहाँ कह सकते हैं कि मनुष्य को और पशु को एक कोटि में रखना अनुचित होगा; पर मुझे तो उसमें कोई अनौचित्य नहीं दिखलाई देता। मैं आदर्शवादी नहीं हूँ, मैं यथार्थवादी हूँ—और मैं जानता हूँ कि प्रत्येक पुरुष गुलाम है—उतना ही बड़ा, जितना कोई पशु। जिस समता की हम दुहाई देते हैं, क्या कहीं भी उस समता का अस्तित्व है ? जिस स्वाधीनता का हम दम भरते हैं, क्या वह कोरी कल्पना की वस्तु नहीं है ? नियति का एक विचित्र नियम है—एक विचित्र क्रम है। प्रत्येक व्यक्ति गुलाम है, और उसके स्वामियों की संख्या एक से कहीं अधिक है। झूठे विश्वास—सामाजिक बन्धन और इन सबसे बढ़कर प्रबल व्यक्तित्व—ये सब-के-सब हमारे मालिक हैं।"

"ये सब तो व्यर्थ की बातें हैं।"—रमेश ने कहा।

अजित ने रमेश की ओर तीव्र दृष्टि से देखा—"व्यर्थ की बातें नहीं हैं—इनमें से प्रत्येक बात ठीक है, इतना विश्वास रखो। यह याद रखना, बल स्वामी है—शारीरिक अथवा आत्मिक—और निर्बलता गुलाम है। विषमता अथवा असमानता का नियम है एक ओर स्वामित्व और दूसरी ओर गुलामी। एक समय था, जब मनुष्य में मानसिक विकास नहीं हुआ था, और उस समय शारीरिक बल में अधिक मनुष्य, निर्बल से गुलामी करवाता था। युद्ध में पराजित बन्दी बाजारों में गुलाम की तौर से बिकते थे—इतिहास यह बतलाता है। उस समय हममें मस्तिष्क का अभाव था और इसलिए यह सब होता था; पर भारतवर्ष में जहाँ मस्तिष्क का विकास काफी हो गया था—गुलामी की प्रथा बहुत अधिक मीठे ढंग की थी। जहाँ युद्ध के बन्दी गुलामों में विरोध की भावना थी और उस विरोध को दबाने के लिए बर्बरता का प्रयोग किया जाता था, वहाँ हमारे यहाँ विरोध ही मिटा दिया गया था। मनुष्य का मानसिक विकास ही रोक दिया गया था—झूठे विश्वासों को उसमें भरकर उसे सदा के लिए गुलाम बना दिया गया था।"

अजित कुछ रुका, फिर उसने कहा—"यह निश्चय है कि हम सब गुलाम हैं और हम सब सम्पत्ति हैं—अपने से अधिक बलवानों की। केवल बल का केन्द्र भिन्न है, कुछ का बल धन में है, कुछ का बल विद्या में है और कुछ का बल उनके शरीर में है। हमें जीवित रहने के लिए गुलामी करनी ही पड़ती है। मैं अपने नौकर को पचास गालियाँ देता हूँ, और वह उन सबको बर्दास्त करता है। कभी-कभी मैं उसे क्रोध में आकर मार भी देता हूँ। वह मेरा गुलाम है। क्लर्क को लो, साहब उसे ठोकर मारता है और वह उफ तक नहीं कर सकता—वह भी गुलाम है। साधारण जनता को लो—जिले का हाकिम अपनी मनमानी करता है, निर्दयतापूर्वक लोगों को पिटवाता है, और लोग सबकुछ बर्दास्त करते हैं—लोग गुलाम है। किसी कुशल व्यापारी को लो—एक पशु तुल्य मूर्ख और घमंडी लखपती चाहता है कि वह व्यापारी उसकी तारीफ करे—और उस तारीफ करने से उस व्यापारी को दस-पाँच हजार का लाभ होता है, तो वह व्यापारी उसकी तारीफ करेगा, क्योंकि वह व्यापारी धन का गुलाम है। पापा, गुलामी हमारा जन्मसिद्ध अधिकार है।"

"अब आती है स्त्री की बात। स्त्री और पुरुष दोनों ही संसृति के आवश्यक अंग हैं, दोनों को एक साथ रहना है। एक साथ रहने के लिए आवश्यक यह है कि एक स्वामी हो और दूसरा गुलाम हो। यहाँ हमारे रचयिता ने ही हमारी सहायता की है, या हम यह कहें कि उसने अपना निर्णय दे दिया, तो अनुचित न होगा। स्त्री पुरुष से अधिक शक्तिहीन है—उसमें शारीरिक और मानसिक दोनों ही प्रकार के बलों का अभाव है। फिर मनोवैज्ञानिक यह कहेंगे कि स्त्री व्यक्तित्वविहीन होती है। आप देखेंगे कि जितना अधिक विश्वास और भावुकता स्त्री जाति में मिलेगी, उतना अधिक पुरुष जाति में नहीं मिलेगी। स्त्री जननी है, माता है। वह रक्षिता है और पुरुष रक्षक है, वह जीवित रहने के लिए पुरुष पर अवलम्बित है—और यहीं पर स्त्री गुलाम है, वह पुरुष की सम्पत्ति है।"

कुछ रुककर अजित ने फिर कहा—"पापा ! हम सब सुखी होना चाहते हैं—हम सब शक्तिपूर्वक जीवन व्यतीत करना चाहते हैं। हमारे ऋषियों ने स्त्रियों में जो पतिव्रत-धर्म की भावना भर दी, उन्होंने जो स्त्रियों की शिक्षा की एक दूसरी ही पद्धति चलाई थी, वह उन्होंने विरोध को मारने के लिए किया था। आप यहाँ कहेंगे कि मनुष्य की विरोध की भावना को दबाने के लिए उसकी आत्मा को ही क्यों कुचल दिया गया है ? शान्ति का मूल्य प्राणों से चुकाना तो बहुत ही बड़ी बात है। ठीक है, पर किया क्या जाए। कृत्रिम समाज में रहने के लिए हमने अपने जीवन को कृत्रिम नियमों से बाँध लिया है। हमारा आहार-विहार, आचरण, सभी तो कृत्रिम है, कहीं भी तो हम प्रकृति के साथ नहीं हैं। हममें से प्रत्येक मनुष्य की आत्मा मर चुकी है—एक नया ही व्यक्तित्व हम सब लिए हुए हैं, और पापा, मैंने दुनिया देखी है, जीवन का प्रत्येक अंग मैंने इतनी थोड़ी-सी अवस्था में देख डाला है। अधिक-से-अधिक सभ्य समाज में मैंने अधिक-से-अधिक कृत्रिमता पाई है—यही कृत्रिमता अब हमारी प्रकृति हो गई है।"

थोड़ी देर तक सब मौन बैठे रहे, फिर प्रभा ने कहा—"मिस्टर अजित, क्या आप समझते हैं कि स्त्रियों को समानाधिकार न दिया जाना चाहिए ?"

अजित हँस पड़ा—"समानाधिकार ! मेरे सामने तो अधिकार का कोई प्रश्न ही नहीं है, हम अधिकार देनेवाले होते कौन हैं ? समर्थ अधिकारी है, असमर्थ अधीन है। इस संसार में समता का कहीं भी स्थान नहीं है, विषमता ही जीवन का नियम है। हम देखते हैं कि कोई भी सम्बन्ध समता की नींव पर नहीं बन सकता—मित्रता भी नहीं। प्रत्येक सम्बन्ध में एक व्यक्ति मालिक है—दूसरा गुलाम है—यद्यपि हम इसका अनुभव नहीं करते। मित्रों को ही लो न, एक मित्र दूसरे मित्र के प्रति आत्मसमर्पण कर देता है और दूसरा उसी आत्मसमर्पण को प्रतिबिम्बित करता है। मित्रता के सम्बन्ध में इस विषमता के होते हुए भी विषमता का अनुभव नहीं किया जाता—कमजोर व्यक्तित्व सबल व्यक्तित्व में अपने को लय कर देता है—केवल इसीलिए। और यह स्त्रियों की जागृति का मूवमेंट, संसार-भर में स्त्री को समानाधिकार देने की आवाज, इसका भी रहस्य आज खोल दूँ न ! यह मूवमेंट पहले-पहल कुछ पुरुषों ने उठाया, अपने स्वार्थ से प्रेरित होकर। अपनी लम्पटता का शिकार बनाने के लिए उन्होंने उचित मार्ग पर चलती हुई स्त्रियों को बरगलाया, उन्होंने स्त्रियों को सामाजिक बन्धन तोड़ने को उकसाया और फिर इन सबका उन्होंने अनुचित लाभ उठाया। मैं सच कहता हूँ प्रभाजी ! ये जो इतनी स्त्रियों की संस्थाएँ इस समय भारतवर्ष में चल रही हैं और जहाँ पुरुष काम करते हैं, इनमें से अधिकांश पुरुष चरित्रहीन, कामी और लम्पट हैं। स्त्री-शिक्षा और स्त्री-सुधार के परदे में ये अपना स्वार्थ-साधन करते हैं।"

प्रभा उठ खड़ी हुई। उसने तीव्र-स्वर में कहा—"कुँवर साहब ! आप ही ऐसे आदमियों ने हिन्दुस्तान को इस भयानक अवस्था पर पहुँचा दिया है। पुरुष-जाति का सारा स्वार्थ, उसकी सारी अहंमन्यता आप में केन्द्रीभूत है। मैं आशा करूँगी कि आप फिर कभी निष्पक्ष भाव से मनुष्य बनकर इन बातों पर विचार करें। पापा, आप लोग

चाय पिएँगे न ? उसका प्रबन्ध करवा दूँ?''—और वह चली गई।

जिस समय प्रभा यह कह रही थी, अजित मुस्करा रहा था। प्रभा के जाने के बाद सर कृष्ण ने अजित की ओर बड़े गौर से देखा, फिर धीरे से उन्होंने कहा—''कुँवर साहब ! आपने मुझे एक विचित्र चक्कर में डाल दिया। इतनी उम्र तक जिन बातों को मैं ठीक मानता आया हूँ—आपने प्रत्येक को उलट दिया। मैं आपके तर्कों को काट नहीं सकता; पर आपने जो कुछ कहा, उस पर विश्वास करने को भी जी नहीं चाहता; पर एक बात आपसे कह दूँ, बुरा न मानिएगा। कुँवर साहब, यह मान लिया कि जो कुछ आपने कहा वह सत्य है; पर स्त्री के लिए वह अप्रिय सत्य है, आप किसी स्त्री के सामने अब इस प्रकार की बात न करिएगा—व्यर्थ ही किसी का जी दुखाना तो अच्छी बात नहीं है !''

अजित ने सिर झुका दिया—''हाँ पापा, आप ठीक कहते हैं—मैं यह बात स्वयं न आरम्भ करना चाहता था; पर बातचीत चल पड़ी और मैं अपने को न रोक सका, इसका मुझे दुख है। पर, अब जो कुछ हो गया, वह हो गया।''

प्रभा चाय का प्रबन्ध करवाकर लौट आई। अजित ने मुस्कराते हुए कहा—''प्रभाजी, अभी जो कुछ मैंने कहा, वह एक 'आर्गूमेन्ट' था, उसका उत्तर भी मैं कभी आपको सुनाऊँगा। आप यदि बुरा मान गई हों, तो मैं क्षमा माँग लेता हूँ, क्योंकि मैं उस बात पर विश्वास नहीं करता।''

''फिर आप किस बात पर विश्वास करते हैं ?''—प्रभा ने पूछा।

''मैं शायद किसी बात पर विश्वास नहीं करता !''—सब लोग अजित की बात सुनकर हँस पड़े।

[12]

एक वर्ष बीत गया—यह एक वर्ष रमेश के सुख का वर्ष रहा। उसका जीवन भरा-पूरा था, उसने अजित-सा मित्र पाया था, उसने प्रभा-सी प्रेमिका पाई थी।

बी.ए. की परीक्षा निकट आ रही थी। इस वर्ष अजित पास होने पर तुला हुआ था, अजित का सामाजिक जीवन इस समय सुषुप्तावस्था में था। उसने रमेश से कहा—''रमेश, इस बार मैं पास होऊँगा, इतना याद रखना—एम.ए. में भी तुम्हारे साथ पढ़ना है। समझे न !''

सब लड़के हँस पड़े। रमेश ने कहा—''मुझे ताज्जुब होता है कि तुम अभी तक फेल कैसे होते रहे ?''

अजित मुस्कराया—''फेल इसलिए हुआ कि मैंने कभी पास होने की बात ही नहीं सोची और न कभी कुछ पढ़ा ही। पता नहीं, इस वर्ष क्यों पढ़ने में इतना जी लग रहा

है ? शायद अब मौज उड़ाने से तबीयत ऊब गई है।''

कुछ रुककर अजित ने फिर कहा—''और रमेश ! मैं उतना बेवकूफ नहीं हूँ, जितना इम्तहानों के नतीजों ने मुझे साबित करने की कोशिश की है। इस बार मैं यह साबित करूँगा। अगर मैं चाहूँ, तो फर्स्ट पोजीशन भी पा सकता हूँ।''

सबलोगों ने तालियाँ बजाईं—भुवनेश्वर ने कहा—''वेल सेड ! मिस्टर अजित, इस दफे रमेश को बगली दुश्मन मिला—अब इनको मजा मालूम होगा।''

कृष्णानन्द ने कहा—''बहुत फर्स्ट आया करते थे, अब देखें कि अजित के मुकाबिले किस तरह से फर्स्ट आते हैं ? कहो म्याँ रमेश, मुँह क्यों उतर गया ?''

भुवनेश्वर ने कहा—''क्यों न मुँह उतरेगा ? पढ़ना-लिखना बन्द है, जब देखिए, तब दरवाजे पर ताला रहता है—या तो खुद पढ़ लें या फिर प्रभा को ही पढ़ा लें।''—और वह जोर से हँस दिया।

रमेश ने भुवनेश्वर की ओर तीव्र दृष्टि से देखते हुए कहा—''मिस्टर भुवनेश्वर ! आप जानते हैं कि आप क्या कह रहे हैं ? शायद आप अपने अधिकार से कहीं आगे बढ़ रहे हैं !''

भुवनेश्वर ने गम्भीर होकर कहा—''मिस्टर रमेश, मैं क्षमा माँगता हूँ, मैंने जो कुछ कहा, वह सीधे-सादे मजाक के ढंग से कहा था, उसमें मुझे अपने अधिकार का ध्यान ही न हुआ था—भविष्य में ऐसा न होने पाएगा।''

अजित ने बात बदली—''मिस्टर भुवनेश्वर ! कल मिस्टर कृष्णमूर्ति का व्याख्यान सुनने गए थे ?''

भुवनेश्वर ने कोई उत्तर न दिया; पर कृष्णानन्द ने कहा—''हाँ, कुँवर साहब, हमलोग कल गए थे, आप भी तो कल गए थे न ?''

''जरा देर हो गई थी, इसलिए बहुत पीछे बैठना पड़ा था; पर मिस्टर कृष्णमूर्ति बोलते बहुत साफ हैं, इसलिए मैंने उनका व्याख्यान अच्छी तरह से सुना। आपकी समझ में उनकी बातें आईं कि नहीं ?''

भुवनेश्वर इस समय तक सुव्यवस्थित हो गया था। उसने कहा—''अगर समझदारी की बातें की जाएँ, तो कोई कारण नहीं कि बातें समझ में न आएँ; पर मुसीबत तो यह है कि उनकी बातें समझ के बाहर हैं।''

''और मिस्टर कृष्णानन्द ! आपका क्या कहना है ?''

''मैं तो समझता हूँ कि उन्होंने जो बातें कहीं, वे बिलकुल स्पष्ट थीं और उनमें काफी सार है।''

अजित मुस्कराया—''और रमेश ! तुम भी तो शायद वहाँ थे, क्योंकि मैंने तुम्हें देखा था!''

''हाँ, मैं भी गया था, जाने की तबीयत तो न थी; पर सर कृष्ण जबर्दस्ती मुझे खींच ले गए थे।''

''फिर तुम्हारा क्या खयाल है ?''

"मेरा भी वही कहना है जो कृष्णानन्द का कहना है। जीवन को देखने का उनका एक अच्छा-खासा दृष्टिकोण है, यद्यपि उस दृष्टिकोण को दूसरे भी अपना सकते हैं या नहीं, यह दूसरी बात है। कम-से-कम मैं तो नहीं अपना सकता !"

भुवनेश्वर ने कहा—"तुम लोग उनकी बातें समझे भी हो ? मेरी तो समझ में ही नहीं आया कि वे कहते क्या हैं ?"

"यही तो मैं भी जानना चाहता हूँ।"—अजित ने मुस्कराते हुए कहा।

"आप लोगों की समझ में उतनी सीधी-सी बात इसलिए नहीं आई कि वह सीधी-सी है।"—रमेश ने कहा—"आप उसमें रहस्य ढूँढ़ना चाहते हैं और आपको रहस्य मिल नहीं रहा है; पर रहस्य तभी मिले न, जब उसमें कोई हो—वहाँ तो स्पष्टता है। बात साफ है। अजित, हमें अपने व्यक्तित्व को ऊपर उठाना चाहिए, हम सब इस विश्व में कुछ काम करने आए हैं—अपना पार्ट अदा करना है। जितनी खूबी के साथ हम सब अपना काम कर सकेंगे, या पार्ट अदा कर सकेंगे, हम अपने जीवन में उतने ही सफल रहेंगे। अपने व्यक्तित्व को पहचानना, अपने अन्दर छिपी हुई शक्तियों को विकसित करना, यह हमारा कर्तव्य है। रही ईश्वर की बात, उससे हमको प्रयोजन नहीं। हमारे नित्य के कामों में न तो वह हमारी सहायता ही करता है और न वह बाधा ही डालता है।"

कृष्णानन्द ने कहा—"पर यह तो कोई नई बात नहीं, इतना तो मैं भी समझे हुए था। इसको कृष्णमूर्ति से सुनने के पहले संसार एक अधिक अच्छे ढंग से बुद्ध द्वारा सुन चुका है। बुद्ध का निर्वाणवाद भी तो यही कहता है—शायद इसी बात को वह अधिक विस्तारपूर्वक कहता है और साथ ही वह हमारे लिए एक मार्ग निर्धारित कर देता है, हमारी सहायता करता है; पर मैं कह दूँ, न बुद्ध का निर्वाणवाद और न कृष्णमूर्ति का व्यक्ति विकासवाद हमारे वर्तमान के लिए हितकर सिद्ध होंगे। हमें इस समय आवश्यकता है गांधी की।"

भुवनेश्वर ने कहा—"गांधी की नहीं, हमें आवश्यकता है इस समय लेनिन की। हमें स्वप्न-लोक में विचरनेवाले कवियों की तथा दार्शनिकों की आवश्यकता नहीं—हमें चाहिए ठोस काम करनेवाला, जो संसार की वर्तमान समस्या को समझ सके—धन का साम्राज्य मिटाकर पुनः मनुष्यता का साम्राज्य स्थापित कर सके। हमें लेनिन चाहिए, लेनिन।"

अजित मुस्कराया—"पता नहीं हमें क्या चाहिए—गांधी या लेनिन ? हम सब चले जा रहे हैं—एक गति है और एक विधान है, हमारे ऊपर। हम सब संचालित होते हैं, और हमें संचालित करनेवाले का हमें पता नहीं, कितनी विचित्र बात है ! पर जो है, वह है। हम उसे मिटा कहाँ सकते हैं ? और फिर हम हैं ही क्या ? अपने साथ मृत्यु को लेकर हम जन्म लेते हैं, पतन को लेकर हम चढ़ते हैं। जिसका आदि है, उसका अन्त भी है—रहा उसका जीवन, वह भी निर्धारित है। पर हम उसका रूप तथा उसकी अवधि नहीं जानते। गांधी, लेनिन और कृष्णमूर्ति—ये सब-के-सब, मनुष्य अधिक-से-अधिक

कहाँ तक बड़ा हो सकता है—इसके उदाहरण हैं, उसी प्रकार कि जैसे एक कुरूप, अपंग तथा कंगाल बौना मनुष्य कहाँ तक गिर सकता है, इसके उदाहरण हैं लेनिन, गांधी और कृष्णमूर्ति। ये जरा भी संसार का भला नहीं कर सकते—संसार का भला या बुरा करनेवाला कोई दूसरा ही है !''

रमेश ने कहा—''तुम तो अजीब तरह की बातें करते हो—तुम्हारी बातें मेरी समझ में नहीं आतीं। आखिर तुम्हारी बात का मतलब क्या है ?''

कृष्णानन्द ने कहा—''हाँ, कुँवर साहब, वास्तव में आपकी बातें समझ में नहीं आतीं।''

''क्यों जी भुवनेश्वर ! तुम्हारी समझ में मेरी बातें आती हैं या नहीं ?''

''मेरी समझ में तो आप लोगों में से किसी की भी बातें नहीं आतीं।''

अजित ने कृष्णानन्द से पूछा—''क्यों कृष्णानन्द जी, तुम रमेश तथा भुवनेश्वर की बातें समझते हो या नहीं ?''

''कभी समझ में आती हैं और कभी नहीं।''

''मेरा खयाल है रमेश, तुम भी यही कहोगे !''

'हाँ हम सबलोगों के दृष्टिकोण भिन्न-भिन्न हैं।''

''ठीक ! हम सबलोगों के दृष्टिकोण भिन्न-भिन्न हैं !''—अजित ने आरम्भ किया,—''क्यों ? केवल इसलिए कि हम सबलोगों का पूर्णरूप से मानसिक विकास हो रहा है। रमेश, इस शिक्षा का प्रभाव एक हद तक हमलोगों के लिए घातक सिद्ध हो रहा है। विश्वास हमलोग छोड़ बैठे हैं—अथवा यों कहें कि मस्तिष्क के विकास ने हमलोगों के विश्वास की हत्या कर दी है, तो अनुचित न होगा। हम सबलोग फ्री थिंकर्स हो गए हैं और इसीलिए हमलोगों को एक नियम पर पहुँचना असम्भव है। हमारे पूर्वजों का मस्तिष्क अधिक विकसित न था। वे विश्वास की गोद में पले थे और जो बात एक ने कह दी, सबने उसे मान लिया; पर हमलोग स्वयं विचार करते हैं—हमारे व्यक्तित्व पृथक्-पृथक् हैं और इसलिए हमारे विचार भी पृथक्-पृथक् हैं ! हम सबलोग बड़ी तेजी के साथ मानसिक अराजकता, 'मेंटल केआस' की तरफ बढ़े चले जा रहे हैं। आवश्यकता इस समय इस बात की है कि शिक्षा कम कर दी जाए, लोगों के मस्तिष्क का विकास बन्द कर दिया जाए। तभी यह सम्भव होगा कि हम सब एक-दूसरे की बातें समझ सकें !''

रमेश अजित की बातें बड़े ध्यान से सुन रहा था। उसने कहा—''अजित, मैं इस मानसिक अराजकता को अशिक्षा से हजार गुना अच्छा समझता हूँ। हम हिन्दुओं ने इस अशिक्षा का प्रयोग किया और हम असफल रहे। हमारे यहाँ ब्राह्मणों ने अध्ययन को केवल अपने तक सीमित रखा; पर उसका परिणाम क्या हुआ ? उन्होंने अन्य जातियों को पशु से भी गया-बीता बना दिया और अन्त में दूसरों की अशिक्षा से लाभ उठाकर वे स्वयं पिशाच बन गए। इसी से तो हमारा इतना भयानक पतन हुआ !''

अजित हँस पड़ा—''ठीक है—हमारा पतन हुआ; पर इसके ये अर्थ नहीं कि यह

प्रयोग ही असफल रहा। हम इसलिए गिरे कि ब्राह्मणों में स्वार्थ प्रधान हो गया था—और यह स्वाभाविक भी था। मैंने कहा था न, कि जिसका आदि है उसका अन्त भी है ? समय बदलता रहता है और समय के साथ संस्थाएँ भी बदलती हैं। ब्राह्मण अपने स्वार्थ में इतने डूब गए कि उनका भी मानसिक विकास रुक गया—यह दैव का ही विधान था। दैव के विधान के आगे कुछ नहीं चलता। हमारा पतन केवल यह बतलाता है, इससे अधिक तनिक भी नहीं।''

अब भुवनेश्वर की बारी थी—''आप ठीक कहते हैं मिस्टर अजित—समय बदल गया है, समय के साथ संस्थाएँ भी बदलना चाहिए। हमारे सामाजिक नियम अथवा हम यों कहें कि हमारा पूरा समाज ही समय के साथ नाकाम हो गया है, और अब इस युग-युग के सड़े हुए समाज के लिए हमलोगों को बाँधे रहना असम्भव हो रहा है। मैं तो समझता हूँ कि इस समय हमें प्रत्येक ओर परिवर्तन चाहिए—राजनीतिक, सामाजिक और धार्मिक। धर्म और राजनीति—ये दोनों ही समाज के अन्तर्गत हैं, इसीलिए तो लेनिन ने अपना हाथ समाज में लगाया—शायद पुराने समाज को तोड़कर नए समाज का निर्माण करना ही सबसे कठिन काम है। मिस्टर अजित, हमारा समाज वर्तमान परिवर्तित परिस्थितियों के अनुकूल नहीं है। हममें इतनी तीव्रता के साथ परिवर्तन हुए हैं कि अब समाज में अधिक परिवर्तन की गुंजाइश नहीं रह गई। अब तो समाज को ध्वस्त करना ही इष्ट है, और दूसरे समाज का निर्माण करना पड़ेगा।''

भुवनेश्वर के समाप्त करने पर कृष्णानन्द ने बात आरम्भ की—''भुवनेश्वर ! समाज में परिवर्तन होना चाहिए, यह बात मैं मानता हूँ; पर किस प्रकार परिवर्तन होना चाहिए, यहाँ मैं तुमसे सहमत नहीं हूँ। लेनिन ने एक प्रयोग किया है—और वह बहुत बड़ा प्रयोग है; पर वह प्रयोग सफल रहा है, या सफल होगा—यह तो भविष्य ही बतलाएगा। सोशलिज्म के सिद्धान्तों में ही मैं सहमत नहीं हूँ। ध्वंसात्मक नीति का सहारा लेना, यहाँ तो मैं कभी भी तुम्हारा साथ नहीं दे सकता। हमारी समस्या बड़ी जटिल है। क्षणिक आवेश में आकर उस प्रकार का प्रयोग कर बैठना, जैसा कि रूस में हुआ है, कोई अच्छी बात नहीं है। एक ओर तो लेनिन का प्रयोग था और दूसरी ओर गांधी का प्रयोग है। जहाँ लेनिन ने कार्ल मार्क्स और प्रिंस कोपाटिकिन आदि लोगों की ध्वंसात्मक विचार-धारा से प्रभावित होकर एकदम अपना भयानक ध्वंसात्मक प्रयोग कर दिया, वहीं महात्मा गांधी ने केवल निर्माण का अवलम्ब लिया। गांधी और लेनिन में वही अन्तर है, जो 'एलीगिनेशन' और 'डिस्ट्रक्शन' में है। गांधी बिना स्वार्थ के रक्तपात के ही समाज में और वर्तमान परिस्थिति में सामंजस्य लाने की कोशिश कर रहे हैं। परिस्थिति मनुष्य के हाथ की बात है—वह अपनी आवश्यकताएँ कम कर दे, ''मैटर' से अपना हाथ हटा ले, आत्मा तथा आत्मिक विकास पर विश्वास करने लगे और सारी मुसीबत दूर हो जाएगी। आप लोग यह कहेंगे कि मनुष्य से बुराइयों का दूर होना असम्भव है और जब तक मनुष्य से बुराइयाँ दूर नहीं होतीं, तब तक गांधीवाद सफल नहीं हो सकता; पर यहाँ मैं यह पूछूँगा, क्या लेनिनवाद मनुष्य से उसकी बुराइयों के दूर करने के आधार

पर नहीं बना है ? यदि सोशलिस्ट यह समझ सकता है कि शिक्षा के प्रचार से जनसाधारण की बुराइयों को दूर किया जा सकता है, तो महात्मा गांधी भी ऐसा समझ सकते हैं।''

रमेश हँस पड़ा। उसने कहा—''मिस्टर कृष्णानन्द, महात्मा गांधी वही करना चाहते हैं, जो हमारे ऋषियों ने किया है। हमारे ऋषि यह सब कर सकते थे, क्योंकि उस समय हम संसार के संघर्ष में नहीं आए थे और साथ ही संसार में उतना अधिक मानसिक विकास नहीं हो पाया था। उसका परिणाम यह हुआ कि हमारे ऋषियों ने हमारे मानसिक विकास को रोका—हमें उन्होंने गाँवों में रखा, हमसे खेती करवाई, चरखा कतवाया; पर अब क्या यह सम्भव है। यदि महात्मा गांधी को सारा संसार 'डिक्टेटर' मानने को तैयार हो जाए, या फिर महात्मा गांधी दस-बीस लाख आदमियों के साथ एक ऐसे देश में बस जाएँ, जहाँ संसार के अन्य मनुष्य न पहुँच सकें, तब तो गांधीवाद वहाँ सफल हो अन्यथा गांधीवाद सफल नहीं हो सकता, इतना विश्वास रखना।''

अजित उठ खड़ा हुआ—''गांधीवाद, लेनिनिज्म ! ये सब व्यर्थ की बातें हैं, इन पर अपना समय बरबाद करना बेकार है। समाज एक तरह से बन गया तो बन गया, उसको बदलना असम्भव है। हम सब विनाश की ओर बढ़ते चले जा रहे हैं, सबलोग यह अनुभव कर रहे हैं और हम सब इस विनाश को रोकने का प्रयत्न भी कर रहे हैं। जो कुछ हो रहा है, वह ठीक ही हो रहा है; पर इतना निश्चय है कि हम सब विनाश की ओर चले जा रहे हैं और विनाश ही अन्त है। नियति का नियम है—आगे ! आगे ! कहाँ ? जहाँ विकास खड़ा है। लहर उठती है, नष्ट हो जाती है; मनुष्य पैदा होता है और मरता है। संसार में कोई वस्तु अमर नहीं है, फिर हम चिन्ता क्यों करें ? साइंस का इतना भयानक विकास हो रहा है, यह हमारी उन्नति है; पर यही हमारी अवनति भी है। सन् 1914 का महायुद्ध विनाश का एक बहुत छोटा-सा अभिनय था, संसार विनाश के एक विस्तृत अभिनय के लिए तैयार हो रहा है। पाश्चात्य देशों में देखो जाकर, तुम्हारी आँखें खुल जाएँगी। अपनी रक्षा के नाम पर प्रत्येक देश ऐसे नए-नए आविष्कार कर रहा है, जिनसे कुछ क्षणों में ही शत्रुओं के नगर-के-नगर नष्ट किए जा सकेंगे। लोगों की हालत खराब होती जा रही है। दरिद्रता और बेकारी का चारों ओर निवास है। इस सबका परिणाम क्या होगा ? एक चिनगारी की आवश्यकता है—और उसके बाद महाप्रलय के तांडव की कल्पना कर लो। इस बार सैनिक नहीं मरेंगे। इस बार मरेगी जनता—नगर-के-नगर और प्रान्त-के-प्रान्त नष्ट कर दिए जाएँगे। अब हम क्या इन सबको रोक सकते हैं ? इतनी 'डिआर्मामेंट' की कान्फरेंसें होती हैं; पर उनका परिणाम क्या ? हम किसी निर्णय पर नहीं पहुँच सकते, प्रतिद्वन्द्विता और अविश्वास बढ़ता ही जा रहा है, सरगर्मी के साथ विनाश के साधनों का आविष्कार हो रहा है।''

अजित कुछ रुका, उसने फिर कहा—''सोचना और विचारना—यह सब बेकार है। हमारे ऊपर एक बहुत बड़ी शक्ति है, वही हमारा नियन्त्रण कर रही है—उसकी इच्छा पूरी होगी। फिर यह सब चिन्ता क्यों ? जो होना है, वह अमिट है, वह होगा ही, कोई

भी उसे रोक न सकेगा। अच्छा, अब मैं चलूँगा, रमेश, चलते हो ?''

सबलोग उठ खड़े हुए। रमेश ने कहा—''चलो !''—और उसने अपने कपड़े पहने।

कार पर बैठकर अजित ने रमेश से कहा—''रमेश ! क्या यह सच है कि तुम आजकल बहुत कम पढ़ते-लिखते हो ?''

''पढ़ता तो हूँ—लेकिन बोर्डिंग में नहीं। प्रभा की सहायता करने के लिए उसके साथ 'ज्वाइन्ट स्टडी' कर रहा हूँ।''

अजित चौंक उठा—''प्रभा के साथ 'ज्वाइन्ट स्टडी' कर रहे हो ?''—फिर उसने करुण भाव से कहा—''रमेश ! एक सलाह दूँ—मानो या न मानो। तुम अकेले पढ़ो और यह ध्यान रखो कि तुम्हें फर्स्ट आना है। तुम्हारा भविष्य तुम्हारे अध्ययन पर है, एक क्षण के लिए तुम यह न भूलना।''

रमेश को अजित की बात अच्छी नहीं लगी; पर उसने अपनी भावनाओं को दबाते हुए कहा—''अजित ! मैं तुम्हें विश्वास दिलाता हूँ कि मैं अपने कर्तव्य को एक क्षण के लिए नहीं भूला हूँ। मैं अधिक-से-अधिक मेहनत कर रहा हूँ; पर यदि मेरी इस मेहनत से किसी दूसरे का भला हो जाए तो अच्छा ही है।''

अजित ने इसका कोई उत्तर न दिया—कार पैलेस थिएटर के सामने रुकी। सिनेमा से निकलकर अजित ने कहा—''जैसी तुम्हारी इच्छा हो वैसा करो—मैं तुमसे कभी भी उस बात को करने को न कहूँगा, जिससे तुम्हें दुख हो। अब तुम्हें कहाँ उतारूँ, बोर्डिंग में या सर कृष्ण के यहाँ ?''

''सर कृष्ण के यहाँ, क्योंकि पढ़ने का समय हो गया।''—रमेश ने धीरे से उत्तर दिया।

[13]

बी.ए. की परीक्षा समाप्त हो गई। रमेश अजित के साथ उसके यहाँ गया। अजित के बड़े भाई ने रमेश की बड़ी खातिर की—रमेश ने अपने को राज-वैभव से घिरा पाया।

शिकार का प्रबन्ध किया गया, अजित और रमेश जंगलों को चल पड़े। शिकार गर्मियों में कम मिला करते हैं, फिर भी राजा के छोटे भाई और उसके मित्र के लिए राज्य के कर्मचारियों ने शिकार ढूँढ़ निकालने में अथक परिश्रम किया।

दारोगा जंगलात अजित की सेवा में उपस्थित हुआ। अजित ने कहा—''जंगल साहब ! मेरे दोस्त को शेर का शिकार खेलवाना है।''

''मर्जी हुजूर की।''—और दारोगा जी चले गए।

हाँके के लिए आदमी इकट्ठा किए गए। अजित और रमेश एक हाथी पर बैठकर चले। चारों ओर से ढोल की आवाज आ रही थी—लोग तरह-तरह की आवाजें कर रहे

थे। रमेश ने अजित से पूछा—''यह क्या हो रहा है ?''

अजित मुस्कराया—''इस जंगल में शेर है। वह कहीं छिपा बैठा होगा। लोग शोर कर रहे हैं, इस शोर के कारण वह उठकर चलेगा और बाहर निकलेगा। उस समय हमलोग उसे मार सकेंगे।''

करीब पन्द्रह मिनट तक हाथी चलते रहे। एकाएक अजित ने रमेश के कंधे पर हाथ लगाया—''वह देखो !''

''कहाँ ?''

''वह सामने। बन्दूक जल्दी से सँभालो—वह शेर बढ़ता चला आ रहा है।''

सामने करीब पाँच-सौ गज की दूरी पर एक शेर मन्द-मन्द गति से बढ़ता चला आ रहा था। वह बीच-बीच में कुछ रुककर पीछे देख लेता था और फिर आगे बढ़ने लगता था।

जब शेर करीब सौ गज की दूरी पर रह गया, तब अजित ने रमेश से कहा—''अब निशाना लेकर गोली चलाओ।''

रमेश के हाथ-पैर काँप रहे थे। उसने निशाना लेकर बन्दूक का घोड़ा दबाया—गोली शेर के दाहिनी ओर करीब दस गज के फासिले से निकल गई।

शेर कुछ रुका—उसने एक जमुआई ली और फिर चलने लगा। अजित ने कहा—''देखो ठीक से निशाना लेकर दूसरा घोड़ा दबाओ।''

रमेश ने दूसरा फायर किया और इस बार गोली ठीक शेर की छाती पर लगी। शेर दहाड़ा और उसकी दहाड़ के साथ ही रमेश के हाथ से बन्दूक छूट पड़ी। अजित ने उसी समय फायर किया और शेर गिर पड़ा।

हाथी मोड़ दिए गए—और दोनों खेमे में पहुँचे। सन्ध्या हो गई थी—चाय का प्रबन्ध था। थके होने के कारण दोनों ने बड़े स्वाद से चाय पी। इस बीच में हाँकेवाले शेर को लादकर पहुँचे। अजित ने दारोगा जंगलात को बुलवाया—''जंगल साहब ! इसकी खाल बनवाने के लिए आप इसे माइसोर भिजवा दीजिए। और देखिए, अब मुझे भी एक मारना है, उसका इन्तजाम करवाना पड़ेगा !''

दारोगा साहब ने माथे पर हाथ लगाते हुए कहा—''हुजूर, यह तो मौसम नहीं है, जंगलों को छनवाना पड़ेगा और इसमें कुछ दिन लगेंगे।''

''कम-से-कम कितने दिन ?''

''एक हफ्ता की मुहलत दी जाए, एक हफ्ते के अन्दर महाराज की खिदमत में हाजिर हूँगा। तब तक महाराज महलों में विराजें।''

''अच्छी बात है !''

उसी रात हाथी पर सवार होकर अजित के साथ रमेश चल दिया। रमेश ने कहा—''क्यों जी अजित ! मुझे इतनी जल्दी शेर मिल गया और तुम्हारे लिए क्यों एक हफ्ते की मोहलत माँगी गई ?''

''इसलिए कि तुम मेहमान हो।''

"इससे क्या ?"

"मेहमानों के लिए भाई साहब ने शिकार का विशेष प्रबन्ध कर रक्खा है।"

"यह कैसे ?"

"अब यह न पूछो।"

रमेश की उत्सुकता बढ़ी—"अजित, सच-सच बतलाओ, क्या बात है ?"

"भाई यह मत पूछो—तुम्हें शिकार खेलने से मतलब है, इन बेकार की बातों में क्या रक्खा है।"

रमेश जिद पकड़ गया—"नहीं अजित, तुम्हें बतलाना पड़ेगा !"

"अब तुम नहीं मानते तो बतलाता हूँ; पर भाई साहब पर यह प्रकट न होने देना।"—मुस्कराते हुए अजित ने कहा—"देखो, भाई साहब ने कई शेर पाल रक्खे हैं। अकसर मेहमान, जिनमें अधिकांश सरकारी अफसर ही हुआ करते हैं, शिकार के लिए आते हैं और उनमें से प्रत्येक मेहमान शेर का शिकार खेलना चाहता है; पर शेर जंगल का वासी है—हर बार तो वह मिलता ही नहीं और यदि जंगल में हुआ भी, तो वह इतना चालाक जानवर होता है कि आसानी से घात में नहीं आता। लोग यह समझते नहीं, उन्हें तो शिकार चाहिए। अब भला कैसे काम चले ? इन सब बातों को ध्यान में रखकर मेरे भाई साहब ने शेर पाल रक्खे हैं और मौके-बे-मौके शेर के बच्चों को पकड़वा लिया करते हैं। जैसे ही कोई मेहमान आया, वैसे ही उन पले हुए शेरों में से एक की आफत आई। छोटे-बड़े मेहमानों के हिसाब से छोटा-बड़ा शेर छाँट लिया गया और एक दिन पहले से उसे खूब अफीम खिलाई गई, इतनी कि फिर जिससे वह बिलकुल बेकार हो जाए। इधर मेहमान को हाथी पर चढ़ाकर चले और उधर शेर को मेहमान से कुछ दूरी पर छोड़ दिया। अब जनाब शेर है बेहोश, भाग वह सकता नहीं और मजे में जमुहाई लेता हुआ वह आगे बढ़ा और मेहमान ने दो-चार गोलियों में उसे गिरा दिया।"

रमेश की सारी प्रसन्नता जाती रही—"तो क्या जिस शेर को मैंने मारा, वह भी पला हुआ था और अफीम खाए हुए था ?"

अजित ने गम्भीर भाव से कहा—"देखो रमेश, मैं पहले ही तुमसे यह नहीं बतलाना चाहता था; पर तुम नहीं माने और मुझे बतलाना ही पड़ गया। जंगली शेर, जिसके होश-हवाश दुरुस्त होते, वह जब तुम्हारा पहला फायर मिस हुआ था, क्या तुम समझते हो कि जमुहाई लेकर वहीं खड़ा रह जाता ! वह या तो सीधे हाथी पर हमला करता, या फिर साफ वहाँ से गायब होकर जंगलों में घुस जाता।"

रमेश का मुख उतर गया—"मुझे दुख है कि मैंने इस बात को जानने की इतनी जिद की। अच्छा होता कि मैं इस बात को न जानता। इस समय मुझे यह सन्तोष तो होता कि मैंने वास्तव में शेर का शिकार किया।"

अजित कुछ देर तक मौन रहा। फिर उसने कहा—"लेकिन अभी हुआ क्या है, मैंने अपने शिकार के प्रबन्ध करने को तो कह दिया है, उस अवसर पर तुम्हीं उस शेर को मार लेना। पर इसके लिए तुम एक सप्ताह तक निशाने का अभ्यास कर लो। इस शेर

के शिकार में और जंगली शेर के शिकार में काफी अन्तर होता है।"

अपने वादे के अनुसार दारोगा जंगलात ने अजित को इत्तिला दी कि अमुक जंगल में शेर है, और अमुक घाटी में पानी पीने जाया करता है। रमेश के साथ अजित निकल पड़ा—साथ में राज्य के शिकारी भी थे। बतलाए हुए जंगल में मचान बाँधे गए। घाटी को दो रास्ते जाते थे। एक मचान एक रास्ते पर बाँधा गया और दूसरा दूसरे पर। इस बार अजित और रमेश दोनों ही अलग-अलग मचानों पर बैठे। प्रत्येक के साथ एक-एक शिकारी था। दोपहर के समय लोग मचानों पर चढ़कर बैठ गए। रात हो गई; पर शेर का पता नहीं। रमेश ने पास बैठे हुए शिकारी से पूछा—"क्या शेर जरूर आवेगा।"

उस शिकारी ने धीरे से कहा—"जरा धीरे बोलिए ! मुमकिन है कि वह आ ही रहा हो। उस हालत में एक जरा-सी आवाज उसे सतर्क कर देने को काफी हैं।"

थोड़ी देर तक रमेश बैठा रहा, उसे नींद आ रही थी; पर मचान में इतनी जगह न थी कि वह सो सके। उसने फिर पूछा—"क्यों भाई, कब तक उसका इन्तजार करना पड़ेगा ?"—इस बार रमेश का स्वर धीमा था।

शिकारी ने कहा—"शायद रात भर इन्तजार करना पड़े—कौन जाने वह कब आए और यही कौन जाने कि वह इसी रास्ते से आए ?"

एकाएक पत्ते खड़खड़ाए—शिकारी ने रमेश के हाथ दबाकर उसे सतर्क हो जाने का संकेत किया। रमेश ने अपने चारों ओर देखा—घोर अन्धकार छाया हुआ था—करीब दो सौ गज की दूरी पर उसे दो चमकते हुए अंगारे-से दिखलाई पड़े। उसने दबे हुए स्वर में कहा—"वह क्या चमक रहा है ?"

शिकारी ने भी दबे हुए स्वर में उत्तर दिया—"वे शेर की आँखें हैं—उसे और नजदीक आने दीजिए !"

शेर धीरे-धीरे बढ़ता चला आ रहा था। अब वह मचान से करीब पचास गज की दूरी पर रह गया और स्पष्ट दिखाई देने लगा। शिकारी ने रमेश से कहा—"अब निशाना लेकर मारिए।"

रमेश ने घोड़ा दबा दिया, इधर बन्दूक की आवाज हुई और उधर शेर एक दहाड़ के साथ उछला। मचान काफी ऊँचा न था। पेड़ की एक डाली पर शेर का पंजा पड़ा और उसी के साथ वह नीचे गिरा।

रमेश थर-थर काँप रहा था—उसका सारा शरीर पसीने से भीग गया था। शिकारी ने कहा—"दूसरी गोली एकदम मारिए।"

रमेश ने दूसरा घोड़ा भी दबाया। इस बार शेर सीधे मचान पर झपटा और रमेश के हाथ से बन्दूक छूट पड़ी। उसी समय शिकारी ने अपनी तोड़ेवाली बन्दूक का प्रयोग किया—शेर नीचे गिरा, वैसे ही उठकर वह भागा।

रमेश को सावधान होने में काफी देर लगी। मशालें जलाए हुए खिदमतगार और शिकारी मचान के पास आ गए—अजित भी आ गया—"क्या हुआ ?" अजित ने पूछा।

शिकारी ने कहा—"महाराज—मेहमान सरकार ने दो गोलियाँ मारीं—लगी दोनों ही, क्योंकि शेर जख्मी हो गया है, लेकिन वह भाग गया !"

"भाग गया !"—अजित ने मत्थे पर हाथ लगाते हुए कहा—लेकिन क्या तुम ठीक कहते हो कि वह जख्मी हो गया है ?"

"हाँ महाराज ! यहाँ से वह ज्यादा दूर नहीं गया होगा।"

अजित ने हाथ में बँधी हुई घड़ी देखी। दो बज रहे थे। अजित ने कहा—"रात में तो उसे ढूँढ़ना खतरनाक है—सुबह हाथी पर चढ़कर ढूँढ़ना ठीक रहेगा। अच्छा, हाथी मँगवाओ—अब लौटा जाए।"

सुबह अजित ने रमेश से पूछा—"शेर को ढूँढ़ने चलते हो ?"

रमेश का मुख पीला पड़ गया था। उसने कहा—"नहीं ! अजित ! शेर का शिकार बड़ा भयानक है—तुम्हीं जाओ।"

अजित हँस पड़ा—"शेर से कहीं अधिक भयानक मनुष्यों से खेलने के समय तुम्हें भय नहीं लगता, लेकिन शेर से तुम इतना डर गए ! ताज्जुब की बात है।"—इतना कहकर वह चला गया।

एक महीना बीत गया। जून का पहला सप्ताह था। अजित ने कहा—"रमेश ! अब तो रिजल्ट आने के दिन हैं !"

"हाँ !"—और रमेश एकाएक उद्विग्न हो उठा—"अजित ! अब मैं जाना चाहता हूँ, मेरा जी नहीं लग रहा है—उफ ! इतने दिनों तक मैं यहाँ किस प्रकार रह सका, इस पर मुझे आश्चर्य होता है !"

"आश्चर्य की क्या बात है ? क्या यहाँ तुम्हें प्रत्येक प्रकार का सुख नहीं है ?"

रमेश मुस्कराया—"सुख ! अजित तुम्हें मैं समझ नहीं पाता। कभी-कभी तुम बड़े समझदार आदमी, पूर्ण दार्शनिक बन जाते हो, मैं उस समय तुमसे ईर्ष्या करता हूँ, और बाज-बाज दफे तुम बच्चों की तरह नासमझी की बातें करने लगते हो। क्या तुम समझते हो कि मनुष्य को वैभव से घिरे रहने में ही सुख मिलता है ? तुम आत्मा की प्यास को कोई महत्त्व नहीं देते ? मैं प्रेम करता हूँ अजित, और वियोग बड़ा कठिन होता है।"

अब अजित के मुस्कराने की बारी थी—"समझा ! तुम्हें रह-रहकर प्रभा की याद सताती है। उसी से मिलने को तुम व्यग्र हो; पर क्या प्रभा इलाहाबाद में होगी ?"

रमेश ने कहा—"नहीं, वह शिमला में है। उसका पत्र परसों आया है, और उसने लिखा है कि वह जून के अन्तिम सप्ताह में प्रयाग आएगी।"

"फिर प्रयाग जाकर क्या करोगे ?"

"मैंने यह कब कहा था कि मैं प्रयाग जाना चाहता हूँ। जिस समय मैंने यहाँ से जाने की बात कही थी, उस समय मैं शिमला जाने की बात सोच रहा था।"

"अच्छी बात है, दो-चार दिन और रुको, मैं भी तुम्हारे साथ शिमला चलूँगा।"—अजित ने कहा। उसी समय एक चपरासी अजित को एक तार दे गया।

अजित ने तार खोला—तार पढ़ते ही वह उछल पड़ा, फिर एकाएक वह गम्भीर हो गया। उसने तार रमेश के सामने फेंक दिया। तार प्रयाग से आया था और उसमें लिखा था—"अजित फर्स्ट हुआ, रमेश को सेकंड क्लास मिला। बधाई।"

रमेश ने तार पढ़ा—और उसका सिर घूम गया। उसका हाथ काँप उठा और तार उसके हाथ से छूट गया। उसने भर्राए हुए स्वर में कहा—"अजित, किसी से एक गिलास पानी मँगवा दो !"

अजित ने पानी मँगवाया—और रमेश के पास खड़ा हो गया। उसने कहा—"रमेश ! बहुत सम्भव है कि तार देनेवाले ने गलती कर दी हो, उसने मेरे नाम की जगह तुम्हारा नाम और तुम्हारे नाम की जगह मेरा नाम लिख दिया हो।"

"नहीं अजित, कोई गलती नहीं !"—पानी पीते हुए रमेश ने कहा—"जिस बात का मुझे डर था, वह हो ही गई। अजित तुमने मुझसे अकेले पढ़ने को कहा था, मुझे याद है। और मैंने तुम्हारी बात न मानकर अपना ही अहित किया। प्रभा के साथ पढ़ना ! उफ ! वह असम्भव था।"

अजित ने कोई उत्तर न दिया, वह चुपचाप रमेश की बात सुन रहा था।

कुछ रुककर रमेश ने फिर कहा—"अजित ! अब क्या हो ? आज तक की सब साधना, सब तपस्याएँ सब-की-सब व्यर्थ गईं। मेरा जीवन नष्ट हो गया। नहीं, मैंने अपना जीवन नष्ट कर लिया। अजित—अजित—" रमेश इसके आगे कुछ न कह सका। उसकी आँखों में आँसू फूट पड़े और उसका कंठ रुद्ध हो गया।

अजित ने रमेश के कंधे पर हाथ रख दिया—"रमेश, साहस करो और मनुष्य बनो। मनुष्य ही गलती करता है, और मनुष्य ही गिरता है। तुम्हारे सामने तो अभी सारा जीवन पड़ा है—तुम मनुष्य हो, रोने के लिए नहीं बनाए गए हो। तुमने एक गलती की, उस गलती से लाभ उठाओ और हँसते हुए अपने अनुभवों के साथ उठो और आगे बढ़ो। साहस करो और वीर बनो—संसार कायरों के रहने की जगह नहीं है।"

रमेश ने अजित की ओर देखा—दोनों की आँखें चार हुईं। अजित की आँखों में असीम साहस और प्रगाढ़ सहानुभूति थी, रमेश की आँखों में कातरता और निर्बलता। अजित का मुख गम्भीर था—वहाँ दृढ़ता थी, स्वामित्व था। संध्या के धुँधले अरुण प्रकाश में रमेश ने अजित का मुख देखा—उसने देखा कि अजित का मुख एक स्वर्गीय छवि से चमक रहा है। रमेश कुछ घंटों के लिए मन्त्र-मुग्ध-सा अजित का मुख देखता रहा और इसके बाद वह उठ खड़ा हुआ। ऐसा मालूम होता था कि अजित की आन्तरिक भावनाएँ रमेश के हृदय में प्रतिबिम्बित हो उठी, उसकी कातरता जारी रही। वह मुस्कराया। अजित का हाथ अपने हाथ में लेकर उसने कहा—"ठीक कहते हो अजित, अभी कुछ नहीं बिगड़ा। मेरा सारा जीवन मेरे सामने पड़ा है—मैं प्रयत्न करूँगा कि मैं जीवन में सफलता प्राप्त करूँ।"

अजित के मुख के भाव एकदम बदल गए। उसने तार उठा लिया, हँसते हुए कहा—"देखो रमेश, मैंने तुमसे कहा था न कि इस बार मैं फर्स्ट आऊँगा और मैं आया

भी। दो-चार दिन यहाँ काफी उत्सव मनाए जाएँगे, नाच होंगे और दावतें होंगी—इसके बाद फिर हम दोनों शिमला चलेंगे।''

रमेश ने अजित में यह भाव-परिवर्तन अनुभव किया, वह अपने विचारों में इतना तल्लीन था। वह चौंक-सा उठा—''क्या कहा ?''

अजित ने रमेश का हाथ पकड़कर उसे झकझोर दिया—''देखो जी, इतने स्वार्थी मत बनो। मैं फर्स्ट आया हूँ, मुझे कितनी प्रसन्नता है। मेरी खुशी में खुशी मनाओ, तुम मेरे सबसे बड़े मित्र हो।''

रमेश मुस्कराया—''तुम बड़े विचित्र आदमी हो—कैसे बच्चों की-सी बातें करने लगते हो ?''

अजित जोर से हँस पड़ा—''बच्चों की-सी बातें कर रहा हूँ। मेरे भाई साहब यह समझते थे कि मैं जिन्दगी भर बी.ए. न पास कर सकूँगा। वे मुझे थोड़ा-सा पागल भी समझते हैं। देखो, आज मैं यह तार उन्हें दिखलाता हूँ। जानते हो, वे कितने प्रसन्न होंगे ? देखना, दो-चार रोज तक यहाँ वह तमाशे, नाच, रंग और दावतें होती हैं कि तुम्हारी तबीयत खुश हो जाएगी।''

रमेश को मानो कुछ भूली बात याद हो आई। उसने कहा—''अजित, मुझे क्षमा करना, मैं बड़ा स्वार्थी हो गया था। तुम्हारे फर्स्ट आने पर मुझे बधाई देना चाहिए था और मैं अपने स्वार्थ के वशीभूत होकर यह भूल गया। अब भी देर नहीं हुई है, मैं तुम्हें बधाई देता हूँ।''

अजित ने रमेश के मुँह पर हाथ रखते हुए कहा—''चुप ! चुप ! क्यों शिष्टाचार का गला घोंट रहे हो ! हाँ, मैं एक सप्ताह तक शिमला न चल सकूँगा। रमेश क्षमा करना, अगर तुम जाना चाहो, तो जा सकते हो; पर मैं तुमसे एक सप्ताह तक रुकने का आग्रह करूँगा।''

अन्यमनस्क भाव से रमेश ने कहा—''नहीं, अब शिमला न जाऊँगा अजित ! जब तक तुम्हारी इच्छा हो रुको, मैं भी तुम्हारे साथ रहूँगा।''

ताली बजाते हुए अजित ने कहा—''गुड ब्वाय ! (अच्छे लड़के) और देखो, अभी भाई साहब के विश्वास को कितना सदमा लगता है, इसे तो देखो चलकर !''—यह कहकर वह रमेश को घसीटते हुए अपने बड़े भाई के पास चला गया।

[14]

जिन्हें कुछ लोग प्रयाग का यूनिवर्सिटी एरिया कहेंगे; पर जनसाधारण में जो मुहल्ले कटरा और कर्नलगंज के नाम से प्रसिद्ध हैं, साल में दो महीने बिलकुल उजाड़ रहते हैं। इस स्थान पर इतनी चहल-पहल और इतना जीवन केवल विद्यार्थियों के कारण है।

जुलाई के प्रथम सप्ताह में ही फिर से इस स्थान पर कुछ जीवन का स्पन्दन मालूम होने लगता है। दूकानदारों के चेहरे पर कुछ हर्ष आ जाता है, सड़कों पर हँसी के ठहाके लगते हैं और साथ ही प्रयाग की भयानक गर्मी में भी वर्षा के कारण कमी आने लगती है।

अजित के साथ रमेश प्रयाग लौटा—जुलाई का दूसरा सप्ताह था, चहल-पहल बढ़ गई थी। विद्यार्थियों की जेबें रुपयों से भरी थीं, मुक्तहस्त वे खर्च कर रहे थे।

रमेश प्रयाग लौटकर अपने प्रोफेसरों से मिला। उन्होंने रमेश के साथ सहानुभूति प्रकट की, उसके सिर्फ सेकंड क्लास पाने पर आश्चर्य प्रकट किया और आगे मेहनत करने की सलाह दी।

अजित ने रमेश से कहा—"रमेश ! अब यह तय करना है कि एम.ए. में कौन-सा सब्जेक्ट लिया जाए।"

"मैं तो इंगलिश ले रहा हूँ।"—रमेश ने उत्तर दिया।

अजित ने कुछ सोचा—"अच्छा ! तो मैं फिर इंगलिश न ऑफर करूँगा। इरादा तो इंगलिश का ही था; पर अब इकनॉमिक्स की ओर जाऊँगा।"

रमेश ने बड़े ध्यान से अजित को देखा—"यह क्यों ?"

"यह इसलिए कि प्रभा भी तो इंगलिश ऑफर कर रही है।"—और अजित हँस पड़ा।

"मैं नहीं समझा—थोड़ा-सा और साफ-साफ कहो।"—रूखे स्वर में रमेश ने कहा।

"तुम नहीं समझे, तो फिर इसमें कुसूर तुम्हारा है न कि मेरा। प्रभा इंगलिश ऑफर कर रही है और तुम इंगलिश ऑफर कर रहे हो, और साथ-साथ तुम दोनों प्रेम करते हो। एम.ए. क्लास इतना बड़ा तो नहीं है, जितना बी.ए. था, कुछ थोड़े-से इने-गिने लड़के, और ऐसी हालत में मेरा तुम लोगों के साथ रहना उचित नहीं है।"

रमेश सिर झुकाए हुए कुछ सोचता रहा, बाद को एक गहरी साँस लेकर उसने कहना आरम्भ किया—"अजित ! तुम ठीक कहते हो। मैं इंगलिश इसलिए ऑफर कर रहा हूँ कि प्रभा ऑफर कर रही है। अजित ! मैं सच कर रहा हूँ कि मैं प्रभा से बुरी तरह से प्रेम करने लग गया हूँ। इस प्रेम में मैंने अपने को खो दिया है। पता नहीं, कहाँ जा रहा हूँ।"

अजित भी गम्भीर हो गया—"मैं बतला सकता हूँ, तुम कहाँ जा रहे हो—तुम बहुत तेजी के साथ विनाश की ओर बढ़े जा रहे हो। मैंने तुमसे इतनी बार कहा है, और यह जानते हुए भी कि तुमने प्रत्येक बार मेरी बात पर बुरा माना है, मैं तुमसे फिर कहूँगा कि प्रभा से प्रेम करके तुम गलती कर रहे हो।'

"अजित ! देखो, मेरे प्रेम को कुछ न कहो—मैं तुमसे प्रार्थना करता हूँ। यदि यह गलती है, बेहोशी है, तो बड़ी मादक बेहोशी है। इस छोटे से जीवन में, प्रेम के ये थोड़े-से क्षण कितने मूल्यवान हैं—अजित, कृपा करके इस विषय पर कुछ न कहो।"

अजित ने रमेश का हाथ पकड़ लिया। इस समय उसके स्वर में न जाने किस प्रकार

की दृढ़ता आ गई थी, उसका मुख लाल हो उठा था और आँखें चमकने लगी थीं। उसने कहा—"रमेश तुम डूब रहे हो। मैं तुम्हारा मित्र हूँ, मैंने संकल्प कर लिया है कि मैं तुम्हें डूबने न दूँगा। जिस तरह हो सकेगा, मैं तुम्हें बचाऊँगा। तुम इंगलिश न ऑफर करो—समझे !"

रमेश सिहर उठा। करुण स्वर में उसने कहा—"अजित, मैं प्रभा से प्रेम करता हूँ।"

अजित मुस्कराया—"क्या तुम अपने इस प्रेम से अपना जीवन नष्ट कर दोगे ? याद रखो, बी.ए. में तुमने कौन-सी पोजीशन पाई थी। अभी कुछ बिगड़ा नहीं, एम.ए. में तुम अभी अपने को बचा सकते हो।"

रमेश कराह उठा—"अजित—अजित !"

अजित इस बार जोर से हँस पड़ा—"रोने से कोई लाभ नहीं, मनुष्य बनो। प्रभा के प्रति तुम्हारा पागलपन यदि दूर नहीं होता, तो तुम समाप्त हो—समझे !

रमेश ने हलके से अपना हाथ छुड़ा लिया—उसने अपना मुँह उठाया, कुछ देर तक अजित की ओर देखा, फिर अपने स्वर में दृढ़ता लाते हुए उसने कहा—"अजित, यदि प्रेम का मूल्य मेरा प्राण है, तो भी मैं प्रेम का मूल्य चुकाने को प्रस्तुत हूँ।"

अजित अब सोच में पड़ गया। एकाएक एक विचार उसमें उठा, उसका मुख खिल गया। उसने कहा—"रमेश, तुम प्रभा से बहुत अधिक प्रेम करते हो ?"

"हाँ ?"

"फिर उससे विवाह क्यों नहीं कर लेते ?"

"विवाह ?"

"हाँ विवाह। तुम्हें प्रभा से प्रेम करते हुए करीब-करीब दो वर्ष हो गए। इतना समय कोर्टशिप के लिए काफी है। अब तुम विवाह कर लो। तुम्हें अभाव पागल बनाए हुए है, इस अभाव की पूर्ति के बाद तुम अच्छी तरह से पढ़-लिख सकोगे ?"

"अजित !"

"मैं ठीक कहता हूँ रमेश ! तुम्हारे लिए प्रेम का अन्त है विवाह। जिस समय अन्त पा लोगे, उस समय तुम्हारा पागलपन दूर हो जाएगा। तुम क्या समझते हो कि प्रभा तुमसे विवाह न करेगी ?"

"अजित ! इस प्रकार की बातें मत करो—प्रभा को तुम इतनी नीच क्यों समझत हो ?"

"तो फिर तुम प्रभा से विवाह का प्रस्ताव जल्द कर डालो। विवाह हो जाने के बाद अच्छी तरह से अपना काम कर सकोगे।"

थोड़ी देर तक दोनों मौन रहे, फिर रमेश ने कहा—"अजित, ठीक कहते हो, मुझे यह बात सूझी ही न थी। यदि प्रभा से मैं विवाह कर लूँ, तो फिर मैं दत्तचित्त होकर पढ़ सकूँगा। कल रविवार है न, कल ही मैं प्रभा के सामने अपना प्रस्ताव रखूँगा।"

रमेश दूसरे दिन सुबह प्रभा के यहाँ पहुँचा। सर कृष्ण उस समय घर पर न थे, ड्राइंग-रूम में प्रभा रमेश से मिली। सोफा पर रमेश को बिठलाकर प्रभा उसकी बगल

में बैठ गई। रमेश का हाथ अपने हाथ में लेते हुए उसने कहा—''रमेश, आज गम्भीर क्यों हो ?''

अपने मुख पर मुस्कराहट लाने का विफल प्रयास करते हुए रमेश ने कहा—''मैं गम्भीर हूँ—मैं तो यह नहीं जानता था कि गम्भीर हूँ; पर हो भी सकता है—कुछ गम्भीर बातें करने ही आया हूँ—और शायद मनोभाव मुख पर प्रतिबिम्बित हो उठे हों।''

प्रभा खिलखिलाकर हँस पड़ी—''रमेश, तुम बड़े पागल हो—हम दोनों के बीच में गम्भीरता की कोई बात ही नहीं आनी चाहिए।''—और प्रभा ने अपने दोनों हाथ रमेश की गर्दन में डाल दिए।

रमेश मुस्कराया—''प्रभा ! एक बड़ी महत्त्व की बात कहनी है !''

''कहो !''

रमेश कुछ देर तक सोचता रहा। उसकी समझ में ही न आ रहा था कि किस प्रकार बात आरम्भ की जाए। फिर उसने कहा—''प्रभा, मैं तुम्हारे सामने विवाह का प्रस्ताव लेकर आया हूँ।''

''विवाह !''—प्रभा चौंक उठी। उसने हाथ रमेश के गले से निकाल लिए—उसने रमेश को कुछ देर तक गौर से देखा—''क्या कहा ? विवाह ?''

प्रभा की भाव-भंगी देखकर रमेश कुछ सहम-सा गया। उसने साहस किया—''हाँ प्रभा ! हम दोनों प्रेम करते हैं, मैं तुम्हारे बिना नहीं रह सकता। इसीलिए कह रहा हूँ कि मेरा तुम्हारे साथ विवाह हो जाए।''

प्रभा ने कहा—''रमेश ! विवाह की क्या आवश्यकता है ? क्या हम दोनों इस प्रकार प्रेम नहीं कर सकते ?''

''नहीं—प्रेम का अन्त है विवाह। तुम मेरी हो, मैं तुम्हारा हूँ—हम दोनों जीवन में एक हो जाएँ।''

प्रभा कुछ देर तक सोचती रही—''रमेश, मैंने कभी इस विषय पर नहीं सोचा—कुछ समय दो !''

''नहीं—समय की आवश्यकता है ? अभी सोच लो—और फिर सोचना ही क्या है ? इतना क्या काफी नहीं है कि हम दोनों एक-दूसरे से प्रेम करते हैं ?''

प्रभा सँभलकर बैठ गई। विवाह का प्रस्ताव सुनकर उसके मुख पर जो घबड़ाहट आई थी, वह दूर हो गई और उसके स्थान पर दृढ़ता की भावना आ गई। ऐसा मालूम होता था कि प्रभा ने एक क्षण में ही क्या करना चाहिए, इसका निर्णय कर लिया। वह सोफा से उठकर कुर्सी पर रमेश के सामने बैठ गई—''रमेश, तो फिर आज ठीक तरह से बातें हो जाएँ। एक प्रश्न है रमेश, तुम्हारी आय क्या है ?''

रमेश चौंक उठा। अपने को सँभालकर उसने उत्तर दिया—''तुम तो जानती ही हो, प्रभा, कि मेरे पास कोई आय नहीं है और न कोई सम्पत्ति ही है। मुझे स्कालरशिप मिलता है; पर उससे क्या, हम दोनों एक-दूसरे से प्रेम करते हैं। हम दोनों शिक्षित हैं, खाने भर को मैं पैदा कर सकता हूँ।''

प्रभा ने कहा—"रमेश, उद्विग्न होने की कोई बात नहीं है। इसके पहले कि मैं नया जीवन आरम्भ करूँ, उस नए जीवन के विषय में कुछ सोच-विचार कर लेना, उसका भावी कार्यक्रम निर्धारित कर लेना आवश्यक है। है न ?"

"हाँ !"

"विवाह की बात उठी है"—प्रभा ने आरम्भ किया—"और इसके पहले कि मैं तुमको कुछ उत्तर दूँ, मैं यह भी बतला दूँ कि विवाह पर मेरे क्या विचार हैं। स्त्री और पुरुष में दो प्रकार के सम्बन्ध होते हैं, एक यौनिक (सेक्सुअल) सम्बन्ध है और दूसरा जीवन का सम्बन्ध है। जीवित रहने के लिए स्त्री पुरुष का अवलम्ब चाहती है। स्त्री असहाय है, अबला है—संसृति के दो भागों में पुरुष सबल भाग है और स्त्री निर्बल भाग। और रमेश, जीवन का प्रश्न भोग-विलास के प्रश्न से पहले आता है। विवाह है क्या ? मैं तो विवाह को वह संस्था मानती हूँ, जिसके द्वारा पुरुष स्त्री के भरण-पोषण तथा उसकी रक्षा का भार अपने ऊपर लेता है। रहा काम-वासना का प्रश्न, वह बाद में उठता है।"

"पर इससे क्या मतलब है ?"—प्रभा की बातों को समझते हुए भी न समझने का प्रयत्न करते हुए रमेश ने पूछा।

"बिलकुल स्पष्ट है। रमेश, मैं प्रेम को विवाह का आधार नहीं मानती। कोई भी स्त्री जब किसी पुरुष से विवाह करती है, तो इस आशा से करती है कि वह पुरुष उसको जीवन में सुखी बनाएगा। हमारा जीवन केवल भोग-विलास ही तो नहीं है ! भोग-विलास जीवन के कई अंगों में एक अंग है। भोग-विलास तो बाद की बात है—सबसे पहले प्रश्न आता है रोटी का, हमारी नित्य की आवश्यकताओं का। यदि हमारी नित्य की आवश्यकताएँ नहीं पूरी होतीं, यदि हम भूखों मरते हैं, तो प्रेम अकेले तो हमें जीवित नहीं रख सकता। विवाह को मैं स्त्री और पुरुष के बीच में आर्थिक सम्बन्ध के रूप में मानती हूँ।"

रमेश अनुभव कर रहा था कि वह जिस कल्पना के आकाश पर चढ़ा था, वह नष्ट हो गया और वह बड़े वेग के साथ नीचे गिर रहा है। उसने बचने का अन्तिम प्रयत्न किया—"प्रभा, हमारी आवश्यकताएँ हैं कितनी—खाने और पहिनने भर के लिए मैं उपार्जित कर ही सकता हूँ। रहा भोग-विलास—यहाँ हमारे पास प्रेम के रूप में संसार का सबसे बड़ा भोग-विलास है।"

प्रभा मुस्कराई, पर उसकी मुस्कराहट में एक विचित्र प्रकार का करुण रूखापन था—"रमेश, तुम मुझे नहीं समझ पा रहे हो। एक बात समझ लो, भिन्न श्रेणी के मनुष्यों में आवश्यकता की मात्रा भिन्न हुआ करती है। रमेश, एक किसान की आवश्यकता है फटा कपड़ा, बाजरे की सूखी रोटी और एक टूटी झोपड़ी। एक साधारण क्लर्क की आवश्यकता उस किसान की आवश्यकता से बढ़ी हुई है। उसे कपड़े साबूत चाहिए, खाने में उसे कुछ घी, कुछ शक्कर और गेहूँ की रोटी चाहिए। रहने के लिए उसे पक्का मकान चाहिए। इसी प्रकार समाज के अनुसार मनुष्य की आवश्यकताएँ बढ़ती जाती

हैं। रमेश, एक साधारण मनुष्य के लिए जो चीजें भोग-विलास हैं, वे ही मेरे लिए आवश्यक हो गई हैं। तुम जानते हो कि मैं आलीशान बँगले में रह रही हूँ, तुम जानते ही हो कि पापा के करीब बारह नौकर हैं, पाँच-छह कार हैं। मेरी आवश्यकताएँ बन चुकी हैं। मुझे एक छोटा-सा बँगला चाहिए, चार-छह नौकर चाहिए, एक कार चाहिए, इतना रुपया और चाहिए जिससे मैं अपने मित्रों को यदि हफ्ते में एक दिन नहीं, तो महीने में एक दिन अच्छी-सी दावत दे सकूँ। इन आवश्यकताओं को पूरी करने में एक हजार रुपये का खर्च है। समझे रमेश !"

प्रभा थोड़ी देर तक रमेश के मुख को देखती रही, शायद वह रमेश के मनोभावों को पढ़ रही थी। उसने रमेश का हाथ पकड़ लिया—"रमेश मुझ पर क्रोधित न हो—न मुझसे बुरा ही मानो। हम दोनों एक दूसरे से प्रेम करते हैं, इतना काफी है और सदा प्रेम करते रहेंगे। विवाह की क्या आवश्यकता है ?"

रमेश उठ खड़ा हुआ। कुछ देर तक वह छत पर अपनी नजर गड़ाए हुए कुछ सोचता रहा। फिर उसने प्रभा का हाथ झटक दिया—"प्रभा, मैंने तुम्हारी बात सुनी—पर समझा केवल इतना कि तुम्हारे लिए प्रेम ढोंग था, और मेरे लिए अभिशाप था।"—और घूमकर वह तेजी के साथ बाहर निकल गया।

प्रभा ने पुकारा—"रमेश ! रमेश !"—पर रमेश बँगले के बाहर निकल चुका था।

रमेश पागल की भाँति सिर झुकाए हुए पैदल ही अपने बोर्डिंग को चल दिया। उस समय उसका गला सूख रहा था, उसका मस्तिष्क एक असह्य वेदना से फटा जा रहा था। वह किलनर की दूकान पर रुका, ह्वाइट हार्स ह्विस्की की एक बोतल खरीदी और वह अपने बोर्डिंग में लौट आया।

जिस समय रमेश लौटा, दस बज चुके थे। सुबह से ही बादल घिरे हुए थे और समय काफी सुहावना था। बोर्डिंग हाउस प्रायः सूना था, लड़के घूमने निकल गए थे। रमेश सीधे अपने कमरे में गया। वह उस समय हँस रहा था। कमरे में पहुँचकर उसने कमरा बन्द कर लिया, ह्वाइट हार्स की बोतल खोली, नौकर से उसने सोडा की बोतलें और बर्फ मँगवाई और शराब पीने बैठ गया। उस समय वह सब कुछ भूल गया था, शायद भूल रहा था, पेग के बाद पेग वह पी रहा था—अपना सारा बदन, अपनी सारी स्मृति और इन दोनों से उत्पन्न अपनी असह्य पीड़ा को वह शराब की मादकता में एक बार ही डुबा देना चाहता था।

घड़ी ने ग्यारह बजाए, बारह बजाए। मेस में उसने कहला दिया कि वह खाना न खाएगा और वह शराब पीता रहा।

एक बजे के करीब अजित ने उसके दरवाजे पर हाथ मारते हुए कहा—"रमेश !"

रमेश ने अजित का स्वर पहचाना। वह उठा, और उसने दरवाजा खोल दिया।

अजित ने कमरे को देखा, और वह सहम-सा गया। दरवाजा बन्द करके वह कमरे

में मेज के पास गया—उसने शराब की बोतल उठाकर देखी—"काफी पी चुके हो !"—यह कहकर उसने अपना कोट उतारकर खूँटी पर टाँग दिया, इसके बाद वह कुर्सी पर बैठ गया।

"रमेश ! मुझे भी प्यास लगी है, एक पेग मुझे पिलाओ !"

रमेश ने एक पेग अजित को दिया।

गिलास खाली करके मेज पर रखते हुए अजित ने कहा—"मालूम होता है कि प्रभा के यहाँ से आए हो !"

रमेश ने कोई उत्तर न दिया, आँखें नीची किए हुए वह कुछ सोच रहा था।

अजित मुस्कराया, हाथ से रमेश को सचेत करते हुए उसने कहा—"और प्रभा ने शायद तुम्हारा विवाह का प्रस्ताव अस्वीकृत कर दिया।"

"हाँ !"—और रमेश ने कठोर दृष्टि से अजित की ओर देखा।

अजित ने रमेश की उस दृष्टि पर कोई ध्यान न दिया। दूसरा पेग अपने हाथ से ही गिलास में लगाकर उसने पीते हुए कहा—"जो कुछ मैं कहता था, वह ठीक ही था।"

रमेश इस बार भी मौन रहा ! पर इस समय उसकी आँखों के साथ-साथ उसका मुख भी लाल हो उठा था।

मदिरा ने अजित की मस्ती को भड़का दिया था। वह जोर से हँस पड़ा—"मैं समझ सकता हूँ कि प्रभा ने तुमसे क्या कहा होगा। रमेश, उसने कहा होगा कि विवाह की क्या आवश्यकता—उसने कहा होगा कि प्रेम बिना विवाह के भी किया जा सकता है, उसने कहा होगा कि तुम्हारे पास रुपया नहीं है—हा ! हा ! उस समय रमेश तुम आसमान से नीचे गिरे होगे। रमेश सच बतलाओ, तुम उस समय रोए थे या नहीं ?"

अजित की बातों ने रमेश के क्रोध की आग में घी का काम किया। उसने अपने को भरसक दबाया।

पर अजित ने इस पर ध्यान न दिया। बोतल की बची-खुची शराब गिलास में डालकर पीते हुए उसने कहा—"रमेश ! मैंने कहा था, तुम मूर्ख हो। आज यह साबित हो गया। और जो कुछ हुआ, वह अच्छा ही हुआ। तुम्हारे ऊपर से एक बहुत बड़ा अभिशाप उठ गया, अब तुम अच्छी तरह से काम-काज कर सकोगे। तुम्हारा पागलपन दूर हो गया, अब तुम अपनी सारी शक्तियों के साथ जीवन में अग्रसर हो सकोगे।

रमेश अब अपने को न रोक सका। उसने गम्भीर स्वर में कहा—"अजित ! तुम इसी समय इस कमरे के बाहर चले जाओ—समझे !" और रमेश तनकर खड़ा हो गया।

अजित ने विस्फारित नेत्रों से रमेश को देखा—"क्या कहा ?"

"तुम इसी समय मेरे कमरे के बाहर चले जाओ !"—दाँत पीसते हुए रमेश ने कहा—धीरे-धीरे रमेश अपने क्रोध पर से अपना अधिकार खो रहा था।

अजित मुस्कराकर उठ खड़ा हुआ। बोतल की ओर देखते हुए उसने कहा—"देख रहा हूँ, तुम बहुत ज्यादा पी गए हो !"—इतना कहकर वह कुर्सी पर बैठ गया और उसने अपने पैर मेज पर रख दिए।

रमेश जहाँ खड़ा था, वहीं अजित का कोट टँगा था। कोट उठाकर रमेश ने कहा—"अपना कोट लो और तुम मेरे कमरे से निकल जाओ—समझे !"

अजित ने कहा—"इस समय जनाब मैं जाने को कतई तैयार नहीं हूँ—मैं घर से यह तय करके चला हूँ कि आज का दिन तुम्हारे साथ बिताया जाए।"

रमेश अब आपे से बाहर हो गया। अजित के कोट से उसने उसका पिस्तौल निकाल लिया—पिस्तौल अजित की ओर तानकर उसने कर्कश स्वर में कहा—"अजित, तुम मनुष्य नहीं हो, शैतान हो। मैं इस समय पागल हो गया हूँ और जानते हो, मेरे पागलपन का उत्तरदायित्व तुम पर है। तुम मेरे जीवन में क्यों आए ?"—रमेश का स्वर आवेश से काँपने लगा—"मैं सुखी था—अज्ञान के अन्धकार में और विश्वास की गोद में मैं पल रहा था, मेरे जीवन में शान्ति थी। मैं जिस समाज में था, वह अच्छा था, तुमने मुझे उससे क्यों निकाला—तुमने मुझे एक सुन्दर स्वर्ग के समान समाज से निकालकर इस नरक के तुल्य समाज में क्यों डाल दिया, जहाँ लोग पशुओं से गए बीते हैं, धन का पिशाच जहाँ सबको गुलाम बनाए हुए है। तुम्हारा यह अभिशापित समाज—तुम्हारी यह अभिशापित संस्कृति मुझे न चाहिए थी। मनुष्यता से निकालकर तुमने मुझे पशुता में क्यों डाल दिया ? जानते हो अजित, तुमने मेरे विश्वासों को चूर-चूर कर दिया, मेरी आत्मा का तुमने गला घोंट दिया—यह सब तुमने किया, तुमने ! मेरी मानसिक हत्या की है, यदि अब तुम मेरे सामने से नहीं चले जाते, तो मैं तुम्हारी शारीरिक हत्या कर दूँगा।"

अजित बैठा ही रहा, रमेश ने जो कुछ कहा, उसका उस पर तनिक भी असर न पड़ा—"तुम मेरी हत्या करोगे रमेश। तुम ! तुम मेरी हत्या कर सकोगे ? इस पर मुझे शक है—पर लो !"—इतना कहकर उसने अपनी कमीज के बटन खोलकर अपना सीना खोल दिया—"लो, अगर तुममें हिम्मत हो, तो शूट करो—रमेश, देखूँ तो तुम्हारी हिम्मत !"

रमेश का हाथ काँप रहा था और उसकी आँखें जल रही थीं। उसकी उँगली पिस्तौल के घोड़े पर थी। एकाएक उँगली दब गई—और एक जोर की आवाज हुई। उसी समय रमेश के पैर लड़खड़ाए और वह बेहोश होकर गिर पड़ा।

अजित उठ खड़ा हुआ, गोली उसके बाएँ हाथ से रगड़ती हुई निकल गई, अजित ने हाथ में एक प्रकार की जलन अनुभव की। उसने बढ़कर पिस्तौल अपने हाथ में ले लिया—उसके बाद उसने अपने हाथ की ओर देखा। कमीज की आस्तीन खून से तर थी।

इस समय तक पिस्तौल की आवाज सुनकर बोर्डिंग के लड़के रमेश के दरवाजे पर जमा हो गए। अजित ने जल्दी-जल्दी शराब और सोडा की बोतलें आलमारी में बन्द कीं, रमेश के मुँह पर पानी छिड़ककर उसने दरवाजा खोल दिया। लड़के 'क्या हुआ ? क्या हुआ' कहते हुए कमरे में घुस गए। उस समय रमेश ने आँखें खोल दी थीं और वह सूनी दृष्टि से सबकुछ देख रहा था।

अजित ने मुस्कराने का प्रयत्न करते हुए कहा—"बड़ी खैर हो गई। क्या बताऊँ,

पिस्तौल का सेफ्टी बिगड़ा हुआ था, और मुझे यह मालूम न था। मैं उसे देख रहा था कि अचानक गोली छूट गई। यह कहो कि इस समय मेरा हाथ घूमा हुआ था और गोली बाएँ हाथ से रगड़ती हुई निकल गई, नहीं तो न जाने क्या अनर्थ हो जाता !''

लड़कों ने हाथ देखा, खून बह रहा था। उन्होंने डॉक्टर के यहाँ चलने को कहा। रेशमी रूमाल अपने हाथ में बाँधते हुए अजित ने कहा—''अरे कोई खास बात नहीं है, सिर्फ जरा-सा छिल गया है। आप-ही-आप ठीक हो जाएगा।''—यह कहकर उसने पिस्तौल कोट की जेब में डाल लिया और कोट पहन लिया।

लड़के अपने-अपने कमरों में चले गए—अजित ने फिर किवाड़ उढ़का दिए। रमेश उस समय एक विचित्र ढंग से अजित की ओर देख रहा था। अजित रमेश के सामने खड़ा हो गया। कुछ देर तक ध्यान से रमेश की ओर देखकर उसने गम्भीर स्वर में कहा—''रमेश, तुम इतने अधिक पागल हो जाओगे, यह मैं न जानता था। आज तुमने अपने सबसे बड़े मित्र की हत्या करने में कुछ भी न उठा रखा, वह मेरा भाग्य था कि मैं बच गया; पर मैं समझ रहा हूँ, तुम आपे में नहीं हो। और रमेश, अभी तुमने कुछ बातें कही थीं। यह ठीक है कि तुम्हारे इस पागलपन का उत्तरदायित्व किसी कदर मुझ पर है। मैंने ही तुमको तुम्हारे समाज से निकालकर अपने समाज में प्रविष्ट किया, तुम्हारी दुनिया से निकालकर अपनी दुनिया में मैं तुम्हें लाया। शायद मुझे ऐसा न करना चाहिए था। यदि मैं ऐसा न करता, तो तुम बी.ए. में फर्स्ट आए होते और सुखी होते; पर एक बात समझ लो, रमेश, मैंने जो कुछ किया, वह सद्भावना से प्रेरित होकर किया। मेरी तुम पर ममता थी, मैं चाहता था कि तुम संसार में आए हो, तो संसार को देखो भी। पर शायद मैंने गलती ही की, प्रत्येक आदमी गलती करता है। इसलिए रमेश, मैं तुमसे क्षमा माँगता हूँ—इतना समझकर कि मैं तुम्हारा मित्र रहा हूँ—ने जानबूझकर तुम्हारा अहित नहीं किया, मुझे क्षमा कर देना।''—और अजित कमरे के बाहर निकल गया।

भाग-2

[1]

रमेश अकेला रह गया—वह था और उसके जीवन का विकराल सूनापन था। शराब का नशा पागलपन में परिवर्तित हो गया था। रमेश हँस पड़ा।

रमेश ने प्रेम किया था, रमेश ने मित्रता की थी; प्रेम ने उसको छोड़ा और उसने मित्रता की हत्या की। प्रभा और अजित दोनों ही उसके जीवन में प्रकाश बनकर आए थे और भयानक अन्धकार को छोड़कर चले गए। प्रभा पर उसे दुख था, अजित पर उसे क्रोध था।

अजित रमेश से ऊँचा था, बहुत ऊँचा था। रमेश ने यह अनुभव किया और यह अनुभव उसके लिए असह्य था। उठकर वह अपने कमरे में टहलने लगा।

"मेरा स्थान कहाँ है ?"—रमेश के हृदय में प्रश्न उठा और रमेश के उन्माद ने उत्तर भी दिया—"यहाँ नहीं—जीवन के लक्ष्य से तुम बहुत नीचे गिरे हो !"—और उसकी नजर अजित के हाथ से गिरे हुए खून के दागों पर पड़ी ! वह सिहर उठा।

चार दिन पहले वह अजित के यहाँ से लौटा था। चार दिन पहले अजित की माता ने रमेश को अपना पुत्र मानकर उसका तिलक किया था—और अजित के भाई ने उसको भाई मानकर उसे विदा किया था। और चार दिन बाद उसने अजित की हत्या करने का प्रयत्न किया। रमेश सिहर उठा। वह रो न रहा था, वह रो सकता भी न था। उसका सिर जल रहा था, आँखें जल रही थीं, गला जल रहा था। उसके शरीर की जलन से अधिक भयानक थी, उसकी आत्मा की जलन।

रमेश के कमरे का सारा सामान अजित ने दिया था, रमेश के कपड़े अजित ने बनवाए थे, उसका मगर के चमड़े का सूटकेस अजित ने उसे भेंट किया था और उस सूटकेस में बन्द दो हजार रुपये, जिन्हें अभी तक रमेश ने बैंक में जमा न किया था—वे भी अजित की माता तथा भाई ने दिए थे। और रमेश ने अजित को उन सबका क्या बदला दिया ?

रमेश रुक गया—वह कुछ सोचने लगा—"नहीं, मैं पतित हूँ, पशु हूँ, पिशाच हूँ। मैं जिस स्थान पर हूँ, मुझे उस पर कभी न होना चाहिए। मेरा स्थान है नीचे—बहुत नीचे।"

रमेश ने अपना असबाब बाँधा—सूटकेस और बिस्तर और इनके साथ रुपये—बस इतना काफी होगा। पुस्तकों की उसे कोई आवश्यकता न थी—सामान साथ में ले जाया नहीं जा सकता। इसके बाद रमेश ने अजित को एक पत्र लिखा।

रात को दस बजे ताँगा मँगवाया—सामान उसने ताँगे पर रखवाया और वह भुवनेश्वर के कमरे में गया। अजित के नाम का पत्र और चाबी उसने भुवनेश्वर के कमरे में अजित को दे देने के लिए दे दी। भुवनेश्वर रमेश का रंग-ढंग देखकर घबड़ा गया। उसने कहा—"रमेश ! एकदम कहाँ चल दिए ?"

रमेश ने रूखे स्वर में उत्तर दिया—"कहाँ जा रहा हूँ, इससे तुम्हें प्रयोजन क्या है ? अगर चाबी अजित को दे सकते हो, तो दे देना, नहीं तो वैसा कह दो !"

रमेश के कटु व्यवहार से भुवनेश्वर को बुरा लगा। उसने कहा—"थोड़ा-सा सद्व्यवहार कुछ अनुचित न होता।"—यह कहते हुए उसने रमेश से चाबी ले ली।

रमेश स्टेशन पहुँचा। कानपुर जानेवाली एक्सप्रेस का समय आ गया था—उसने इंटर क्लास का टिकट लिया। असबाब प्लेटफार्म पर रखवाकर वह टहलने लगा।

गाड़ी भरी हुई थी, कुली ने इंटर क्लास के डिब्बे में रमेश का असबाब रख दिया। उस डब्बे में पाँच बर्थें थीं, तीन नीचे और दो ऊपर। प्रत्येक बर्थ पर एक मुसाफिर सोया था।

गाड़ी इलाहाबाद से चल दी—रमेश खिड़की के पास अपने सूटकेस पर बैठा था। एकाएक रमेश के बगलवाली किनारे की बर्थ पर लेटा हुआ मुसाफिर उठकर बैठ गया, उसने रमेश की ओर बड़े ध्यान से देखते हुए कहा—"यह कौन-सा स्टेशन था ?"

"इलाहाबाद !"—शान्त भाव से रमेश ने उत्तर दिया।

"इलाहाबाद !"—उस आदमी ने दुहराया—"तो अभी वक्त भी ज्यादा न हुआ होगा। आप कहाँ जा रहे हैं ?"

"कानपुर !"

वह आदमी हँस पड़ा—"आप कानपुर जा रहे हैं—जनाब मैं भी कानपुर ही जा रहा हूँ। आइए, यहाँ बैठ जाइए—जगह काफी है।"—यह कहकर वह किनारे की ओर खिसक गया।

रमेश उठकर उसके बगल में बैठ गया। वह प्रायः पच्चीस-छब्बीस वर्ष का युवक था—आधी मूँछ और लम्बा-सा, साँवला मुख, एकहरे बदन का हृष्ट-पुष्ट आदमी था, रेशम का कुर्ता पहने था और जरी के किनारे की महीन धोती थी।

उसने कहना आरम्भ किया—"मैं कलकत्ता से आ रहा हूँ, कानपुर जा रहा हूँ। समझे—और आप नहीं जानते होंगे कि मैं क्या हूँ। कुछ लोग मुझे रईस कहते हैं, कुछ मुझे शोहदा कहते हैं—लेकिन अधिकांश मुझे कलाकार कहते हैं। मेरा काम है हजारों पैदा करना और लाखों फूँक देना। समझे जनाब !"

रमेश एकटक उस व्यक्ति की ओर देख रहा था।

उसने फिर आरम्भ किया—"मेरा नाम विनोदबिहारी है—मेरे मित्र मुझे विनोद कहते हैं। तुम भी मुझे विनोद ही कहा करो। तुम बड़े अच्छे आदमी हो—हाँ तो तुम्हारा नाम क्या है ?"

"रमेशचन्द्र श्रीवास्तव।"

विनोद मुस्कराया—"तो मैं तुम्हें रमेश कहूँगा। हाँ, तो रमेश, क्या तुम कानपुर के ही रहनेवाले हो ?"

"नहीं, मैं झाँसी का रहनेवाला हूँ, कानपुर से झाँसी की गाड़ी लूँगा।"

"ऐसी बात है !"—कहते हुए विनोद ने अपना एटेची केस उठाया—"तुम्हारा साथ कानपुर से छूट जाएगा—यार यह तो बुरा हुआ। देखो मैं एक दोस्त की तलाश में था, मेरे पुराने दोस्त जितने थे, उनमें से कुछ तो मर गए और बाकी लापता हैं। तो जनाब, दुनिया में इस वक्त अकेला था, इसलिए एक दोस्त की तलाश प्राकृतिक ही थी। थी न ?"—विनोद ने अपना एटेची केस खोलकर उसमें से जानीवाकर ह्विस्की की एक बोतल निकाली—"और तुम चलते-फिरते इस गाड़ी में मिल गए, मैंने समझा, भगवान ने मेरी सहायता की।"—विनोद ने ह्विस्की की बोतल का कार्क खोला—"क्यों जी रमेश ! तुम भगवान पर विश्वास करते हो ? मैं तो भगवान पर विश्वास नहीं करता, कम-से-कम जहाँ तक मेरा मौखिक मत है—कविताओं में तो भगवान पर विश्वास करना ही पड़ता है—अगर भगवान पर विश्वास न किया जाए, तो काम भी तो न बने !"—यह कहकर विनोद ने एक छोटी-सी शीशे की गिलासिया निकाली। उसमें उसने शराब भरी और पी गया। उसने फिर आरम्भ किया—"जनाब ! भगवान है—इतना तो मानना ही पड़ेगा, लेकिन भगवान क्या है, मैं कभी संसार से सहमत नहीं हो सकता। मैं तो कहता हूँ भगवान ने हमें पैदा किया, खाने-पीने और मौज करने के लिए। समझे—देखते हो न कि मैं पीता हूँ और नीट पीता हूँ। पीने का लुत्फ ही क्या जब तक गले में लकीर न पड़ जाए। बोतल-दो बोतल तो मेरे वास्ते कुछ है ही नहीं—अरे हाँ, तुम भी पीते हो ?"

"कभी-कभी !"

"वाह ! फिर तुम भी लो ! देखो, आज बहुत दिनों बाद कानपुर लौट रहा हूँ। कानपुर में मेरी एक प्रेमिका है—गुलाब की-सी, समझे ! जनाब उसी के लिए रुपया पैदा करने गया था और रुपया पैदा भी कर लाया हूँ। कम नहीं, बीस हजार—देखो न मेरी खुशी का कारण तो तुम समझ ही गए होंगे।"—विनोद ने सुराही पर ढँका हुआ गिलास उठाया; पर उसने गिलास में शराब उँड़लते हुए कहा—"देखो, बतलाना कितनी दूँ—पानी मिलाकर पियोगे या नीट।"

गिलास आधा भर गया। विनोद ने अब आश्चर्य से रमेश की ओर देखा; पर रमेश का मुख शान्त और गम्भीर था। विनोद झिझका, रमेश ने जरा मुस्कराते हुए कहा—"भर दो !"

"भर दूँ !"—विनोद के मुख पर स्पष्ट आश्चर्य की मुद्रा अंकित हो गई; पर वह एकदम सँभल गया—"अच्छा तो फिर लो !"—यह कहकर उसने गिलास भर दिया।

रमेश एक घूँट में गिलास खाली कर गया।

विनोद ने गौर से रमेश को देखा—"भाई, तुम्हें मैं मान गया, तुम मेरे भी गुरु निकले। कितनी पी सकते हो ?"

"कभी अधिक पीने का मौका नहीं मिला, इसलिए कह नहीं सकता।"

विनोद चुपचाप रमेश को कुछ देर तक देखता रहा, फिर उसने कहा—"तुम क्या करते हो ?"

"अभी तक मैं पढ़ता था, आज से आवारापन करना शुरू किया है।"

"आवारापन !"—विनोद चौंक उठा।

"हाँ, आवारापन,"—तीव्र दृष्टि से विनोद को देखते हुए रमेश ने कहा !"—"इसमें आश्चर्य की बात ही क्या है ? हम सभी आवारा हैं—हमारा लक्ष्य ही क्या है ?"

विनोद ने रमेश का हाथ पकड़ लिया—"भाई, तुम खूब आदमी हो—मैं तुम्हें आजकल के मूर्ख और घमंडी बाबू साहबों में समझता था; पर तुम कुछ हो ! तो झाँसी में तुम्हारे पिताजी क्या करते हैं ?"

रमेश मुस्कराया—"न मेरे माता हैं न पिता, न भाई हैं, न बहन। एक छोटा-सा मकान है, वह भी किराए पर उठा है।"—एकाएक रमेश चौंक-सा उठा। कुछ देर तक वह चुपचाप सोचता रहा—"पता नहीं झाँसी क्यों जा रहा हूँ !"

विनोद भी मुस्कराया—"तुम विचित्र आदमी मालूम पड़ते हो। अगर ठीक समझो, तो दो-एक दिन कानपुर ही रुक जाओ, तुम्हें फिर कुछ वहाँ के रंग-ढंग दिखलाऊँ।"

"रंग-ढंग देखकर क्या करूँगा ? पर कानपुर रुकने में मुझे कुछ हर्ज नहीं दिखलाई देता, शायद झाँसी से कानपुर ही अच्छा रहेगा। अच्छा मिस्टर विनोद ! क्या आप कानपुर में मेरे ठहरने का अच्छा इन्तजाम करवा देंगे ? एक बात मैं बतला दूँ, मैं अगर कानपुर रुकूँगा, तो दो-एक दिन के लिए नहीं, वरन् अधिक दिनों के लिए !"

विनोद का मुख प्रसन्नता से खिल गया। उसने रमेश का हाथ पकड़ते हुए कहा—"ठहरने के इन्तजाम की चिन्ता ही क्यों करते हो ? मैं तो हूँ।"

बोतल की बची-खुची शराब में से थोड़ी-सी रमेश को देते हुए विनोद ने फिर कहा—"मैं इतना देख सकता हूँ कि तुम उदास हो—इससे भी अधिक मैं देख सकता हूँ, तुम अव्यवस्थित हो। तुम्हारे अव्यवस्थित होने का कारण क्या है, उसे मैं नहीं जानना चाहता; पर इतना कह दूँ—मौज करो और प्रसन्न रहो। मौज करना ही जीवन है। हाँ, अभी तुम्हारा विवाह तो नहीं हुआ है ?"

रमेश ने अन्यमनस्क भाव से उत्तर दिया—"नहीं।"

"ठीक ! और यह भी बतला दूँ, तुम विवाह न करना—आखिर विवाह की जरूरत ही क्या है ? बिना विवाह भी रहा जा सकता है।"

रमेश ने धीरे-धीरे अपनी आँखें उठाईं; उसकी आँखों में एक प्रकार का भाव आ गया था। उसने कुछ देर तक विनोद को गौर से देखा, फिर गम्भीर स्वर में कहा—"तुम मूर्ख हो !"

विनोद चौंक उठा—"क्या कहा ?"

रमेश ने प्रत्येक शब्द पर जोर देते हुए कहा—"यही कहा कि तुम मूर्ख हो, न इससे अधिक और न इससे कम !"

"यह कैसे ?"

"यह इस तरह कि तुम्हारी बातों में कोई सार नहीं !"

विनोद ने अपनी आँखें बन्द करके कुछ देर तक कुछ सोचा, फिर उसने शान्त भाव से कहा—"शायद तुम ठीक कहते हो ! पर अनुभवों में अन्तर होता है—रमेश, मैं कवि हूँ, स्वच्छन्द जीवन व्यतीत करने का अभ्यस्त हूँ। हमारे-तुम्हारे अनुभवों में अन्तर हो सकता है। हाँ, तुमने मेरी कविताएँ पढ़ी हैं ?"

रमेश ने उसकी बात का कोई उत्तर न दिया, वह खिड़की के बाहर देख रहा था।

गाड़ी तेजी के साथ चली जा रही थी। विनोद ने कहा—"क्या सोच रहे हो—देखो, अपनी प्रेमिका का तुम्हें फोटो दिखलाऊँ !"—यह कहकर उसने अपने एटेची-केस से एक फोटो निकाला। रमेश के सामने फोटो रखते हुए उसने कहा—"देखो, कितनी सुन्दर स्त्री है ! उफ, मैं उससे कितना प्रेम करता हूँ ! हजारों रुपये मैंने उसे दे डाले—तुम ताज्जुब क्या कर रहे हो, प्रेम के आगे रुपया-पैसा क्या है ?"

रमेश ने वह फोटोग्राफ थोड़ी देर तक देखा—मुँह बनाते हुए उसने फिर कहा—"यह किसकी फोटो है ?"

रमेश के कान के पास अपना मुँह ले जाते हुए धीरे से कहा—"यह फोटो परमा की है। परमा को तुम नहीं जानते, न तुमने उसे कभी देखा ही है। दोस्त, सच कहता हूँ, उसकी बराबरी की खूबसूरत स्त्री न तुमने कभी देखी है और न कभी देखोगे। बड़ी-बड़ी आँखें, कुन्दन का-सा रंग और छरहरा-सा बदन। काले धुँघराले बाल और कोयल की-सी बोली !"

रमेश की उत्सुकता बढ़ी—"यह परमा कौन है ?"

कुछ हिचकिचाते हुए विनोद ने कहा—"कानपुर की सबसे मशहूर तवायफ है। इसमें वह नाजोअदा है कि दिल काबू में ही नहीं रहता। एक चितवन पर सारा संसार जान दे दे और एक मीठी मुस्कान पर स्वर्ग निछावर है। मैं कहता हूँ, तुम मेरे साथ चलकर उसे स्वयं देख सकते हो।"

रमेश की उत्सुकता आश्चर्य में परिणत हो गई—"तो यह आपकी परमा वेश्या है ! एक बात आपसे पूछूँ, क्या वेश्या प्रेम कर सकती है ?"

सिर पर हाथ फेरते हुए विनोद ने कहा—"यह तो मैं नहीं कह सकता कि वेश्या प्रेम कर सकती है या नहीं, पर इससे क्या ? दूसरे के प्रेम का उत्तरदायित्व अपने ऊपर कैसे आता है ? इतना काफी है कि मैं प्रेम करता हूँ। और रमेश, प्रेम करने के लिए ही तो प्रेम किया जाता है, प्रेम पाने की आशा करना व्यर्थ है। अपनी प्रेमिका की एक कृपा-दृष्टि जीवन-भर के लिए काफी है। देखो, बुरा न मानना—लोग प्रेम को समझते ही नहीं। उन न समझनेवाले लोगों में तुम भी हो। लेकिन इसमें कोई हर्ज नहीं, अभी तुम्हारी उम्र ही क्या है। सारी जिन्दगी तुम्हारे सामने पड़ी है, इस समय में तुम बहुत कुछ सीख सकते हो। मैं कहता हूँ, प्रेम का अर्थ होता है अपने को मिटा देना—और जब मिट गए, तब फिर चिन्ता ही किस बात की ? देखो कबीरदास ने क्या कहा है—

"यह है मारग प्रेम का, खाला का घर नाहिं।
सीस चढ़ावे भुईं धरे, तापर राखे पाँव !"

रमेश विनोद की बातें सुनते हुए भी नहीं सुन रहा था। कबीरदास का दोहा सुनकर वह सतर्क हो गया—"कबीरदास ने कहा और वह आपके लिए वेद-वाक्य हो गया। मिस्टर विनोद, क्या कभी कबीर ने प्रेम किया था ?"

विनोद अप्रतिभ हो गया—"इसका तो कोई सबूत नहीं कि कबीरदास ने प्रेम किया था; पर उन्होंने प्रेम अवश्य किया होगा। इतना बड़ा महात्मा बिना किसी अनुभव के कोई बात नहीं लिख सकता, इतना मैं दावे के साथ कह सकता हूँ । कबीर की बात पर अविश्वास करना पाप है, पाप ! समझे ! मैं कबीर के प्रति अश्रद्धा की बात सुनने को तैयार नहीं। आप जानते हैं कि संसार के सब विद्वानों ने एकमत से कबीर को एक महापुरुष मान लिया है। रवि बाबू कबीर के शिष्य हैं और रवि बाबू को नोबेल प्राइज मिला है, इतना तो आप जानते ही हैं। यदि शिष्य को नोबेल प्राइज मिले और सारा संसार उसे महापुरुष मान ले, तो गुरु कितना बड़ा होगा, इसकी हम कल्पना ही नहीं कर सकते।"

रमेश हँस पड़ा—"कबीर ने तो यह भी कहा है 'तिरिया विष की खान।' फिर आप स्त्री के पीछे क्यों दीवाने हैं ?"

विनोद ने दबी जबान से उत्तर दिया—"अरे भाई, कबीर महापुरुष थे, वे पहुँचे हुए थे; पर हमलोग साधारण जीव ठहरे। अगर कबीर की सब बातें हम मान लें, तो हम भी महापुरुष न हो जाएँ।"

गाड़ी धीमी होने लगी—कानपुर आ गया था।

[2]

गाड़ी दो बजे रात को कानपुर पहुँची। कुली बुलाकर विनोद ने अपना और रमेश का असबाब उतरवाया। इतने में ही एक आदमी ने विनोद के कंधे पर हाथ लगाते हुए कहा—"कहो बरखुरदार, क्या अभी वापस आ रहे हो ?"

विनोद ने पीछे मुड़कर देखा, तो उसने श्यामबिहारी को हँसते हुए पाया। श्यामबिहारी मँझोले कद का मोटा-सा आदमी था, आँखों पर चश्मा, रंग गोरा, चेहरा गोल और मूँछ ऊपर की ओर उठी हुई। सफेद जीन का सूट पहने था, कोट के कालर में पीतल में लिखा हुआ 'टिकट एक्जामिनर' चपका हुआ था। विनोद उछल पड़ा, श्यामबिहारी से हाथ मिलाते हुए कहा—"कहो जी लोफर, तुम खूब मिले !"—इसके बाद उसने रमेश से श्यामबिहारी का परिचय कराया।

श्यामबिहारी ने विनोद को अलग ले जाते हुए उसके कान में कहा—"यार, अभी

एक शिकार फँसा है, बिना टिकट सफर कर रहा था, मैंने उसे उतार लिया है। अब सवाल यह है कि कहाँ ले चला जाए। घर में तो जोरू आ गई है, और कहीं कोई जगह नहीं दिखलाई देती। तुम्हारा कमरा ठीक रहेगा।"

"हाँ, हाँ, ले चलो। चलो थोड़ा-सा लुत्फ ही रहेगा।"

"लेकिन ये तुम्हारे दोस्त तो कुछ बवेला न मचावेंगे ?"

"इन्हें भी शरीक कर लेना। यह काफी तेज आदमी है। गिलास भर नीट ह्विस्की पी जानेवाले आदमी से अभी तुम्हारा वास्ता न पड़ा होगा।"

श्यामबिहारी ने कनखियों से रमेश को देखते हुए कहा—"बरखुरदार, एक बात कहूँ, ये तुम्हारे दोस्त मुझे जरा भी पसन्द नहीं आए। इनकी आँखों में कुछ ऐसी बात है, जिसे मैं नहीं समझ पा रहा हूँ। लेकिन चलो, तुम स्टेशन के बाहर चलो, मैं आता हूँ।"

रमेश के साथ विनोद बाहर चला गया। असबाब ताँगे पर रखवाकर वह श्यामबिहारी की प्रतीक्षा करने लगा। थोड़ी देर में श्यामबिहारी एक स्त्री के साथ बाहर आया। श्यामबिहारी और वह स्त्री ताँगे के पीछे बैठे, रमेश और विनोद आगे। ताँगा ए.बी. रोड पर रुका। विनोद ने असबाब उतरवाया और श्यामबिहारी ने ताँगे के पैसे दिए। ताँगा वाला चला गया। स्त्री घबराई हुई थी। अपने चारों ओर देखकर वह बोली—"यह तो मकान नहीं है ?"

उस स्त्री की बात सुनकर रमेश ने गौर से श्यामबिहारी को देखा। विनोद मकान का ताला खोलकर असबाब ले जा रहा था। श्यामबिहारी ने कहा—"मकान बदल दिया है—ऊपर तो चलो।"

श्यामबिहारी के साथ वह स्त्री ऊपर चली गई। रमेश पीछे-पीछे गया। उस स्त्री ने मकान को अच्छी तरह से देखते हुए कहा—"यहाँ तो कोई नहीं है !"

"हमलोग तो हैं।"—हँसते हुए श्यामबिहारी ने उत्तर दिया और उसने स्त्री का हाथ पकड़कर अपनी ओर खींचा।

उस स्त्री के होश गायब हो गए। उसने गिड़गिड़ाते हुए कहा—"हाथ जोड़ती हूँ, मुझे छोड़ दो। मुझे मेरे घर भेज दो, मेरा धर्म न बिगाड़ो।"

श्यामबिहारी ने उस काँपती हुई स्त्री को आलिंगन-पाश में कसते हुए कहा—"मेरी जान ! धरम तो ढकोसला है। आज रात जवानी के मजे लूटो, कल सुबह जहाँ कहोगी, वहीं पहुँचा दूँगा।"

उस स्त्री ने चिल्लाने का प्रयत्न किया; पर वह चिल्ला न सकी। उसकी घिग्घी बँध गई थी, उसकी आँखों में अँधेरा छाने लगा और उसकी सुध-बुध से उसका अधिकार जाने लगा। रमेश एक कमरे में खड़ा हुआ यह सब देख रहा था, वह बाहर निकल आया। उसने कुछ कहा नहीं, श्यामबिहारी के मुँह पर एक जोर का तमाचा दिया। वह तमाचा खा, श्यामबिहारी का सारा जोश ठंडा पड़ गया। उसकी आँखों के आगे अँधेरा छा गया। उसने उस स्त्री को छोड़ दिया और पुकारा—"विनोद !"

विनोद सबकुछ देख रहा था। उसने कहा—"आता हूँ, जरा कपड़े बदल लूँ !"

श्यामबिहारी ने चिल्लाकर कहा—"तुम इस बदमाश को यहाँ से ले जाओ, नहीं तो मैं इसकी जान ले लूँगा।"

श्यामबिहारी का यह कहना था कि रमेश ने दूसरा तमाचा उसके गाल पर दिया। इस बार श्यामबिहारी बैठ गया। रमेश ने इस बार अपना मौन तोड़ा—"तुम्हारे ऐसे शैतानों को दुनिया में रहने न देना चाहिए। अब अगर तुमने अपना सिर उठाया तो तुम्हारा गला मरोड़ दूँगा।"—इतना कहकर उस स्त्री का हाथ पकड़े हुए वह नीचे उतरा। स्त्री अब भी काँप रही थी। नीचे उतरकर उसने पूछा—"तुम्हें कहाँ जाना है ?"

स्त्री ने अपना पता बतलाते हुए कहा—"यह आदमी मेरे पति का दोस्त बनता है, मेरे पति यहाँ अकेले रहते हैं। मेरे पास मायके में तार गया कि मेरे पति बीमार हैं, मैं चली आऊँ। और यह मुझे यहाँ लिवा लाया।"

रमेश उस स्त्री को उसके घर पहुँचा आया।

जिस समय रमेश लौटा, विनोद उसकी प्रतीक्षा कर रहा था। रमेश के आते ही वह उठ खड़ा हुआ। रमेश के कंधे पर हाथ लगाते हुए उसने कहा—"वाह दोस्त—शाबाश ! तुम्हारे तमाचे वह लोफर न भूलेगा !"—और वह हँस पड़ा।

रमेश ने कहा—"वह कहाँ गया ?"

"अपने घर गया होगा। लेकिन यार, तुम आदमी जीवट के हो। मैंने तुम्हें दोस्त बनाते समय इतना गुणवान न समझा था; लेकिन एक बात बतला दूँ—मेरे मिलनेवालों में अधिकांश शोहदे हैं, जरा सँभलकर रहना।"

"इसकी चिन्ता न करो।"—यह कहकर रमेश वस्त्र बदलने लगा।

दूसरे दिन सुबह रमेश नौ बजे सोकर उठा। उस समय उसे सिर में दर्द हो रहा था। आकाश पर बादल घिरे थे। विनोद हारमोनियम पर बैठा हुआ मलार अलाप रहा था। रमेश के उठते ही उसने गाना बन्द कर दिया—"आज बहुत देर से उठे ?"

रमेश ने विनोद को देखा, थोड़ी देर तक उसने विगत घटनाओं को याद करने का प्रयत्न किया—एक के बाद एक घटनाएँ उसकी दृष्टि के सामने आती थीं; पर वे विशृंखल होती थी। उन घटनाओं में वह तारतम्य न स्थापित कर पाता था। चौबीस घंटों में क्या-का-क्या हो गया—चौबीस घंटों में वह आदमी से पशु बन गया। वह भूला-सा और बेसुध-सा कमरों की दीवारों को देख रहा था। विनोद की बात सुनकर उसने कहा—"तुम कौन हो ?"

विनोद उठकर रमेश के पास बैठ गया—"मुझे इतनी जल्दी भूल गए ? मेरा नाम विनोद है, कल रात हमारी-तुम्हारी दोस्ती हुई थी न ! तुम कानपुर में मेरे यहाँ हो।"

"हाँ,"—रमेश ने विनोद को थोड़ी देर तक गौर से देखा—"याद आ गया।"—इतना कहकर वह उठा।

घिरी हुई घटा फट पड़ी, विनोद सड़क के सामने बरामदे में बैठ गया—अपना हारमोनियम वह साथ लेता गया। रमेश स्नान करके लौट आया, वह भी विनोद की

बगल में बैठ गया। रमेश ने कहा—"मुझे प्यास लगी है—कुछ है ?"

"अरे जलपान की तो मैं बात ही भूल गया था।"

"मैं जलपान की बात नहीं करता, व्हिस्की की दूसरी बोतल है ?"

विनोद चौंक उठा—"अभी सुबह से ही ?"

"हाँ ! जब पिए तो अच्छी तरह से पिए !"—और रमेश ने मुस्करा दिया।

विनोद ने सिर पर हाथ लगाते हुए कहा—"अब तो कुछ नहीं बची। जो कुछ थी, वह रात में ही खत्म हो चुकी। और अभी सुबह है, बारह बजे के पहले दूकान भी तो नहीं खुलती।"

रमेश ने कुछ देर तक सोचा—"चलो, तुम्हें कुछ घुमा लाऊँ।"

"इस बरसते हुए पानी में कहाँ जाओगे ?"

"स्टेशन के रिफ्रेशमेंट-रूम में तो मिलेगी, वहीं जा रहा हूँ।"

हारमोनियम पर हाथ चलाने का उपक्रम करते हुए विनोद ने कहा—"जैसी तुम्हारी इच्छा; लेकिन देखना, श्यामबिहारी से होशियार रहना—शायद वह तुम्हें स्टेशन पर ही मिले। तुम्हारे तमाचे वह अभी भूला न होगा।"

सूट पहनकर और उस पर बरसाती चढ़ाकर रमेश स्टेशन पहुँच गया । रिफ्रेशमेंट-रूम में वह बैठा हुआ शराब पी रहा था, तब तक श्यामबिहारी ने अपने एक सहकारी के साथ प्रवेश किया। श्यामबिहारी ने रमेश को नहीं देखा। उसने बियर मँगवाई।

श्यामबिहारी अपने साथी के साथ घुल-घुलकर बातें कर रहा था, रमेश बैठा हुआ विगत घटनाओं पर विचार कर रहा था। एकाएक रमेश के कान श्यामबिहारी के इन वाक्यों पर, जो तेजी के साथ कहे गए थे, रुक गए—"यार, क्या बतलाऊँ, अगर वह अब मिल जाए, तो उसका कचूमर निकाल दूँ। कल रात मैं होश में नहीं था।"

श्यामबिहारी के मित्र ने पूछा—"वह है कौन ?"

"नाम तो मैं भूल गया हूँ; पर विनोद के यहाँ ठहरा हुआ है।"

रमेश ने एक घूँट में गिलास खाली कर दिया, इसके बाद वह उठा। श्यामबिहारी के सामने पहुँचकर वह रुका। उसने शान्त भाव से कहा—"तुम मुझसे मिलना चाहते हो ? मैं तुम्हारे सामने मौजूद हूँ !"—इतना कहकर वह एक खाली कुर्सी पर बैठ गया।

श्यामबिहारी ने अपने सहकारी की ओर देखा और सहकारी ने श्यामबिहारी की ओर। रमेश मुस्करा रहा था। कुछ देर तक कोई कुछ न बोला। अन्त में रमेश ने उस मौन को तोड़ा—"श्यामबिहारी, तुम आदमी नहीं हो, कीड़े हो—और कीड़े भी मोहरी के। समझे ! मानापमान का तुम्हारे पास कोई स्थान नहीं, मनुष्यता को जानने का तुम्हें कभी मौका नहीं मिला। अगर मेरा अधिकार होता, तो मैं तुम्हें कुत्तों से नुचवा देता और इसी प्रकार की मृत्यु तुम्हें शोभा भी देती।"

श्यामबिहारी ने इसका कोई उत्तर नहीं दिया। वह एकटक रमेश को देख रहा था।

उत्तर न पाकर रमेश ने फिर कहा—"तुम मुझे ढूँढ़ रहे थे, मैं स्वयं तुम्हारे सामने आ गया हूँ। कल रात के तमाचों का तुम मुझे बदला देना चाहते थे न ! अभी तुम अपने इन मित्र से यही कह रहे थे। मैंने सोचा कि मुझे ढूँढ़ने में तुम्हें तकलीफ उठानी पड़ेगी, इसलिए यहाँ चला आया हूँ। अब स्थिति यह है कि तुम बदला लेना चाहते हो और मैं बदला देना चाहता हूँ। अगर तुम्हारा जी चाहे तो तुम यहीं बदला ले सकते हो, और नहीं तो जहाँ तुम कहो, मैं वहाँ चलने को तैयार हूँ।"—इतना कहकर उसने बेयरा को बुलाकर बिल अदा कर दिया।

जितनी देर में रमेश ने बेयरा को रुपये दिए, उतनी देर में श्यामबिहारी सुव्यवस्थित हो गया। उसने उठते हुए कहा—"लड़ना और झगड़ना भले आदमियों का काम नहीं है।"—और वह अपने साथी के साथ रिफ्रेशमेंट-रूम के बाहर चला गया।

रमेश ने सिगरेट सुलगाई—बाहर जोर का पानी पड़ रहा था। कुछ देर तक वह बैठा हुआ सोचता रहा, फिर उठ खड़ा हुआ। स्टेशन के प्लेटफार्म पर निकलकर वह टहलने लगा, मुसाफिर डाकगाड़ी का इन्तजार कर रहे थे।

गाड़ी प्लेटफार्म पर आकर रुकी; बड़े कौतूहल के साथ रमेश ने मुसाफिरों का उतरना-चढ़ना देखा। इसके बाद गाड़ी चली गई। रमेश ह्वीलर के स्टाल पर रुका, उसने 'लीडर' खरीदा और फाटक की ओर बढ़ा। एकाएक श्यामबिहारी ने उसके पास आकर कहा—"टिकट !"

रमेश ने श्यामबिहारी के मुख को देखकर मुस्कराते हुए कहा—"कैसा टिकट ?"

श्यामबिहारी का स्वर रूखा हो गया था। उसने कड़ककर कहा—"टिकट दिखलाओ ! अभी गाड़ी से उतरे हो।"

रमेश हँस पड़ा—"और शायद मुझे गाड़ी से उतरते हुए तुमने देखा था !"

"मैं यह कुछ नहीं जानता। टिकट दिखलाओ या, फिर चार्ज दो !"—यह कहकर उसने अपनी जेब से रसीद-बुक निकाली।

"टिकट तो मेरे पास नहीं हैं, चार्ज तुम्हें मैं देता हूँ।"—इतना कहते हुए रमेश ने श्यामबिहारी के जबड़े पर एक घूँसा मारा।

भीड़ इकट्ठी हो गई—पुलिस का सिपाही खड़ा हुआ था, वह दौड़ा। शोर सुनकर स्टेशन-मास्टर बाहर आ गया। श्यामबिहारी के मुँह से खून निकल रहा था। स्टेशन-मास्टर ने श्यामबिहारी को मारने का कारण पूछा।

"यह मुझसे टिकट माँग रहा था, जबकि गाड़ी आने के पहले रिफ्रेशमेंट-रूम में मेरी-इसकी बातचीत हो चुकी है और यह जानता है कि मैं गाड़ी से नहीं उतरा हूँ, बल्कि ड्रिंक के लिए शहर से स्टेशन आया हूँ।"—यह कहते हुए रमेशचन्द्र ने रिफ्रेशमेंट-रूम का बिल स्टेशन-मास्टर को दे दिया।

स्टेशन-मास्टर ने उस बिल को देखा। श्यामबिहारी से उसने कहा—"क्या तुम रिफ्रेशमेंट-रूम में इनसे मिल चुके हो ?"

सकपकाते हुए श्यामबिहारी ने कहा—"मुझे याद नहीं, क्योंकि मैं इन्हें पहचानता

भी नहीं हूँ।"

रमेश श्यामबिहारी की ओर घूम पड़ा—"तुम मुझे पहचानते ही नहीं, तो फिर कल रात तुमने मार किसके हाथ की खाई थी और रिफ्रेशमेंट-रूम में बातें किससे हुई थीं ? रिफ्रेशमेंट-रूम का बेयरा यह बतला सकता है।"—इस बार उसने स्टेशन-मास्टर से कहा—"रिफ्रेशमेंट-रूम का बेयरा यह बतला सकता है कि मेरी इनसे रिफ्रेशमेंट-रूम में बातें हुई थीं या नहीं !"

इस समय तक श्यामबिहारी का साथी भी वहाँ आ गया। उसने स्टेशन-मास्टर से कहा—"इन दोनों में पहले से ही कुछ झगड़ा है, रिफ्रेशमेंट-रूम में मैंने सुना था। लेकिन इनको मारने का कोई अधिकार न था।"

स्टेशन-मास्टर ने श्यामबिहारी के साथी से कहा—"इनको मारने का उतना ही अधिकार था, जितना श्यामबिहारी को टिकट माँगने का।"—और वह मुस्कराता हुआ चला गया।

रमेश बाहर निकला। पानी बन्द हो गया था। वह विनोद के यहाँ लौट आया। विनोद उस समय लिख रहा था। रमेश को देखते ही उसने लिखना बन्द कर दिया। उसने उठते हुए कहा—"कहो जी, लौट आए ?"

रमेश ने कोई उत्तर न दिया।

विनोद ने फिर कहा—"खाना कब का तैयार है, मैं तुम्हारा इन्तजार कर रहा था।"

रमेश ने खाना खाया, और वह फिर सो गया।

शाम को पाँच बजे विनोद ने रमेश को जगाया—"कब तक सोते रहोगे, उठो, शाम हो गई है।"

रमेश ने आँखें खोलीं। उसने अपने चारों ओर देखा, कुछ याद करने के लिए, फिर एक जम्हुआई लेते हुए वह उठ बैठा।

विनोद ने हँसते हुए कहा—"भाई, खूब सोते हो। दोपहर भर में मैंने एक कविता लिख डाली, जानते हो किस पर वह कविता लिखी है ?"

रमेश का मुख उतरा हुआ था, उसकी पलकें गिरी जाती थीं। विनोद के प्रश्न का उत्तर न देकर उसने एक गिलास पानी पिया, फिर उसने विनोद से कहा—"क्या करने का इरादा है ?"

अपनी कविता की अवहेलना विनोद को बुरी लगी। बिगड़कर उसने रमेश से कहा—"तुम बड़े असभ्य आदमी हो। मैंने जी तोड़कर कविता लिखी, और तुम उसके प्रति एकदम उदासीन हो। तुम बड़े हृदयहीन और नीरस आदमी हो।"

रमेश ने विनोद का हाथ पकड़ते हुए कहा—"भाई, क्षमा करना ! तुम्हारी कविता की बाबत भूल गया था। अच्छा, अपनी कविता तो सुनाओ।"

विनोद ने अपनी कविता गाकर पढ़ी। पढ़ चुकने के बाद उसने कहा—"कैसी कविता है ?"

रमेश ने उत्तर दिया—"बड़ी सुन्दर कविता है—ऐसी कविताएँ आजकल पढ़ने को

नहीं मिलतीं। यह भी बतला दूँ कि तुमने यह कविता किस पर लिखी है ! उसी परमा पर। पर एक बात तुमसे कह दूँ, तुम्हारी परमा यह कविता जरा भी न समझेगी ! क्यों अपनी प्रतिभा नष्ट कर रहे हो ?"

अपनी कविता की प्रशंसा सुनकर विनोद को जो प्रसन्नता हुई थी, वह क्षण भर में ही लोप हो गई। बिगड़कर बोला—"देखो, परमा की बाबत तुम कुछ मत कहना !"

रमेश मुस्कराया—"अच्छा मैं अपने शब्द वापस लेता हूँ; लेकिन तुम जा कहाँ रहे हो, जो पूरी तरह से सजे हो ?"

विनोद की स्वाभाविक मुद्रा लौट आई। धीरे से उसने कहा—"परमा के यहाँ। लेकिन तुम्हें भी तो चलना है, कपड़े पहन लो।"

विनोद रेशमी कुर्ता पहने था और जरी के किनारे की धोती थी। पैरों में पेटेन्ट का ग्रीशियन पम्प था, हाथ में चाँदी की मूठ का महीन बेंत था।

रमेश ने ढीली मोहरी का पायजामा पहना, और बनियाइन पर मलमल का कुर्ता। उसने पम्प में पैर डालते हुए कहा—"चलो; लेकिन प्यास लगी है !"

विनोद चौंक उठा—"तुम बड़े बेढब पीनेवाले हो !"

"हाँ !"—और रमेश गम्भीर ही बना रहा।

"फिर प्यास परमा के यहाँ ही बुझाई जाएगी।"

"जैसी तुम्हारी इच्छा।"

दोनों नीचे उतरे। घड़ी देखते हुए विनोद ने कहा—"अभी तो एक घंटे की देर है, चलो फिर एक-एक पेग पीते ही चलें।"

एक घंटा बीत गया। रात हो गई थी, सड़कों पर बिजली का प्रकाश हो गया था। विनोद के साथ रमेश मूलगंज की ओर चला। एक कोठे के नीचे वह रुक गया—"यही परमा का कमरा है !" और रमेश का हाथ पकड़े हुए वह ज़ीने के ऊपर चढ़ गया।

[3]

मुंशी उल्फतराय ने ठाकुर शेरसिंह को शराब का गिलास भरकर दिया ही था कि आवाज आई—

"दरवाजा खोलो।"

परमा फर्श पर ठाकुर शेरसिंह की बगल में बैठी हुई थी और उसके सामने भी शराब का गिलास था, जो आधा खाली था। लाला नौरतनदास सामने बैठे हुए पान चबा रहे थे।

मुंशी उल्फतराय शेरवानी और चूड़ीदार पायजामा पहने हुए थे। उनकी किश्तीदार टोपी फर्श पर रक्खी थी और इसलिए उनकी चाँद शीशे की तरह चमकती हुई दिखाई

देती थी। मँझोले कद के मोटे-से आदमी थे। चेहरा भरा हुआ, रंग गेहुँआ और मूँछ बड़ी-बड़ी। मुंशी उल्फतराय ठाकुर शेरसिंह के गाँव के कानूनगो थे, और ठाकुर शेरसिंह के दोस्त थे। ठाकुर शेरसिंह छोटे-मोटे जमींदार थे। दोहरा बदन, तोंद निकली हुई, धोती पर बन्द गले का कोट था। आँखें बड़ी-बड़ी जिनमें लाल डोरे पड़े थे। मुख लम्बा और मूँछ ऊपर की ओर उठी हुई। साँवला रंग था और कद मँझोला। शहर घूमने आए थे। दो साल पहले ही उनके पिता एक लाख रुपये नकद छोड़कर मरे थे, जिनमें से इस समय ठाकुर साहब के पास करीब तीस हजार बाकी थे।

लाला नौरतनदास गोरे-से और खूबसूरत आदमी थे। मलमल का कुर्ता और धोती पहने हुए थे। लम्बे कद के और एकहरे बदन के थे; लेकिन मुख पर झुर्रियाँ पड़ने लगी थीं। बाल घने और लच्छेदार, आँखों में मुरदनी छाई थी। किसी समय वे कपड़े के अच्छे व्यापारी थे; पर उनका दिवाला निकल चुका था और अब पैसे-पैसे को मुहताज थे। मुंशी उल्फतराय से उन लाला साहब की दोस्ती थी। और उन्हीं के साथ ठाकुर शेरसिंह और मुंशी उल्फतराय परमा के यहाँ आए थे।

परमा की नायिका ने दरवाजे के पास जाकर कहा—"कौन है ? इस वक्त फुर्सत नहीं है।"

रमेश ने मुस्कराते हुए विनोद की ओर देखा।

विनोद ने कहा—"मैं हूँ विनोद ! कलकत्ता से कल आया हूँ।"

नायिका—"ठहरो" कहती हुई चली गई। इशारे से उसने परमा को बुलाया—"विनोद बाबू आए हैं ?"

"विनोद बाबू आ गए !"—आश्चर्य से परमा ने पूछा—"फिर क्या हो ?"

"हो क्या ? उसे भी बुला लो, उसका वापस लौट जाना तो ठीक नहीं, कुछ लाया ही होगा ?"

"अच्छा, तो मैं भीतर जाती हूँ, तुम किवाड़ खोलकर उन्हें बिठलाओ।"—यह कहकर परमा घर के अन्दर चली गई।

नायिका ने आकर किवाड़ खोल दिए। विनोद और साथ में रमेश कमरे में आ गए।

विनोद और रमेश को देखते हुए ठाकुर शेरसिंह ने मुँह बनाया। मुंशी उल्फतराय कनखियों से उन दो नवागन्तुकों को देख रहे थे और लाला नौरतनदास का मुख उतर गया।

रमेश ने सबकुछ देखा, इसके बाद उसने मुंशी उल्फतराय से कहा—"जनाब अकेले-अकेले की ठीक नहीं, एक-आध पेग इधर भी बढ़ाइए।"

ठाकुर शेरसिंह से न रहा गया, उन्होंने रूखे स्वर में रमेश से कहा—"जरा तमीज से बातें करो—तुम हमें जानते नहीं !"

रमेश हँस पड़ा—"हम आपको खूब जानते हैं, अच्छी तरह से जानते हैं। जनाब, आप हैं बछिया के ताऊ और ये दो सज्जन जो आपके साथ बैठे हुए हैं, ये हैं गीदड़।

तो ये दोनों गीदड़ आपको बाघिन की माँद में ले आए हैं।''—इसी समय परमा ने साड़ी बदलकर कमरे में प्रवेश किया—''और लीजिए, बाघिन भी आ पहुँची।''

परमा ने रमेश की बातें अनसुनी कर दीं, वह आकर अलग बैठ गई। विनोद से उसने पूछा—''अच्छा ! विनोद बाबू हैं, मेरे भाग्य जागे। कब आना हुआ ?''

ठाकुर शेरसिंह रमेश द्वारा कहे गए वाक्य का अर्थ लगा रहे थे। परमा का प्रश्न समाप्त होना था कि शेरसिंह की समझ में मतलब का आना था; और उनकी समझ में मतलब का आना था कि उनका कड़ककर कहना था—''मुंशी उल्फतराय, इस लौंडे से कहो कि यहाँ से इसी वक्त चला जाए, नहीं तो मैं इसकी जान ले लूँगा।''

नौरतनदास ने रमेश के कान में कहा—''देखिए, ठाकुर साहब का गुस्सा अच्छा नहीं है, खैरियत इसी में है कि आप यहाँ से जल्दी ही चले जाएँ।''

रमेश ने नौरतनदास के कान में कहा—''अगर अब बोलोगे, तो मार खाओगे !''

लाला नौरतनदास चौंक उठे। उन्होंने रमेश को देखा, उसके डील-डौल को, उसकी चढ़ती जवानी को। रमेश का शरीर उसके कुर्ते से फूटा पड़ता था।

इसके बाद उन्होंने ठाकुर शेरसिंह के भद्दे और थल-थल बदन को देखा। सुलझे हुए आदमी थे, वे उठ खड़े हुए; उन्होंने मुंशी उल्फतराय से कहा—''मुंशीजी, ठाकुर साहब से कहिए कि इन लौंडों से उलझने में उनकी बेइज्जती होगी, ये लोग कानपुर के नम्बरी शोहदों में हैं।''

मुंशी उल्फतराय के साथ ठाकुर शेरसिंह खड़े हुए, मुंशी उल्फतराय अभी तक चुप थे, इसलिए चलते-चलते उन्होंने भी अपने उद्गार निकाले। परमा से बोले—''बीबी साहब ! आपके यहाँ रईसों की बेइज्जती होती है, यह याद रखिएगा, किसी दिन बुरी तरह धोखा खाइएगा। और इन शोहदों को तो मैंने पहचान लिया है, उनको कभी-न-कभी समझ लूँगा।''—यह कहकर उन्होंने जमीन पर रक्खी हुई व्हिस्की की बोतल, जिसमें अभी आधी मौजूद थी, उठाई।

रमेश ने व्हिस्की की बोतल मुंशी उल्फतराय के हाथ से ले ली—''जनाब हमें तो आप फिर कभी समझिएगा, लेकिन इस मुलाकात की यादगार में यह बोतल तो छोड़े जाइए, क्योंकि अगर आप चीं-चपड़ करेंगे, तो मैं आपको अभी और यहीं पर समझूँगा।''

मुंशी उल्फतराय से जितनी देर में ये शब्द कहे गए, उतनी देर में लाला नौरतनदास के साथ ठाकुर शेरसिंह ज़ीने के नीचे पहुँच चुके थे। मुंशी उल्फतराय ने घूमकर अपने मददगारों की तलाश की; पर वहाँ सन्नाटा था। उन्होंने बोतल छोड़ दी और तेजी के साथ नीचे उतर गए।

परमा यह कांड ध्यान से देख रही थी। उसे रमेश पर क्रोध आ रहा था; साथ ही उसका मन रमेश की प्रशंसा कर रहा था। ठाकुर शेरसिंह एंड कम्पनी के जाने के बाद परमा विनोद की ओर घूमी, उसने रमेश को देखते हुए भी न देखा।

परमा की अवहेलना का रमेश पर कोई असर न पड़ा। उसने बोतल खोली, एक गिलास में भरकर विनोद के सामने रख दी, फिर वह स्वयं पीने लग गया। उस समय

कमरे में क्या हो रहा है, वहाँ कौन-कौन है, उसकी उसे सुधि न थी। वह बाहर आकाश की ओर देख रहा था। दोपहर-भर खुली रहने के बाद घटा फिर घिर आई थी। घनी और काली सड़क पर बिजली का प्रकाश था, उसे ज्ञान न था, उसकी आँखों के आगे अन्धकार था—सघन और भयानक।

परमा विनोद से बातें कर रही थी; पर वह रमेश को बेर-बेर कनखियों से देख लेती थी। उसे अब रमेश पर क्रोध आ रहा था। वह किस प्रकार उसकी ओर उदासीन रह सका। रमेश सुन्दर था, युवा था। उसकी उँगलीवाली अँगूठी का बड़ा-सा हीरा बिजली के प्रकाश में झलमल-झलमल चमक रहा था। विनोद ने एक सोने का नेकलेस परमा को पहना दिया, परमा खिलखिलाकर हँस पड़ी। वह इतने जोर से हँसी कि रमेश की तन्मयता भंग हो गई; मुड़कर उसने हँसनेवाले की ओर देखा। एक क्षण के लिए परमा की आँखें रमेश की आँखों से मिलीं। रमेश की आँखों की चमक परमा की आँखों को पार करती हुई उसके हृदय में चुभ गई और दूसरे ही क्षण रमेश ने अपनी आँखें मोड़ लीं।

परमा ने अनुभव किया कि उसके अन्दर कोई चीज तड़प उठी। उसने विनोद से पूछा—"आपके साथ यह कौन साहब हैं, इनकी तो आपने मुझसे तारीफ ही नहीं की।"

विनोद मुस्कराया—"ये मेरे दोस्त हैं, नाम रमेश बाबू है—जरा बेढब आदमी हैं।"

"यह तो मैं भी देख सकती हूँ !"—मुस्कराते हुए परमा ने कहा—"लेकिन इनका परिचय तो कराइए। जरा ऐसे आदमी कम देखने को मिलते हैं—कुछ बिगड़े-दिल से हैं।"

रमेश ने परमा के वाक्य सुन लिए। वह स्वयं घूम पड़ा। उसने बहुत गम्भीरतापूर्वक कहा—"देवीजी, बिगड़ा-दिल तो वही होगा, जिसके पास दिल होगा; पर मैं आपको विश्वास दिलाता हूँ कि मेरे पास दिल ही नहीं है, उसकी कल हत्या हो गई।"—और एकाएक वह खिलखिलाकर हँस पड़ा। उसने फिर कहा—"देख रहा हूँ, आप लोग कोई मेरी बात का विश्वास नहीं कर रहे हैं; और मैं समझता हूँ कि मुझे झूठा समझकर आप लोग मेरा अपमान कर रहे हैं। मैं आपको बतला दूँ कि मुझे आपसे झूठ बोलने की कोई आवश्यकता नहीं, न मुझे झूठ बोलने से कोई लाभ ही होगा। फिर यदि आप लोग मेरा यकीन..."

विनोद ने रमेश की बात काटते हुए कहा—"भाई, यह तुमने कैसे जान लिया कि हमलोग तुम्हारी बात पर विश्वास नहीं कर रहे हैं ? परमा तुमसे परिचित होना चाहती है।"

रमेश ने अब परमा को ध्यान से देखा, सिर से पैर तक एक असभ्य व्यक्ति की भाँति। परमा वेश्या थी, असभ्य और बदमाश-से-बदमाश आदमी के सम्पर्क में वह आ चुकी थी; पर रमेश की उस दृष्टि से वह घबरा गई। उसका मुख लाल हो गया, और उसके माथे पर पसीने की बूँदें आ गईं। रमेश ने परमा की इस घबराहट पर ध्यान नहीं दिया, वह काफी देर तक उसे देखता रहा। इसके बाद उसने दबे हुए स्वर में कहा—"आप मुझसे परिचित होना चाहती हैं, यह मेरा दुर्भाग्य है, मेरा ही दुर्भाग्य नहीं

है, आपका भी दुर्भाग्य है, देवीजी ! हम दोनों एक ही ढंग के व्यक्ति हैं। आपमें हृदय नहीं, न मुझमें ही हृदय है। आप दुनिया के साथ खेलती हैं, मैं भी दुनिया के साथ खेलने को निकला हूँ। जो शैतान आपके सिर पर सवार है, वही मेरे सिर पर भी सवार है। और आपको प्रकृति का एक नियम बतला दूँ, दो सम चीजों में कभी भी मेल नहीं हो सकता; लेकिन फिर भी आप मेरे मित्र की मित्र हैं, इस नाते आपके साथ मेरी सदिच्छा और शुभकामना है।''—यह कहकर उसने परमा को एक पेग गिलास में शराब डालकर दी !

परमा ने अनुभव किया कि बड़े-बड़े पहुँचे हुए और अनुभवी आदमियों को उँगलियों पर नचानेवाली परमा को यह बीस-इक्कीस वर्ष का अनुभवहीन छोकरा उँगली पर नचा रहा है। परमा रमेश पर क्रोधित होने की कोशिश करते हुए भी क्रोधित न हो पाती थी। उसने धीरे से कहा—''आपकी बातें तो अजीब तरह की हैं, मैं एक बात भी नहीं समझी।''

रमेश मुस्कराया—''पता नहीं, आप मुझे धोखा दे रही हैं या अपने को धोखा दे रही हैं। अगर आप मुझे धोखा दे रही हैं, तब तो ठीक है, मुझे कुछ नहीं कहना है; लेकिन यदि आप अपने को धोखा दे रही हैं, तो मुझे आप पर दुख है।''

विनोद ने अनुभव किया कि बात अधिक बढ़ रही है, और उसने बात बदली। उसने परमा से एक गाना गाने को कहा। रमेश भी बोल उठा—''हाँ देवीजी, एक गाना सुनाइए !''

परमा को पहले कभी किसी ने 'देवीजी' शब्द से सम्बोधित न किया था। 'देवीजी' शब्द उसे अच्छा लगा। कृतज्ञता-भरे नेत्रों से उसने रमेश को कुछ देर तक देखकर कहा—''गाना तो मुझे आता नहीं, लेकिन आपकी बात न टालूँगी, जैसे भी टूटा-फूटा आता है, गाए देती हूँ।''—यह कहकर उसने मलार की अलाप भरी।

परमा अगर अच्छा नहीं गाती थी, तो बुरा भी नहीं गाती थी। रमेश तन्मयता के साथ गाना सुन रहा था। पानी बरसने लगा था और हवा तेजी के साथ चल रही थी। आज परमा न जाने क्यों एकाएक बहुत प्रसन्न हो गई थी। वह इतनी अधिक प्रसन्न थी, जितना एक व्यक्ति अपने सबसे निकट आत्मीय से मिलकर होता है। रमेश को देखकर, उससे मिलकर और उसकी बातें सुनकर उसे असीम प्रसन्नता हुई। उसके गाने में उसकी प्रसन्नता फूटी पड़ती थी। वह मन्त्र-मुग्ध की तरह गाना गा रही थी।

गाना समाप्त हो गया। विनोद ने मुस्कराते हुए कहा—''परमा, तुम इतना अच्छा गा लेती हो, यह मुझे न मालूम था।''

घड़ी ने दस बजाए, रमेश उठ खड़ा हुआ। उसने विनोद से कहा—''विनोद ! मैं जा रहा हूँ, मुझे नींद आ रही है।''

''अभी तो कोई ज्यादा वक्त भी नहीं हुआ।''—परमा ने कहा।

रूखे स्वर में रमेश ने कहा—''नहीं, अब जाना ही होगा। मेरे सिर में दर्द हो रहा है।''

"लाइए, आपका सिर दाब दूँ।"–परमा ने फिर कहा।

रमेश मुस्कराया–"देवीजी, इन बातों से कोई लाभ नहीं, यह विनोद बाबू की जगह है, मेरी नहीं, आप भी इसको याद रखें।"–इतना कहकर रमेश उत्तर की प्रतीक्षा किए बिना ही जीने के नीचे तेजी के साथ उतर गया।

रमेश की अवहेलना पर परमा तड़प उठी; पर उसने अपने मनोभावों को दबा लिया। विनोद से केवल इतना ही कहा–"विनोद बाबू, असभ्यता की एक हद होती है।"–फिर रुककर उसने कहा–"विचित्र आदमी हैं, ये आपके दोस्त, इनको फिर कभी साथ लाइए।"–पर उस दिन विनोद ने अनुभव किया कि परमा उद्विग्न है और किसी अंश तक हतप्रभ भी है।

रमेश लौट आया, लौटकर वह अपने बिस्तर पर लेट गया। वह सोया नहीं, सो भी नहीं सकता था। रात-भर वह करवटें बदलता रहा, उसका गत जीवन अभिशाप बनकर उसके सामने रात-भर घूमता रहा।

सुबह विनोद लौटा। रमेश ने दरवाजा खोला। विनोद हँस रहा था। उसने कहा–"रमेश, परमा ने तुम्हें फिर दूसरी बार बुलाया है, आज चलना।"–यह कहते-कहते वह बैठ गया–"देखा तुमने मेरी परमा को ! मैंने क्या कहा था ? है न सुन्दरी ? रमेश, ठीक बतलाना, कितनी सुन्दरी है परमा ? उसमें कितना रस है, कितना पराग है !

रमेश मुस्कराया–"उसके रस और पराग के विषय में तो तुम्हीं जान सकते हो; पर मैं इतना अवश्य जानता हूँ कि वह सुन्दरी है। लेकिन विनोद, एक बात कहूँ, तुम मानोगे तो नहीं; पर मैं कहकर अपना फर्ज अदा किए लेता हूँ। परमा का चक्कर छोड़ो।"

विनोद खिलखिलाकर हँस पड़ा–'परमा को एक बार देखकर भी तुम ऐसा कह सकते हो, मुझे ताज्जुब होता है।"

रमेश ने विनोद को कोई उत्तर न दिया।

सन्ध्या के समय विनोद ने रमेश से कहा–"चलो, चलते हो ?"

"कहाँ ?"

रमेश का हाथ पकड़कर विनोद ने उठाया–"भाई, तुम बड़े भुलक्कड़ मालूम पड़ते हो। अभी सवेरे मैंने कहा था न कि परमा ने तुम्हें फिर बुलाया है। मैं जा रहा हूँ, मेरे साथ चलो, शाम को करोगे ही क्या ?"

रमेश ने कुछ देर तक कुछ सोचा, फिर उसने कहा–"और अगर न चलूं तो क्या होगा ?"

"होगा क्या ? वह मुझसे कुछ थोड़ा-सा बुरा मानेगी, शाम का मेरा मजा किरकिरा हो जाएगा, और तुम भी बेकार ही घूमोगे। क्यों, तुम्हारे चलने में कोई हर्ज है क्या ? क्या तुम परमा को पसन्द नहीं करते ? उसने तो तुम्हारे साथ कोई बुरा बर्ताव नहीं किया ?"

रमेश ने चुपचाप कपड़े पहने, इसके बाद वह नीचे उतरा। विनोद ने कहा– "आज तुमने दिन-भर नहीं पी, चलो आज परमा के यहाँ पिएँगे।"–और उसने ताँगा लिया।

माल रोड जाकर उसने दो बोतलें शराब की खरीदीं, इसके बाद दोनों थोड़ी देर तक फूलबाग में बैठे रहे। आठ बजे वे उठे और परमा के यहाँ पहुँचे। वहाँ पहुँचकर विनोद ने ताँगा बिदा कर दिया।

परमा इन लोगों की प्रतीक्षा कर रही थी। आज उसने अपने बाल सँवारकर बाँधे थे, लहरियादार तंजेब की धोती पहने थी, मुँह में पान दबा था और कपड़ों में सेंट महक रहा था। उसके मुख पर मृदुल मुस्कान थी, उसकी आँखों में चमक थी। उसने विनोद से कहा–"मैं न जाने कब से आप लोगों का इन्तजार कर रही थी।"–और उसने रमेश की ओर तिरछी दृष्टि से देखा; पर रमेश का मुख मानो पत्थर का था, उस पर वह कोई भाव न पढ़ सकी।

सबलोग बैठ गए। परमा ने अपने नौकर से बरफ मँगवाई, सोडा मँगवाया। शराब के दौर चल रहे थे। परमा चख रही थी, विनोद भी पी रहा था और रमेश गले के नीचे उतार रहा था। परमा रमेश पर आश्चर्य कर रही थी। शक्ल-सूरत से वह रईस लगता था, बातचीत से वह दार्शनिक लगता था और आचरण से पक्का शोहदा। इन तीनों का सम्मिश्रण उसने पहले कभी न देखा था।

एक बोतल समाप्त हो चुकी, दूसरी खुली। परमा अपने हाथ से शराब पिला रही थी। विनोद को वह रमेश के बराबर ही देती जाती थी और विनोद पीता जाता था। धीरे-धीरे विनोद की संज्ञा लोप होने लगी। रमेश ने एक बार यह देखा। उसने परमा से कहा–अब आप विनोद बाबू को न दें, ये बेहोश हो जाएँगे।"

परमा मुस्कराई। उसने कहा–"आप विनोद बाबू को नहीं जानते !"–परमा की बात सुनकर विनोद भी हँस पड़ा–"रमेश, मुझे तुम समझते क्या हो ?"–और वह पीता ही रहा।

विनोद लेट गया, मदिरा अपना पूरा असर उस पर कर गई। दूसरी बोतल में अभी चौथाई बाकी थी। परमा ने रमेश से कहा–"अब बस करूँ ?"

एक क्षण के लिए परमा की आँखें रमेश के आँखों से मिली। परमा ने देखा कि रमेश की आँखें अँगारे की तरह लाल हैं। उनमें से प्रकाश निकल रहा है। वह काँप उठी। रमेश ने कहा–"अच्छा जितनी बाकी है, वह एक गिलास में भरकर दे दो–अन्तिम बूँद तक मैं नहीं रुकने का।"

परमा ने गिलास भर दिया। इस बार उसने गिलास रमेश के हाथ में नहीं दिया, वह रमेश के और निकट खिसक आई और उसने गिलास रमेश के मुँह में लगा दिया। रमेश एक घूँट में गिलास खाली कर गया।

परमा ने गिलास फर्श पर रख दिया, और उसने रमेश के गले में अपना हाथ डाल दिया। रमेश भूला-सा और बेसुध-सा यह सब देख रहा था। परमा का मुँह आगे बढ़ा, आगे, आगे। उसके होठ रमेश के होठों से आकर मिल गए। एकाएक रमेश चौंक उठा,

उसने अपना मुँह हटा लिया।

रमेश ने परमा का हाथ अपने गले से हटा दिया, विनोद की ओर संकेत करते हुए उसने कहा—"परमा, विनोद !"

परमा रमेश की बात नहीं समझी। मुस्कराते हुए उसने कहा—"विनोद तो बेहोश है, रमेश बाबू, मैंने उसे इतना पिला दिया है कि वह करीब एक-दो घंटे होश में नहीं आ सकता।"

"लेकिन उससे क्या ? परमा, तुम विनोद की हो !"

परमा तड़प उठी—"तुम बेवकूफ हो रमेश ! तुम्हारे वास्ते ही मैंने यह सब किया। तुम सब कुछ समझते हुए भी अनजान बनने की कोशिश क्यों कर रहे हो ? तुम्हारे वास्ते ही मैंने विनोद को इतनी शराब पिलाई कि वह बेहोश हो गया—तुम इतना भी नहीं समझ पाते हो ? रमेश—रमेश !"—परमा के हाथ फिर आगे बढ़े।

रमेश पीछे खिसक गया। उसने करुण स्वर में कहा—"परमा तुम विनोद की हो !"

इस बार परमा हँस पड़ी; पर उसकी हँसी रूखी और पैशाचिक थी—"यह तुमसे किसने कह दिया कि मैं विनोद की हूँ ? मैं विनोद की नहीं हूँ, इसके धन की हूँ। मैंने कभी किसी की होने की लालसा ही नहीं की। रमेश पहली बार मैं किसी की बनने की कोशिश कर रही हूँ—और वह तुम हो, रमेश !"

रमेश उठ खड़ा हुआ—"तुम होश में नहीं हो परमा—विनोद मेरा मित्र है, यह याद रखना !"—और वह तेजी के साथ ज़ीने के नीचे उतर गया।

[4]

इसके बाद रमेश फिर परमा के यहाँ नहीं गया। विनोद ने एक बार आग्रह भी किया; पर रमेश ने टाल दिया। विनोद को आश्चर्य था कि रमेश परमा के यहाँ जाने को क्यों नहीं तैयार होता। उसने कारण पूछा; पर रमेश केवल इतना ही कहता था—"कारण हो तो बतलाऊँ, मैं वहाँ नहीं जाता, क्योंकि जाने की इच्छा नहीं होती।"

दिन के बाद दिन और महीनों के बाद महीने बीतते गए—रमेश दिन-भर शराब पीता था और घर में पड़ा रहता था। विनोद के मित्र विनोद के यहाँ आते थे—घंटों हँसी-मजाक होता था; पर रमेश इस सबसे दूर रहता था।

एक दिन विनोद के मित्र एकत्रित हुए। उस दिन रविवार था। ताश जमा हुआ था। रमेश एक ओर लेटा हुआ था। वह विनोद के मित्रों की बातें सुनते हुए भी नहीं सुन रहा था।

विनोद ने रमेश का कन्धा पकड़कर उठाया—"उठो जी, क्या मरीज की तरह पड़े रहते हो ! तुम्हारा घूमना-घामना तक बन्द है। लो, ताश खेलो।"

जाड़े के दिन थे। दोपहर का समय था; पर लोगों के हाथ-पैर ठिठुरे जाते थे। रमेश चौंककर उठ बैठा—"तुम्हीं लोग खेलो, मेरी खेलने की तबीयत नहीं।"

रमेश खड़ा हो गया। आलमारी से उसने मदिरा की बोतल निकाली, एक घूँट में वह चौथाई पी गया। इसके बाद वह सबलोगों के साथ बैठ गया।

बाँकेलाल ने ताश बाँटते हुए कहा—"रमेश बाबू ! तुम दिन-भर क्या किया करते हो ?"

बाँकेलाल कलकत्ता से आया था। वह विनोद का अभिन्न मित्र था। सुबह के समय ही वह कलकत्ता से आया था, केवल विनोद से मिलने के लिए। बाँकेलाल के पास काफी सम्पत्ति थी और वह कलकत्ता में तिजारत करता था।

विनोद ने हँसते हुए उत्तर दिया—"करते क्या हैं ? दिन-भर पीते हैं और घर में पड़े रहते हैं; कहीं आते-जाते भी तो नहीं हैं। हैं न विचित्र आदमी ?"

बाँकेलाल भी हँस पड़ा—"तुम्हारे साथ रहकर भी जो आदमी इस तरह पड़ा रहे, उसका दुर्भाग्य ही है !"

इस बार रमेश मुस्कराया—"बाँके बाबू, आप ठीक कहते हैं, लेकिन आदमी-आदमी में भेद होता है।"

"जी हाँ, कुछ आदमी होते हैं और कुछ नहीं होते हैं !"

बाँकेलाल की बात पर सबलोग हँस पड़े।

सन्ध्या के समय बैठक समाप्त हुई। सबलोग चले गए। बाँकेलाल ने विनोद से कहा—"कहो, कहीं घूमने चलते हो ?"

"घूमने तो चलेंगे ही, घर में बैठे-बैठे क्या करेंगे ?"

बाँकेलाल रमेश की ओर घूमा—"आज तुम्हें भी चलना होगा।"

रमेश ने हिचकिचाते हुए उत्तर दिया—"तबीयत नहीं होती।"

"तो आज तबीयत के खिलाफ ही सही।"—बाँकेलाल ने आग्रह किया।

"अच्छी बात है।"

तीनों आदमी उठे। वे पहले रेस्तराँ में पहुँचे। तीनों ने अच्छी तरह से शराब पी, उसके बाद वे परमा के यहाँ पहुँचे।

रमेश कई दिनों से उद्विग्न था। वह घूमना चाहता था; पर रुक जाता था। जब वह विनोद के साथ परमा के यहाँ जा रहा था, तो वह मन में कह रहा था—"अच्छा, फिर परमा ही सही।"

परमा ने तीनों का स्वागत किया। रमेश को देखकर वह मुस्कराई। उसने कहा—"अख्वाह ! रमेश बाबू हैं ? बहुत दिनों बाद आपके दर्शन हुए हैं। क्या कुछ खफगी हो गई थी ?"

रमेश ने परमा की बातें सुनीं, उसने उन बातों का मतलब भी समझा। रमेश को वह पिछली रात एकाएक याद हो आई, जब वह परमा के यहाँ से चला गया था—परमा की बात में छिपे हुए विजयोल्लास ने उसे मर्माहत कर दिया। उसने परमा को कोई उत्तर न दिया। उठते हुए उसने विनोद से कहा—"विनोद, मैं थोड़ी देर में आता हूँ।"

बाँकेलाल ने कहा—"अरे म्याँ बैठो, कहाँ जा रहे हो ? अभी तो आए ही हो !"

रमेश ने जूते पहनते हुए कहा—"नहीं जाना जरूरी है !"

परमा का चेहरा पीला पड़ गया—"रमेश बाबू, क्या मुझसे कोई गलती हो गई है ? नाराज़गी का क्या सबब है ?"

रमेश जबर्दस्ती मुस्कराने का प्रयत्न करते हुए कहा—"नहीं ऐसी कोई बात नहीं, अभी थोड़ी देर में वापस आऊँगा !"

विनोद हँस पड़ा—"फिर वह पुराना पागलपन लौट आया !"

विनोद की बात का उत्तर दिए बिना ही रमेश ज़ीने के नीचे उतर गया। वह एकाएक अधिक उद्विग्न हो गया था, पागल की भाँति नीचे खड़े होकर उसने अपने चारों ओर देखा। परमा नहीं, रूप का बाजार उसके चारों ओर लगा था—कहीं भी वह जा सकता था। उसने अपनी जेब में हाथ डाला, पर्स निकालकर उसने देखा—पर्स रुपयों से भरा था। वह चल पड़ा।

एकाएक उसकी दृष्टि एक आलीशान मकान पर पड़ी। वह मकान एक वेश्या का है, यह उसने सुन रक्खा था और वेश्या की सुन्दरता की ख्याति चारों तरफ फैली हुई है, उसने यह भी सुन रक्खा था। मकान के नीचे वह रुका। उसने अपने चारों ओर देखा। कुछ देर तक वह खड़ा हुआ कुछ सोचता रहा—इसके बाद उसने ज़ीने पर पैर रखा। रुक-रुककर अपनी संस्कृति और अपने विश्वासों से युद्ध करते हुए वह ऊपर पहुँचा। कमरा खुला हुआ था, बिजली का प्रकाश उस कमरे में हो रहा था, पर वहाँ कोई न था। वह फर्श पर बैठ गया और फिर कुछ सोचने लगा।

वह सोच रहा था, बड़ी तेजी के साथ। एक-के-बाद एक उसके गत जीवन की घटनाएँ उसके सामने आती थीं; पर मदिरा की गर्मी से तपे हुए उसके दिमाग में यह क्षमता न रह गई थी कि वह उन घटनाओं को एक सूत्र में बाँध सके। वह क्या सोच रहा है, यह स्वयं वह नहीं जानता था; पर वह सोच रहा था, अपनी इच्छा के प्रतिकूल।

किसी ने बहुत कोमल और मीठे स्वर में कहा—"सलाम बाबूजी"—और रमेश चौंक उठा। उसने आँख उठाकर देखा कि सामने एक युवती खड़ी हुई मुस्करा रही है। युवती सुन्दरी है और उसकी आँखों में एक विचित्र प्रकार का भाव है। रमेश ने उस युवती के सलाम का उत्तर न दिया।

थोड़ी देर प्रतीक्षा करने पर भी जब उस युवती ने अपने सलाम का उत्तर न पाया, तो वह बैठ गई, रमेश से कुछ थोड़ी दूर तक हटकर। फिर उसने रमेश से पूछा—"बाबूजी का इस्मशरीफ ?"

रमेश विस्फारित नेत्रों से युवती को देख रहा था, उसी प्रकार जिस प्रकार चित्रकार किसी मॉडल को देखता है। उसने युवती का प्रश्न नहीं सुना, वह उसी प्रकार उसकी ओर देखता रहा।

युवती को रमेश के इस व्यवहार पर आश्चर्य हुआ। इस बार उसने गौर से उस व्यक्ति को देखा। गौर वर्ण, सुन्दर मुख और बड़ी-बड़ी आँखें—फिर भी एक असभ्य

व्यक्ति की भाँति वह उसकी ओर घूर रहा था। युवती का कौतूहल बढ़ा।

रमेश ने युवती को अच्छी तरह से देख लिया। इसके बाद उसने 'हूँ' कहकर अपना सिर हिलाया। अब वह सँभलकर बैठ गया—"अच्छा, आप ही वह सरोज सुन्दरी हैं, जिसकी मैंने इतनी तारीफ सुनी थी—तारीफ करनेवाले ने गलती तो नहीं की !"

सरोज मुस्कराई। अपनी प्रशंसा उसे बुरी नहीं लगी। उसने कहा—"आपका इस्म शरीफ पूछ सकती हूँ ?"

बहुत सीधे-सादे ढंग से रमेश ने उत्तर दिया—"शराबी और वेश्यागामी।"

सरोज ने आँखें फाड़कर रमेश की ओर देखा।

सरोज को इस प्रकार अपनी ओर देखते देख रमेश खिल-खिलाकर हँस पड़ा—"मैंने आपसे झूठ नहीं कहा, मैं अभी-अभी अपना नाम भूल गया था—वैसे तो बहुत दिनों से उसे भूलने की कोशिश करता आया हूँ—पर कभी सफल नहीं हुआ। आज पहली बार अपना नाम भूल सका था, वह भी कुछ क्षणों के लिए। हाँ, तो मेरा नाम रमेश है।"

"आप अपना नाम भूलना चाहते हैं ?"—आश्चर्य से सरोज ने पूछा।

रमेश मुस्कराया—"आपको मेरी बात पर आश्चर्य हुआ—आपका आश्चर्य करना स्वाभाविक ही है। मैं उस दिन से अपना नाम भूलना चाहता हूँ; जिस दिन मैंने मनुष्यता को तिलांजलि दी। मैं पशु से भी गया-बीता हूँ—पिशाच-सा हो गया हूँ, फिर मुझे नाम की आवश्यकता ही क्या है ?"

रमेश की मुस्कराहट कम होते-होते अब लोप हो चुकी थी। उसका मुख गम्भीर हो गया था—"मैं सच कहता हूँ, नाम की आवश्यकता होती है मनुष्य को, पशु को नहीं—और मनुष्यता से मैं बहुत नीचे गिर चुका हूँ और नित्य-प्रति गिरता जा रहा हूँ। अगर मनुष्यता से नीचे न गिरा होता, तो न तो मैं शराब ही पिए होता और न आपके कमरे में ही बैठा होता।"

सरोज बड़े ध्यान से रमेश की बातें सुन रही थी। उसके सामने बैठा हुआ नवयुवक एक सपने की छाया-सा था।

रमेश रुका नहीं, वह कहता गया—"और एक बात और बता दूँ। दुनिया में मनुष्यों की कमी है। मनुष्यता तो हमारा आदर्श है, जिसे कुछ इने-गिने लोग ही पा सके हैं, बाकी सब पशु की श्रेणी में आते हैं। आप कहीं अपने ऊपर क्षुब्ध न हो जाइएगा। हमलोगों का—या अगर मैं कहूँ कि हम पशुओं का, तो अनुचित न होगा—बहुमत है। और फिर यह भी तो नहीं कहा जा सकता है कि मनुष्यता बुरी है या पशुता—कम-से-कम मैं तो इस सम्बन्ध में किसी निर्णय पर नहीं पहुँच पाया हूँ। मनुष्यता के जीवन को देखने के बाद अब मैं पशुता का जीवन देख रहा हूँ—अभी तक निर्णय नहीं कर सका कि इन दोनों में कौन अच्छा है।"

रमेश के मीठे स्वर में कही गई इन कटु बातों का सरोज पर एक विचित्र प्रकार का प्रभाव पड़ा। उसे ऐसा मालूम होता था कि उसके अन्तर में निहित सोई हुई भावनाओं पर एक के बाद एक कोमल प्रहार हो रहे हैं। वह रमेश की भाषा न समझती

थी–पर भाव समझ रही थी। शब्दों से अधिक प्रभावोत्पादक उसके लिए स्वर था।

सरोज ने मुस्कराते हुए कहा–"आप बड़े विचित्र आदमी दीखते हैं !"

"हाँ, मैं वास्तव में विचित्र आदमी हूँ। आप लोगों के लिए ही नहीं, स्वयं अपने लिए; पर मैं आपको विश्वास दिलाता हूँ कि एक समय मैं भी साधारण आदमी था–उतना ही साधारण जितना और लोग हैं। मेरे विचित्र आदमी बन जाने में मेरा दोष तनिक भी नहीं है, यह तो मैं न कहूँगा; पर अधिकतर परिस्थितियों का दोष है।"–एकाएक रमेश की धारा बदल गई–चौंककर वह सँभला, मुख के भाव बदल गए, उसके स्वर की कोमलता जाती रही–"पर आपको मुझसे या मेरी विचित्रता से क्या मतलब–आपको रुपये से मतलब है–है न ! वह रुपया चाहे मेरा हो, चाहे किसी दूसरे का हो !"

रमेश में इस भाव-परिवर्तन से सरोज सहम गई। उसके मत्थे पर बल पड़ गए, यह अपमान उसके लिए असह्य हो गया। उसने तड़पकर कहा–"आप बहुत अधिक असभ्य आदमी हैं–आपको मेरा अपमान करने का क्या अधिकार है ?"

रमेश खिलखिलाकर हँस पड़ा, सरोज के क्रोधित हो जाने से उस पर तनिक भी असर न पड़ा। उसने कहा–"मैंने सच कहा–यही मेरा दोष है; पर सच, सच है, और वह कुरूप है–यह मैं मानता हूँ और लाख कोशिश करने पर भी हम क्या उसकी कुरूपता दूर कर सकते हैं ? और आपसे यहाँ यह भी कह दूँ कि यदि मैं एक क्षण के लिए आपके प्रति कटु हो गया तो क्या, अपने प्रति तो मैं सदा कटु रहा करता हूँ।"–इस बार फिर एकाएक रमेश में भाव-परिवर्तन हुआ–"आप बुरा मान गईं ? मैं क्षमा माँगता हूँ। मुझे दुख है, मैं अपने अधिकार के बाहर निकल गया; पर यह याद रखिएगा कि मैं मनुष्यता से नीचे गिर गया हूँ और जो व्यक्ति मनुष्यता से नीचे गिरा, वह दया का पात्र है। उस पर क्रोध करना अनुचित है। मैं आपसे फिर क्षमा माँगता हूँ।"

बिजली के तेज प्रकाश में सरोज रमेश के मुख के भावों को अच्छी तरह से पढ़ रही थी और आश्चर्य कर रही थी। रमेश के अन्तिम वाक्यों पर वह द्रवित हो गई; पर उसने कुछ कहा नहीं।

रमेश थोड़ी देर तक सरोज के उत्तर की प्रतीक्षा करता रहा; पर उसने देखा कि उसके सामने बैठी हुई प्रतिमा गम्भीरता की प्रतिमूर्ति है। रमेश ने फिर कहा–"मैं जानता हूँ कि मैं बहुत अधिक गैर-जिम्मेदार हो गया हूँ।"–वह उठा–"और मैं यह भी जानता हूँ कि मेरी इस स्थान पर उपस्थिति आपको बुरी लग रही होगी। इस सब बातों से मैं इस नतीजे पर पहुँचता हूँ कि मुझे यहाँ से चला जाना चाहिए।"–और वह पीछे मुड़ा।

सरोज उठी नहीं, वह बैठी ही रही–"नहीं, मैंने आपकी बात पर बुरा नहीं माना, न मुझे आपका यहाँ बैठना बुरा ही लग रहा है। आप बैठिए, आपका यहाँ बैठना मुझे अच्छा ही लग रहा है।"–सरोज का स्वर करुण था।

रमेश घूम पड़ा–"क्या कहा ? मेरा यहाँ पर बैठना आपको अच्छा लग रहा है ! आप क्यों झूठ बोल रही हैं ?"

सरोज ने शान्त भाव से उत्तर दिया—"मैं झूठ नहीं कह रही हूँ।"

रमेश बैठ गया—"आप बड़ी अच्छी हैं, आप बड़ी कृपालू हैं। आप में सहानुभूति है, आप में दूसरों का दुख-दर्द समझने की क्षमता है। हाँ, एक बात आपसे पूछ सकता हूँ ?"

सरोज ने मुस्कराते हुए उत्तर दिया—"नहीं, इस समय मैं सुनना चाहती हूँ, कहने का काम आप ही करें।"

रमेश जोर से हँस पड़ा—"देख रहा हूँ कि वेश्या होते हुए भी आप में हृदय है, और स्त्री होते हुए भी आप में बुद्धि है।"

सरोज शान्त ही रही—"आपके प्रहारों का वैसा असर मुझ पर कभी न होगा, जैसा आप समझ रहे हैं। मैं आपकी बातें सुनने बैठी हूँ, और यह समझकर सुनने बैठी हूँ कि आप जो कुछ कहेंगे, वह, अप्रिय और कटु होगा।"

इस बार रमेश के आश्चर्य करने की बारी थी। उसने तीव्र दृष्टि से सरोज को देखा—"क्या कहा ? मेरी बातों का आप पर प्रभाव न पड़ेगा—ठीक ही है, आप में आपका रह क्या गया, जो कुछ है वह पैसे का गुलाम है; है न ! झूठ तो नहीं कह रहा हूँ ?"

सरोज के भाव इस बार बदल गए; पर भावों का परिवर्तन रमेश की आशा के प्रतिकूल हुआ। सरोज का स्वर तीव्र होने के स्थान पर करुण हो गया—"आप ठीक कहते हैं।"

रमेश सरोज के भावों को समझते हुए भी उनकी उपेक्षा कर रहा था, उसके मस्तिष्क पर पशुत्व की निर्दयता ने अधिकार जमा लिया था—"और मैं इतना कह सकता हूँ कि आपने उचित मार्ग अपनाया है। दुनिया में पैसे का ही साम्राज्य है, प्रत्येक व्यक्ति को पैसे की गुलामी करनी ही पड़ती है। ऐसी हालत में अपने व्यक्तित्व को बनाए रखना अपने को पीड़ित करना है, दुखी होना है। आपने अच्छा ही किया है, जो अपनी आत्मा की हत्या कर दी। आप दुखी नहीं होंगी, इसका मैं आपको विश्वास दिलाता हूँ।"

सरोज धीरे-धीरे अपने ऊपर से अपना अधिकार खो रही थी। रमेश उसका अपमान कर रहा था; पर वह रमेश के भावों को समझने की कोशिश कर रही थी। उसे यह अनुभव हो रहा था कि उसके सामनेवाला व्यक्ति पीड़ित है। उसने बात बदलने की कोशिश की—"क्या आपके पास बातें करने का एक यही विषय है ? आप आपे में नहीं दिखलाई देते, आप अपना परिचय ही दीजिए !"

रमेश मुस्कराया—"मेरा परिचय ? अपना परिचय तो मैंने आपको दे दिया कि मैं शराबी और वेश्यागामी हूँ। मेरा नाम रमेशचन्द्र है। बस इतना ही याद रखना चाहता हूँ, इससे अधिक न आपके काम का है और न मेरे काम का है।"—रमेश कुछ रुका, इसके बाद उसने गम्भीर होकर कहा—"अतीत मिट चुका—सदा के लिए मिट चुका। उसे हम बुरा कह सकते हैं ? फिर उस पर सोच-विचार करना, उसको याद करने की कोशिश करना, बेकार है।"

रमेश ने कलाई में बँधी हुई घड़ी देखी, दस बज रहे थे। रमेश ने कहा—"आज रात मैं यहीं रहूँगा—आपको कोई आपत्ति तो नहीं है?"

सरोज ने बड़ी-बड़ी आँखों से रमेश को थोड़ी देर तक देखा, उसने धीरे से कहा—"आप इसे अपना घर समझिए—मैं इतना ही कह सकती हूँ। और मैं आपको यह भी बतला दूँ कि मेरी आत्मा पूर्ण रूप से नहीं मरी, उसका कुछ हिस्सा अभी बाकी है। हाँ, अभी आपने खाना खाया है या नहीं ?"

"अरे हाँ,"—रमेश मानो सोते-सोते जाग उठा—"अभी तक खाना भी नहीं खाया—भूख भी नहीं है।"

सरोज ने अपनी दासी को बुलाया—"कुछ तो खा लीजिए। पूड़ी और मिठाई मँगाए लेती हूँ—हलवाई के यहाँ बनी है, और मेरी नौकरानी ब्राह्मणी है।"

"और मुझे प्यास लगी है।"—रमेश उठ खड़ा हुआ—"अभी घंटे भर में आता हूँ !"

"कहाँ जा रहे हैं, जो कुछ आप मँगवाना चाहते हैं, सबका इन्तजाम यहीं हो जाएगा।"

"नहीं, मुझे शराब पीनी है—यहाँ न मिलेगी, मैं ताँगा पर स्टेशन जा रहा हूँ, वहाँ से पीकर आता हूँ।"

"क्या शराब पीनी बहुत जरूरी है ?"

"हाँ, खाना खाने से भी अधिक !"—और रमेश जीने से नीचे उतर गया। घंटे-भर बाद वह लौटा, उस समय उसके पैर डगमगा रहे थे, वह आधा बेहोश था।

[5]

दूसरे दिन जब रमेश लौटा, तो विनोद ने हँसते हुए कहा—"कल रात कहाँ बहक गए थे ? हमलोग तुम्हारा रात-भर इन्तजार करते रहे ?"

बाँकेलाल ने कहा—"और जनाब, 'वर्तमान' में तो मैं आपके खोजने का विज्ञापन निकलवाने जा रहा था।"

रमेश प्रसन्न था। प्रयाग छोड़ने के बाद उसका वह पहला दिन था, जब उसने अपने हृदय को कुछ हलका पाया। उसने कहा—"कल रात अचानक ही एक बहुत अच्छी जगह चला गया था।"

"कहाँ ?"—विनोद ने आश्चर्य से पूछा।

"सरोज सुन्दरी के यहाँ !"

"सरोज सुन्दरी के यहाँ ! उसके यहाँ किसके साथ गए ?"

"किसी के साथ नहीं। परमा के यहाँ से चला, सरोज के मकान के सामने एकाएक रुक गया। ऊपर चढ़ गया, बस इसी तरह।"

"फिर क्या हुआ ?"

"होता क्या ? बड़ी देर तक बातचीत होती रही। वहाँ से उठकर स्टेशन गया, किलनर के यहाँ ड्रिंक किया, लौटकर सरोज के यहाँ खाना खाया और वहीं सो गया।"

विनोद को मानो रमेश की बात पर विश्वास नहीं हो रहा था—"सरोज के यहाँ नहीं, किसी और के यहाँ गए होंगे।"

"नहीं, सरोज़ के यहाँ ही गया था।"

"मैं मान नहीं सकता।"—विनोद ने कहा। फिर एकाएक कुछ सोचकर उसने कहा—"अच्छा यह बतलाओ, उसने तुमसे कितना रुपया लिया, इसी से मालूम हो जाएगा।"

रमेश चौंक उठा—"अरे—उसे तो मैंने एक पैसा भी नहीं दिया—पैसे देने का खयाल ही नहीं आया और न उसका कोई सवाल ही उठा। खाने के दाम भी तो नहीं दिए !"

विनोद और बाँकेलाल दोनों ही हँस पड़े—"वाह यार, होश में हो या नहीं ?"—विनोद ने पूछा।

रमेश गम्भीर हो गया। उसने कहा—"भाई विनोद, सच कहता हूँ, उसे खाने के दाम भी तो नहीं दिए। भला वह क्या समझती होगी ? लेकिन आज रात दे आऊँगा। अच्छा, एक बात तो बतलाओ, उसे क्या देना चाहिए ?"

बाँकेलाल ने कहा—"इन बातों में क्या रक्खा है—अब टाल जाओ। कल नहीं दिया, तो नहीं दिया।"

"नहीं, उसे रुपये तो देने ही पड़ेंगे। हाँ विनोद, बतलाया नहीं ?"

"क्या बतलाऊँ ?"—विनोद ने कुछ सोचते हुए कहा—"लोगों का कहना है कि वह सौ रुपयों से कम नहीं लेती।"

सन्ध्या के समय रमेश फिर सरोज के यहाँ गया। सरोज दिन-भर रमेश के विषय में ही सोचती रही। वह रमेश की प्रतीक्षा कर रही थी, उसे विश्वास था कि रमेश अवश्य आएगा। रमेश को देखते ही वह उठ खड़ी हुई, उसके मुख पर आप-ही-आप एक मुस्कराहट आ गई। उसने कहा—"मैं जानती थी कि आप अवश्य आइएगा; पर इतनी जल्दी नहीं।"

रमेश बैठ गया। उसने अपना पर्स निकालते हुए कहा—"आपका विश्वास तो गलत था, क्योंकि आज आने का मेरा इरादा भी न था; पर आना ही पड़ा एक काम से। आपको कल रुपया देना भूल गया था, मुझे घर जाकर याद आया।"—यह कहकर उसने पर्स से सौ रुपये का नोट निकालकर सरोज के सामने रख दिया।

रुपया सामने देखकर सरोज को अच्छा नहीं लगा। उसने कहा—"रुपया तो मैंने आपसे माँगा नहीं, और मुझे रुपया चाहिए भी नहीं।"

रमेश ने ध्यान से सरोज को देखा—"क्या कहा ? रुपया आपने नहीं माँगा और आप न उसे चाहती हैं ! लोगों का कहना है कि आप सौ रुपये से कम नहीं लेतीं।"

सरोज ने नोट उठा लिया—"लोगों ने आपसे ठीक कहा होगा; पर एक बात आपसे पूछती हूँ, क्या आप सौ रुपया दे सकते हैं ?"

"नहीं !"

"इसीलिए मैं कहती हूँ कि मुझे आपसे रुपया नहीं चाहिए।"

रमेश ने सिर हिलाया—"यह तो नहीं हो सकता, क्या आप कुछ कम लेने को तैयार हैं ?"

सरोज ने कुछ देर तक सोचकर कहा—"जितना आप दे सकते हैं उतना मुझे स्वीकार है; पर यह याद रखिएगा कि आप अपनी सामर्थ्य से बाहर न जाइएगा।"—यह कहकर सरोज ने रमेश को उसका नोट वापस दे दिया। नोट पर्स में रखकर रमेश ने दस रुपये का नोट सरोज को दे दिया।

रमेश उठ खड़ा हुआ—"तो फिर अब चलूँगा !"

"अभी से ? कुछ थोड़ी देर तक तो बैठिए, अभी-अभी तो आए ही हैं।"

रमेश बैठ गया। सरोज रमेश के पास खिसक आई। वह तन्मयता के साथ रमेश को देख रही थी। रमेश की समझ में न आ रहा था कि क्या बात की जाए और न सरोज की ही समझ में आ रहा था।

थोड़ी देर तक दोनों मौन बैठे रहे, दोनों एक-दूसरे को बड़ी तन्मयता के साथ देख रहे थे, दोनों ही सोच रहे थे कि किस प्रकार बातें आरम्भ की जाएँ। अन्त में रमेश ने उस मौन को तोड़ा—"मैं समझता हूँ आप शिक्षित हैं।"

सरोज के लिए रमेश का यह प्रश्न जितना ही आश्चर्यजनक था उतना ही प्रिय था। कुछ हिचकिचाते हुए उसने उत्तर दिया—"मेरे पेशे से और शिक्षा से क्या सम्बन्ध ? जो कुछ कभी पढ़ा था, वह भी भूल गई हूँ, या यों कहूँ कि वह भी भुला दिया है।"

रमेश ने कौतूहल के साथ सरोज की बात सुनी। कुछ देर तक चुप रहकर उसने पूछा—"क्या मैं पूछ सकता हूँ कि आप कहाँ तक पढ़ी हैं ?"

सरोज मुस्कराई—"क्यों नहीं ? मैंने इन्ट्रेन्स की परीक्षा दी थी, पर फेल हो गई थी।"

"इन्ट्रेन्स की परीक्षा दी थी !"—रमेश ने आश्चर्य से पूछा—"क्या अपने सम्बन्ध में आप अधिक बतला सकती हैं ? आप वेश्या क्यों हुईं ?"

इस बार सरोज जोर से हँस पड़ी—"वेश्या इसलिए हुई कि मेरी माता वेश्या थीं—हमलोगों के खानदान का पेशा ही वेश्यावृत्ति है।"—पर सरोज की हँसी में एकाएक करुणा की मात्रा आ गई—"और एक बात और आपको बतला दूँ कि वेश्यावृत्ति उन इने-गिने पेशों में एक है, जिसे मनुष्य छोड़ने की लाख इच्छा रखते हुए भी नहीं छोड़ सकता।"

रमेश ने सरोज को ध्यान से देखा, एकटक और काफी देर तक। उस समय वह कुछ सोच न रहा था; वह केवल देख रहा था। उसने मुस्कराते हुए कहा—"मैं समझता हूँ, वेश्यावृत्ति बुरी भी नहीं है। यदि वेश्याएँ न हों, तो सौन्दर्य भी तो बाजार में न बिके

और प्रत्येक मनुष्य सौन्दर्य चाहता है। गरीब आदमी भी कुछ रुपयों से सौन्दर्य को खरीद सकता है—चाहे वह कुछ क्षणों के लिए ही भले हो। है न ऐसा !"—और रमेश खिलखिलाकर हँस पड़ा।

रमेश के हँसने पर सरोज क्रोधित नहीं हुई; पर उसे बुरा अवश्य लगा। उसके उर की पीड़ा उसके स्वर में प्रतिध्वनित हो गई—"रमेश बाबू, मैंने आपका कौन-सा अपराध किया है ?"

"कैसा अपराध ?"—रमेश ने आश्चर्य से पूछा।

"आप इतना कटु व्यंग्य कर रहे हैं, यह क्यों ?"

"मैं सच कहता हूँ कि मैंने व्यंग्य नहीं किया। मैंने तो केवल अपनी समझ में सत्य ही कहा था।"—रमेश ने कहा—"और आपसे एक बात और बतला दूँ—मैं आप पर व्यंग्य करने की कल्पना भी नहीं करता।"

"क्यों ?"

"इसलिए कि आप इतनी अच्छी हैं, इतनी सीधी हैं और इतनी भोली हैं।"—इतना कहते-कहते रमेश सरोज के पास खिसक गया। सरोज का हाथ अपने हाथ में लेते हुए उसने कहा—"देखो, एक बात और भी बतला दूँ। मुझे शक है कि मैं पागल हो गया हूँ; मेरे मिलनेवाले यह नहीं जानते—और मेरे मिलनेवाले कानपुर में हैं भी तो नहीं—यह कोई नहीं जानता कि मैं क्या था; पर मैं जानता हूँ कि मैं पागल हो गया हूँ—देखो डरना नहीं, मैं तुम्हारा नुकसान नहीं करूँगा। मैं ऐसा पागल नहीं हूँ, जो किसी दूसरे का नुकसान करे, मैं अपना ही नुकसान कर रहा हूँ—अपने को ही मिटा रहा हूँ। हाँ, तो तुम मुझे पागल समझकर मेरी अनुचित बातों को क्षमा कर देना—करोगी न ?"—और रमेश के मुख पर एक करुण मुस्कराहट आ गई।

सरोज ने रमेश की बातें ध्यान से सुनीं, एक-एक शब्द समझने की उसने कोशिश की। बहुत कोमल स्वर में उसने पूछा—"आप अपने को पागल क्यों समझते हैं !"

"पागल हूँ, इसलिए अपने को पागल समझता हूँ। मैं गिर रहा हूँ, अपनी इच्छा से। यह जानते हुए भी कि उचित मार्ग कौन है, मैं अनुचित मार्ग पर चल रहा हूँ। कुछ क्षणों के लिए भले ही मैं अच्छी तरह से बातें कर लूँ—और उन कुछ क्षणों में आज के ये कुछ क्षण भी हैं, पर फिर वही पशुता मुझ पर अपना प्रभाव जमा लेती है।"

रमेश ने सरोज पर से आँखें हटा लीं—वह शून्य में देखने लगा। थोड़ी देर तक चुप रहने के बाद उसने फिर कहना आरम्भ किया—"मैं कहाँ जा रहा था और कहाँ चला आया हूँ—और वह भी अपनी इच्छा के प्रतिकूल। साफ देख रहा हूँ अपने छोड़े हुए वातावरण को, अपने उच्चादर्शों को, अपनी उच्च भावनाओं को और आज मैं कहाँ हूँ, नरक में—नरक में।"—कुछ रुककर उसने फिर कहा—"इस नरक से मैं क्यों नहीं निकल सकता—मैं स्वयं ही तो यहाँ आया हूँ, स्वयं ही निकल भी सकता हूँ।"—कहते-कहते रमेश खड़ा हुआ—और उसे ऐसा मालूम होने लगा, मानो उसके पैरों में प्राण ही नहीं हैं। वह बैठ गया, उसकी दृष्टि शून्य से हट गई; सरोज की ओर देखकर वह मुस्कराया—

"नहीं, कुछ नहीं हो सकता। मुझे यहीं रहना है—यहाँ से चल नहीं सकता; असम्भव है, असम्भव !"

सरोज ने रमेश का हाथ पकड़ लिया—और वह एकटक रमेश की ओर देखने लगी। रमेश ने इसका विरोध न किया, वह भी एकटक सरोज को देख रहा था। थोड़ी देर बाद रमेश ने कहा—"जानती हो मैं यहाँ क्यों आया हूँ ? आज तुम्हें बतला दूँ, मैं यहाँ वह चीज पाने आया हूँ, जिसका यहाँ पर कोई अस्तित्व ही नहीं है।"—रमेश मुस्कराया—"हाँ—सच कहता हूँ कि उस चीज का यहाँ पर कोई अस्तित्व नहीं है। फिर भी अपने विश्वास को ठुकराकर यहाँ आया हूँ—एक अन्धे तथा निर्बल व्यक्ति की भाँति, एक अनजान तथा सबल शक्ति से प्रेरित होकर।"

सरोज ने रमेश का एक भी शब्द नहीं समझा। उसने धीरे से कहा—"आप अजीब तरह की बातें करते हैं !"

रमेश जोर से हँस पड़ा—"बिलकुल साधारण बात है; पर शायद तुम इसे समझना नहीं चाहतीं और मैं भी तुम्हें इस बात को समझाकर तुम्हारा जी दुखाने का पाप लेने को तैयार नहीं हूँ।" कुछ देर तक चुप रहकर रमेश ने फिर कहा—"तुम्हारे यहाँ थोड़ी-सी शराब होगी ?"

"नहीं।"—शान्त भाव से सरोज ने उत्तर दिया।

"मँगवा सकती हो ?"

"नहीं !"

"तो फिर मुझे खुद जाना पड़ेगा। जाना तो नहीं चाहता था; पर मजबूरी है।"—कहते-कहते रमेश उठा। सरोज ने रमेश का हाथ पकड़ लिया—"नहीं, आप बैठिए। क्या शराब पीनी बहुत आवश्यक है ?"

"हाँ !"

"तो फिर मैं मँगवाए देती हूँ।"—इतना कहकर सरोज ने अपने नौकर को बुलाया।

नौकर रमेश से रुपया लेकर चला गया।

इसी समय ज़ीने का दरवाजा खुला, विनोद तथा बाँकेलाल ने कमरे में प्रवेश किया। विनोद ने कहा—"कहो जी रमेश ! हमलोग इधर से जा रहे थे, सोचा तुमसे मिलते चलें।"

रमेश खड़ा हुआ—"आओ भाई, खूब आ गए।"—और उसने दोनों को बिठलाया।

सरोज खिसककर कुछ थोड़ी दूरी पर बैठ गई, पर उसने विनोद तथा बाँकेलाल से एक शब्द भी न कहा। विनोद ने सरोज से कहा—"हमलोग आपके कमरे में आए—और आप चुप बैठी हैं !"

रमेश ने विनोद के कंधे पर हाथ रख दिया—"सरोज ! ये मेरे दोस्त विनोद बिहारी हैं, इन्हीं के साथ मैं आजकल रह रहा हूँ। और ये मिस्टर बाँकेलाल हैं, विनोद के बहुत बड़े मित्र हैं, लखपती आदमी हैं, कलकत्ते में रहते हैं। विनोद से मिलने आए हैं।"

बाँकेलाल तनकर बैठ गया, उसी प्रकार जिस प्रकार एक लखपती आदमी को गरीबों के बीच में बैठना चाहिए। उसका हाथ उसकी मूँछों पर पड़ा, मुख पर मुस्कराहट

दौड़ गई।

सरोज ने विनोद तथा बाँकेलाल को सलाम किया।

बाँकेलाल ने बात आरम्भ की—"आपका नाम तो मैंने बहुत सुना था, और आपका नियाज हासिल करने की भी बड़ी तबीयत थी। मेरे भाग्य हैं कि आज वह मौका मिल गया।"

सरोज के उत्तर की थोड़ी प्रतीक्षा करके जब बाँकेलाल ने देखा कि उसकी बात का तनिक भी असर सरोज पर नहीं पड़ा, तो उसने फिर कहा—"और मैं दावे के साथ कह सकता हूँ कि आप सुन्दरता की रानी हैं। बहुत कुछ घूमा-फिरा हूँ—बहुत कुछ देखा-सुना है, मेरी परख गलत नहीं होती।"

विनोद मुस्कराया—"आप अच्छे पारखी हैं—यह तो मैं बहुत दिनों से जानता हूँ।"

सरोज का नौकर शराब की बोतल लेकर लौट आया—रमेश ने बोतल ले ली—"सोडा की भी जरूरत पड़ेगी—मेरे दोस्त आ गए हैं।"—और नौकर सोडा ले आया।

बोतल खोली गई—रमेश ने पहला गिलास सरोज को दिया। सरोज ने कहा—"धन्यवाद ! मैं शराब नहीं पीती !"

"क्यों ?"—आश्चर्य से विनोद ने पूछा।

"नहीं पीती—अच्छी नहीं लगती।"

"अच्छी नहीं लगती ! यह तो आपने बड़ी मजेदार बात कही। आज पीकर तो देखिए !"—बाँकेलाल ने कहा।

"आप लोगों को पिए हुए देख लेना ही काफी है।"

"वेल सेड ! वेल सेड !"—रमेश हँस पड़ा—"नहीं, तुम मत पियो। इससे बची रहने पर मैं तुम्हें बधाई देता हूँ।"—इतना कहते-कहते उसने, जिस गिलास को सरोज ने वापस कर दिया था, उसे एक घूँट में खाली कर दिया।

"तो फिर तुम क्यों पीते हो ?"—बाँकेलाल ने पूछा।

"मैं क्यों पीता हूँ ?"—रमेश ने बाँकेलाल को तीव्र दृष्टि से देखा—"मैं इसलिए पीता हूँ कि मैं पीना चाहता हूँ—बस, इतनी-सी बात है।"

विनोद ने और बाँकेलाल ने भी गिलास खाली किए—सरोज चुपचाप सब कुछ देख रही थी। बोतल खाली हो गई। रमेश ने कहा—"इससे तो कुछ हुआ ही नहीं, एक बोतल और आवे तब काम चले।"

बाँकेलाल और सरोज दोनों ने ही आश्चर्य से रमेश को देखा। विनोद हँस पड़ा। बाँकेलाल से उसने कहा—"इसमें आश्चर्य की कोई बात नहीं है—रमेश की बराबरी का पीनेवाला मैंने अभी तक नहीं देखा।"

"रमेश बाबू, आप इतनी अधिक शराब क्यों पीते हैं ?"—सरोज ने पूछा।

रमेश ने सरोज को कुछ देर तक अनिमेष दृष्टि से देखा—"इसलिए कि मैं अपने को भूल सकूँ, अपनी बेहोशी में संसार को डुबा सकूँ।"

"अरे म्याँ, क्यों इतनी भावुकता दिखला रहे हो ?"—बाँकेलाल ने मुस्कराते हुए

कहा—"दुनिया में कौन अपने को भूलना चाहता है, कौन बेहोश होना चाहता है ?"—इस बार वह सरोज की ओर घूमा—"आप इनसे पूछिए कि ये क्यों बेहोश होना चाहते हैं ?"

रमेश ने उसी समय उत्तर दिया—"आप सरोज से यह प्रश्न पूछने को क्यों कह रहे हैं ? मुझसे ही पूछिए न ! मैं इसलिए बेहोश होना चाहता हूँ कि मैं आप ऐसे नरक के कीड़ों के साथ बिना किसी ग्लानि के विचर सकूँ—मैं खुद नरक का कीड़ा बन सकूँ।"

इस उत्तर से बाँकेलाल मर्माहत हो गया—उसका मुख तमतमा उठा। वैभव का पुत्र बाँकेलाल रमेश-जैसे आदमी से इस प्रकार की प्रशंसा सुनने का अभ्यस्त न था। उसका स्वर कर्कश हो उठा। उसने कहा—"मैं नरक का कीड़ा हूँ और आप देवता हैं ? विनोद के घर में पड़ा हुआ रोटी तोड़नेवाला भिखमंगा मुझे नरक का कीड़ा कह सकता है—बड़ी मजेदार बात है। क्यों जी विनोद !"

विनोद ने देखा कि मामला अधिक बढ़ गया है। वह रमेश को जानता था। उसने बाँकेलाल से कहा—"चलो भी, देखते नहीं वह नशे में बेहोश है !"

पर बाँकेलाल का पारा चढ़ चुका था। उसने कहा—"क्यों चलें ? अगर नशे में बेहोशी के माने ऊटपटाँग बकना है, तो आदमी इतनी शराब ही क्यों पिए ?"

बाँकेलाल की बात रमेश को तीर-सी लगी थी; थोड़ी देर तक वह उस पर सोचता ही रह गया। इसके बात उसने बाँकेलाल का हाथ पकड़कर कहा—"सुनिए जनाब, आप विनोद के मेहमान हैं और आप मेरे भी मेहमान हुए। विनोद आपको स्वयं बतलावेंगे कि इन्होंने मुझ पर कितना खर्च किया है। अभी-अभी जो शराब तुमने पी है, वह मेरे रुपयों की थी, विनोद के रुपयों की नहीं। पहली बार मैंने तुम्हें क्षमा किया, लेकिन अगर अब तुमने इस प्रकार की कोई बात की, तो तुम्हारा गला मरोड़ दूँगा।"

जितनी शान्तिपूर्वक यह बात कही गई थी, ठीक इसके विपरीत उस बात का असर हुआ। विनोद इस बात को सुनते ही सिहर उठा। उसने रमेश के कान में कहा—"भाई इन्हें क्षमा करो—इस झगड़े को यहीं पर शान्त कर दो।"—फिर उसने बाँकेलाल का हाथ पकड़कर कहा—"चलो बाँकेलाल ! दूसरी जगह भी तो चलना है !"

"नहीं जाता, आज यहीं रहूँगा।"—बाँकेलाल ने तेजी के साथ कहा।

रमेश उठ खड़ा हुआ—"अच्छा तो मैं जा रहा हूँ—विनोद, तुम लोग बैठो।"

बाँकेलाल ने विनोद की ओर देखा—"तुम क्यों इनके साथ नहीं चले जाते ? ये होश में नहीं हैं।"

विनोद भी उठ खड़ा हुआ—दोनों ही साथ-साथ वहाँ से चल दिए।

सरोज बाँकेलाल के साथ अकेली रह गई। थोड़ी देर तक दोनों ही मौन बैठे रहे; अन्त में बाँकेलाल ने कहा—"बड़ा असभ्य आदमी है !"

"कौन ?"—सरोज ने सतर्क होकर पूछा।

"रमेश, और कौन !"

"शायद !"—और सरोज चुप हो गई।

"शायद क्यों ?"

"सभी आदमी सभ्य हैं बाबू साहब—और सभ्यता मेरे खयाल से ढोंग का दूसरा नाम है। अगर ऐसी बात है, तो रमेश बाबू जरूर असभ्य हैं, क्योंकि वे ढोंगी नहीं हैं।"

बाँकेलाल मुस्कराया—"आप ठीक कहती हैं, लेकिन दुनिया में ढोंग की भी जरूरत है।"

सरोज उठ खड़ी हुई। बाँकेलाल ने कहा—"आज मैं यहीं रहना चाहता हूँ।"

सरोज ने बाँकेलाल की ओर से अपनी आँखें हटाकर उत्तर दिया—"माफी चाहती हूँ बाबू साहब, आज मेरी तबीयत ठीक नहीं है।"

[6]

सड़क पर आकर विनोद ने रमेश से कहा—"मैं परमा के यहाँ जा रहा हूँ, चलो चलते हो ?"

"नहीं, घर जाकर मैं सोऊँगा।"

"देखो, मेरा इन्तजार तुम मत करना और न बाँके बाबू का ही इन्तजार करना। बाँके बाबू आज सरोज के यहाँ रहेंगे।"—विनोद यह कहकर आगे बढ़ गया।

रमेश सरोज का नाम सुनकर चौंक पड़ा; पर उसने विनोद से कुछ कहा नहीं। थोड़ी देर तक वह विनोद को देखता रहा, और जब विनोद उसकी दृष्टि से ओझल हो गया, वह लौटा—सरोज के घर की ओर।

"बाँकेलाल सरोज के यहाँ रहेगा।"—यह बात रमेश के लिए असह्य थी।

सरोज उस समय लेटी हुई थी, रमेश की आवाज सुनते ही वह उठ खड़ी हुई। रमेश की आँखें बाँकेलाल को ढूँढ़ रही थीं। उसने सरोज से पूछा—"बाँकेबाबू कहाँ हैं ?"

"मेरी तबीयत ठीक नहीं थी, इसलिए वे चले गए।"

"अरे ! तुम्हारी तबीयत ठीक नहीं है, तो सोओ जाकर; मैं भी जा रहा हूँ।"—यह कहकर रमेश घूमा।

सरोज ने रमेश का हाथ पकड़ लिया। मुस्कराते हुए उसने कहा—"नहीं, अब तबीयत ठीक हो गई है। बैठिए, आपके आने से ही तो तबीयत ठीक हुई है।"

रमेश ने आश्चर्य से सरोज को देखा—"क्या कहा ? मेरे आने से ही तुम्हारी तबीयत ठीक हुई—इस बात को पहले भी सुन चुका हूँ—एक बार नहीं, अनेकों बार !"—रमेश मुस्कराया—"लेकिन अब धोखा नहीं खा सकता, सरोजदेवी, मनुष्य एक बार ही धोखा खाता है !"

सरोज ने करुण नेत्रों से रमेश को देखा—"मैं आपको धोखा नहीं दे रही हूँ !"

रमेश ने जोर से सरोज का हाथ पकड़ लिया—"चुप रहो ! एक झूठ को छिपाने के लिए दूसरे झूठ का आश्रय लेना—यह बहुत बड़ा पाप है।"

सरोज डर गई। उसने कहा—"आप मेरा हाथ छोड़ दीजिए !"

रमेश ने अपने हाथ का बन्धन कस लिया—"हाँ ! हाँ ! अब कहो कि कैसी तबीयत ठीक हुई है। मनुष्यता को ठुकरानेवाली स्त्री, तुझे पशुता ही झुका सकती है।"

सरोज दर्द से कराह उठी। वह रोई नहीं, केवल दर्द से कराह उठी। रमेश ने उसका हाथ छोड़ दिया—"कहिए ! बैठूँ ? अब भी आप कह सकती हैं बैठो ?"—और रमेश चलने के लिए घूमा।

सरोज ने कुछ कहा नहीं, केवल उसका हाथ रमेश के कोट के पीछे के हिस्से में जकड़ गया। रमेश पीछे घूमा—सरोज रमेश का कोट पकड़े ही रही। थोड़ी देर तक दोनों ने एकटक एक-दूसरे को देखा, फिर रमेश ने कहा—"अच्छा, बैठूँगा। लेकिन मुझे प्यास लगी है।"

सरोज ने रमेश का हाथ पकड़कर कहा—"आप इतनी अधिक शराब न पिया कीजिए !"

"चुप रहो ! जब तुम्हारी राय मैं चाहूँ, तभी अपनी राय देना। मुझे प्यास लगी है, मैं केवल इतना जानता हूँ।"

सरोज ने रमेश का हाथ छोड़ दिया, उसकी आँखों में आँसू भर आए। रमेश ने सरोज को देखा और वह जोर से हँस पड़ा। उसने बैठते हुए कहा—"मुझे प्यास लगी है, मैं सिर्फ इतना जानता हूँ। अगर तुम मँगवा सकती हो तो ठीक है, नहीं तो मुझे खुद जाना पड़ेगा।"

और रमेश ने उस रात इतनी शराब पी कि वह बेहोश हो गया।

सुबह जब रमेश उठा, उसके मस्तक में दर्द हो रहा था। सरोज की आँखें लाल थीं, ऐसा मालूम होता था कि वह रात-भर रोती रही है। रमेश के पैताने वह सिर झुकाए बैठी थी, और वह कुछ सोच रही थी।

"पानी !"—रमेश ने आँख खोलते ही कहा।

सरोज ने अपने हाथ से रमेश को पानी दिया।

रमेश ने पानी का गिलास खाली कर दिया। उसने गिलास सरोज के आगे बढ़ाया—सरोज ने गिलास पकड़ लिया, रमेश ने उसे छोड़ा नहीं। दोनों की आँखें मिल गईं, और थोड़ी देर तक मिली रहीं। रमेश एकाएक कह उठा—"सरोज, सच कहना क्या तुम वास्तव में वेश्या हो ?"

इस प्रश्न को सुनते ही सरोज की आँखों में आँसू भर आए—अपने उमड़ते हुए रुदन को उसने प्रयत्न करके एक कर्कश हँसी में परिणत कर दिया।

उसने कोई उत्तर न दिया।

रमेश ने गिलास छोड़ दिया। इस बार, उसने सरोज का हाथ पकड़ लिया। उसने सरोज को अपने पास खींच लिया, कोमल स्वर में उसने कहा—"क्यों सरोज, तुम्हारी

आँखें क्यों लाल हैं ?"

सरोज फूट पड़ी। हिचकियाँ लेते हुए उसने कहा—"बतलाओ, तुम्हारी ऐसी हालत क्यों है ? तुम जान-बूझकर क्यों अपने को मिटाते जा रहे हो ?"

रमेश के मुख पर पीड़ा की कुछ अस्पष्ट रेखाएँ आईं और आते ही निकल गईं। शान्त भाव से उसने कहा—"सरोज, आदमी न अपने को मिटा सकता है और न बना सकता है। मिटानेवाला और बनानेवाला कोई दूसरा ही है।"

सरोज कुछ देर तक इस बात का उत्तर सोचती रही। उसने थोड़ी देर तक इस बात को समझने का प्रयत्न किया। अन्त में उसने कहा—"तुम इतना शराब न पिया करो !"

रमेश ने मुँह बनाते हुए कहा—"मेरे शराब पीने से दुनिया का क्या बिगड़ता है ?"

सरोज ने रमेश का हाथ पकड़ लिया—"मेरी दुनिया बिगड़ती है !"

रमेश जोर से हँस पड़ा—"सरोजदेवी, मुझे धोखा देने की कोशिश करना बेकार है। दुनिया में हर एक आदमी अपने सुख-दुख को देखता है, मुझे शराब पीने में सुख मिलता है, इसलिए शराब पीता हूँ। बस, इतनी-सी बात है। समझी !"

रमेश उठ खड़ा हुआ, वह कमरे में टहलने लगा। उसके सिर का दर्द कम हो गया था, उसे संसार पर फिर से कुछ अनुरक्ति हो आई थी। प्रयाग छोड़े हुए उसे छह महीने हो गए थे, उन छह महीनों भर वह सोच रहा था। टहलता हुआ वह सरोज के सामने रुका,—"सरोज ! देखो, मेरी बातों पर बुरा न मानना। मैं पागल हूँ।"

सरोज एकटक रमेश को देख रही थी।

"मेरे पिछले छह महीने भयानक थे। मैं डूब रहा था—तिल-तिल, और मुझे बचने का सहारा न मिल रहा था। और अब—अब तो सहारा भी मुझे नहीं बचा सकता। मेरे हाथ-पैर ढीले पड़ गए हैं, मेरी सारी शक्तियाँ लोप हो गई हैं, शायद मैं डूब चुका हूँ।"

सरोज की आँखों में आँसू छलक आए थे।

"अरे ! तुम्हारी आँखें क्यों भर आईं ! मैं सच कहता हूँ कि अपने दुख से मैंने तुम्हें दुखी बनाना कभी नहीं चाहा सरोज, हँसना सीखो; जिन्दगी में रोना बेकार है। जो कुछ मिलता है, उसे हँसते हुए स्वीकार करो ! और देखो..."—रमेश एकाएक रुक गया, सरोज जोर से रो पड़ी थी।

रमेश सरोज के पास बैठ गया। सरोज का हाथ अपने हाथ में लेते हुए उसने कहा—"अच्छा, अब मत रोओ। मैं वैसी बातें न करूँगा। हाँ, एक बात तो बतलाओ, तुमने पढ़ना क्यों छोड़ दिया ?"

सरोज ने भरसक अपने रुदन को दबाया। उसने केवल इतना कहा—"माँ ने छुड़वा दिया।"

"तुम्हारी माँ ने तुम्हें इतना पढ़ाया क्यों; और जब इतना पढ़ाया, तो छुड़वा क्यों दिया ?"

सरोज सुव्यवस्थित हो गई।

"क्या करोगे जानकर कि माँ ने क्यों पढ़ाया ?"

"क्यों ? क्या मुझे बतलाने में कुछ हर्ज है ?"

"नहीं, तुम्हें तो अपनी कोई भी बात निःसंकोच बतला सकती हूँ; पर जानकर ही क्या करोगे ?"

रमेश ने मुस्कराते हुए कहा—"आदमी न जाने कितनी बेकार बातें जानने को उत्सुक रहता है—मैं भी आदमी हूँ।"

"तो फिर सुनो, मेरी माँ मुझे पढ़ाकर मेरा विवाह करना चाहती थीं।"

रमेश हँस पड़ा—"तो फिर तुम्हारी माँ बेवकूफ थीं।"

सरोज ने रमेश के मुख पर हाथ रखते हुए कहा—"देखो, मुझे सबकुछ कह लो, लेकिन मेरी माँ को कुछ मत कहो—वह देवी थीं।"

रमेश ने फिर पूछा—"और उन्होंने पढ़ना क्यों छुड़वा दिया ?"

"इसलिए कि मैं वेश्या की पुत्री थी और मुझसे विवाह करने को कोई तैयार न था। माँ न देखा कि मुझे वेश्यावृत्ति ही करनी पड़ेगी, और वेश्यावृत्ति के लिए फिर उन्होंने पढ़ने की आवश्यकता नहीं समझी।"

"ऐसी बात है !"—रमेश चुप हो गया। थोड़ी देर तक वह सोचता रहा, फिर उसने कहा—"सरोजदेवी, जब तुमसे पढ़ना छुड़वाया गया, तब तुम्हें बुरा लगा था या नहीं ?"

"हाँ, बुरा जरूर लगा, और उसके बाद बहुत दिनों तक मुझे अच्छा नहीं लगा।"

"एक बात और पूछूँगा, सच-सच बतलाना।"

"पूछिए !"

"वेश्यावृत्ति स्वीकार करना क्या तुम्हें बुरा लगा ?"

सरोज का स्वर करुण हो गया—"बुरा क्या ! रमेश बाबू ! मैं न जाने कितना रोई हूँ—न जाने कितना तड़पी हूँ। लेकिन क्या करती जो कुछ भगवान ने दिया, वह लेना ही पड़ा। मैं सच कहती हूँ कि मेरी माँ भी बहुत दुखी हुईं। इसी दुख में वह घुल-घुलकर मर गई। लेकिन होता क्या है ? धीरे-धीरे मैं इसकी आदी हो गई।"

रमेश ने सरोज का हाथ पकड़ते हुए कहा—"सरोज, अब भी तुम्हारी कभी पढ़ने की इच्छा होती है ?"

सरोज ने रमेश को देखा—बड़े ध्यान से। उसकी आँखें चमक उठीं, प्रसन्नता की हलकी-सी रेखा उसके ओठों पर आई। उसने पूछा—"रमेश बाबू ! अगर आप मुझे पढ़ा दें, तो मैं आपका जिन्दगी-भर एहसान मानूँगी।"

"अगर तुम पढ़ना चाहो, तो मुझे पढ़ाने में खुशी ही होगी ?"

"तो फिर कल से आप मुझे पढ़ाना आरम्भ कर दें।"

"अच्छा ! लेकिन किताबें ?"

"यह तो आपका काम है कि आप मेरे लिए किताबें चुन दें।"

"अच्छी बात है, तो कल किताबें ले आऊँगा।"

"अगर आपके साथ किताबें लेने के लिए मैं भी चलूँ, तो इसमें आपको कुछ बुरा न लगेगा ?"

"नहीं, मुझे बुरा क्यों लगेगा ?"

"क्योंकि मैं वेश्या हूँ। वेश्या के साथ निकलते हुए लोगों को शरम आती है।"

रमेश मुस्कराया—"सरोजदेवी, शरम कायर को मालूम होती है, वीर को नहीं। वीर जो कुछ करता है, वह खुलकर करता है। छिपना कायरता है, पाप है।"

सरोज ने रमेश को कुछ देर तक देखा, फिर कुछ देर तक उसने कुछ सोचा। उसके बाद उसने धीरे से कहा—"नहीं, मैं आपके साथ न चलूँगी। आप ही ले आइएगा।"

"क्यों ? चलोगी क्यों नहीं ?"

"अपना हित-अहित आप नहीं सोचते—आप उसकी परवाह भी नहीं करते; लेकिन मैं अपने कारण आपका कुछ भी अहित न होने दूँगी।"

रमेश उठ खड़ा हुआ। उसने घड़ी देखी, दस बज चुके थे। वह अपने कपड़े पहनने लगा।

सरोज ने पूछा—"क्या आप जा रहे हैं ?"

"हाँ !"—कहते हुए रमेश ने अपना पर्स निकाला।

पर्स को देखते ही सरोज पीछे हट गई—"मेरी किताबें तो आपको लानी हैं ?"

रमेश जिस समय लौटा, उस समय बाँकेलाल में और विनोद में रमेश के सम्बन्ध में कहा-सुनी हो रही थी। उसने विनोद के ये शब्द सुने—"बाँके बाबू ! रमेश मनुष्य है, उसके पतन में भी उसका स्वाभिमान है, उसकी अहमन्यता है। आप इस समय क्रोध में हैं, यदि शान्तिपूर्वक आप उस पर विचार करेंगे, तो आप उसका आदर करेंगे, आपको उस पर दया आएगी।"

रमेश को देखते ही विनोद कह उठा—"लो रमेश बाबू स्वयं आ गए। रमेश, बाँकेबाबू का कहना है कि कल रात तुमने उनका अपमान किया है। वे तुमसे बुरा मान गए हैं।"

रमेश बाँकेलाल से बोला—"बाँके बाबू, क्या मैंने कल वास्तव में तुम्हारा अपमान किया है ?"

बाँकेलाल का क्रोध और भी भड़क उठा—"इस तरह की बातें करके तुम इस समय भी मेरा अपमान कर रहे हो।"

रमेश ने बाँकेलाल के कंधे पर हाथ रख दिया। बहुत गम्भीरतापूर्ववक उसने कहा—बाँके बाबू, कल मैं आदमी नहीं था। उस समय मैं पशु था, पशु से भी गया-बीता था; इसलिए मैं प्रार्थना करता हूँ कि मुझे कल के व्यवहार के लिए तुम क्षमा कर दो—मैं माफी माँगता हूँ।"

बाँकेलाल ने व्यंग्यात्मक मुस्कराहट के साथ कहा—"पहले जूते मारना और फिर माफी माँगना यही अंग्रेजी सभ्यता है; लेकिन जनाब मैं अंग्रेजी सभ्यता का जरा भी कायल नहीं हूँ।"

रमेश वहाँ से हट गया, आलमारी खोलकर उसने शराब की बोतल निकाली। विनोद ने कहा—"बाँके बाबू, रमेश ने अपना कर्तव्य माफी माँगकर पूरा कर दिया है, अब

तुम्हारा कर्तव्य है कि तुम उसे क्षमा कर दो।" बाँकेलाल मौन रहा।

विनोद वहाँ से चल दिया—रमेश के पास आकर वह रुका—"क्यों जी, रात-भर तुम कहाँ रहे ?"

गिलास में शराब उँड़ेलते हुए रमेश ने उत्तर दिया—"सरोज के यहाँ।"

विनोद हँस पड़ा। बाँकेलाल से पुकारकर उसने कहा—"बाँके बाबू ! तुम तो कहते थे कि सरोज की तबीयत ठीक नहीं थी। रमेश तो रात-भर वहीं रहा।"

इस सूचना को पाकर और विनोद की हँसी सुनकर बाँकेलाल को बुरा लगा। उसने रूखे स्वर में कहा—"रमेश झूठ कहता है।"

रमेश लड़ने के लिए तैयार न था, उसने केवल इतना कहा—"मेरे सच-झूठ का निर्णय आप लोग कल सरोज के यहाँ मेरे साथ चलकर कर सकते हैं।"

इस बार बाँकेलाल ने कहा—"सरोज बदतमीज रंडी है, उसके यहाँ जाने की मैं कोई जरूरत नहीं समझता !"

रमेश हँस पड़ा—"अंगूर खट्टे हैं, बाँके बाबू ! है न ऐसी बात विनोद !"—विनोद भी जोर से हँस पड़ा।

सन्ध्या के समय रमेश अकेला बाजार गया। वहाँ उसने किताबें खरीदीं। रात के समय वह फिर सरोज के यहाँ गया। सरोज का द्वार बन्द था। रमेश के आवाज देने पर सरोज ने खुद दरवाजा खोला—किताबें देखकर वह एक बालिका की भाँति उन पर झपट पड़ी, किताबें उसने रमेश से छीन लीं।

शुरू से आखीर तक किताबें देखकर सरोज ने कहा—"रमेश बाबू मुझे उम्मीद न थी कि इतनी जल्दी आप किताबें ले आएँगे।"

सरोज को देखकर रमेश को भी प्रसन्नता हुई। उसने कहा—"शुभस्य शीघ्रम्—अच्छा काम तो उसी समय आरम्भ कर देना चाहिए। किताबें मेरे घर में रक्खी रहतीं, इसी से इन्हें देने चला आया था।"

"तो फिर आज से ही आप मुझे पढ़ाना भी शुरू कर दें !"

."आज से क्यों, यह समय तो तुम्हारे व्यवसाय का है !"

"मेरे व्यवसाय की आप चिन्ता न करें !"—यह कहकर सरोज वहाँ से उठकर अन्दर चली गई। वह व्हिस्की की बोतल और गिलास लिए हुए वापस आई।

रमेश ने पूछा—"तुम्हारे यहाँ यह बोतल कैसे निकली ?"

"आपको बिना इसके तकलीफ होती है, इसलिए आपके लिए ही मँगाकर रख ली है।"

रमेश ने शराब पीते हुए कहा—"सरोज, तुम इतनी अच्छी क्यों हो ? देखो, दुनिया में अच्छा होना बुराई है।"

सरोज चुप रही।

रमेश सरोज की ओर थोड़ी देर तक ध्यान से देखता रहा, उसका मस्तिष्क एकाएक तेजी से काम करने लगा था। फिर उसने कहना आरम्भ किया—"सरोज, सच कहता

हूँ कि दुनिया में अच्छा होना ही बुरा है। तुम दूसरे की भलाई क्यों करती हो ? अपने किसी स्वार्थ के लिए। तुम्हारा वह स्वार्थ क्या है ? तुममें कौन-सी पैशाचिक भावना काम कर रही है, यह तुम अपने सद्व्यवहारों से, अपने मीठेपन से, अपने ढोंग से छिपा लेती हो।''—रमेश ने सरोज का हाथ जोर से पकड़ लिया—''बोलो सरोज, तुम मुझसे क्या चाहती हो ? अपने इस जाल में मुझे क्यों फँसा रही हो ? अपनी मोहिनी का प्रयोग मुझ पर क्यों कर रही हो ? मैं तुमसे सच कहता हूँ कि मैं अमीर नहीं हूँ। मेरे ये अच्छे कपड़े मेरे एक मित्र-द्वारा दिए हुए हैं। मेरे रुपये भी मेरे नहीं हैं, उसी मित्र ने मुझे दिए हैं। तुम मुझसे रुपये नहीं लेतीं, क्यों ? किस जायदाद के फिराक में हो ? मेरे पास कोई जायदाद नहीं है, मैं भिखारी हूँ। तुमसे कह रहा हूँ कि मेरे पास जो कुछ है, वह ले लो, अधिक की आशा मत करो।''—इतना कहते-कहते रमेश ने अपना पर्स निकाला—''तुमने शराब मँगवाई—उसका दाम ले लो, मैं तुम्हारे यहाँ आता हूँ—उसके रुपये ले लो। और आगे से फिर मुझसे आशा न करो। सरोज रानी, तुम छल-कपट सबकुछ कर सकती हो, क्योंकि तुम स्त्री हो और स्त्री होने के साथ-साथ वेश्या हो; पर मैं ईमानदारी का ही व्यवहार करूँगा—मैं पुरुष हूँ। समझीं !''

सरोज की आँखें भर आईं। उसने धीरे से काँपते हुए स्वर में कहा—''रमेश बाबू, आप कैसी बातें कर रहे हैं ?''

रमेश जोर से हँस पड़ा—''कैसी बातें कर रहा हूँ—बड़ी तथ्य की बातें हैं। अप्रिय होते हुए भी मैंने जो कुछ कहा, वह सत्य है। सरोजदेवी, सत्य लोगों को जरा **कम** बर्दास्त होता है।''

रमेश ने इस समय तक आधी बोतल खाली कर दी थी। सरोज ने बोतल रमेश के सामने से हटा ली—''अब बस करो !''

''क्यों ?''—रमेश की आँखें अंगार की तरह लाल थीं।

''बहुत पी चुके—पीने की भी एक हद होती है !''

रमेश ने नोटों का एक बंडल सरोज के सामने फेंकते हुए कहा—''बोतल मुझे दे दो, मैं अपनी पीता हूँ।''

सरोज वैसी ही बैठी रही। दृढ़तापूर्वक उसने कहा—''मुझे तुम्हारे रुपये नहीं चाहिए, मुझे तुम्हारी मनुष्यता चाहिए।''

रमेश क्रोध से पागल हो गया। उसने सरोज को धक्का दिया और सरोज के हाथ से बोतल छीनने का प्रयत्न किया। सरोज अपनी सारी शक्ति के साथ बोतल पकड़े बैठी थी। छीना-झपटी में बोतल फूट गई और काँच का एक टुकड़ा सरोज के हाथ में घुस गया। सरोज के हाथ से खून बहने लगा, वह दर्द से कराह उठी।

बोतल फूट जाने पर रमेश को बहुत क्रोध आया। उसने सरोज को मारना आरम्भ कर दिया। एकाएक उसने खून देखा। वह यह कहते हुए रुक गया—''अरे !''

सरोज रो न रही थी—वह चुपचाप बैठी थी। उसके हाथ से खून बह रहा था, बीच-बीच में वह दर्द से कराह भी उठती थी। रमेश ने उसी समय नौकरानी को बुलाया,

पानी मँगाकर उसने अपने हाथों सरोज के हाथ का घाव धोया। इसके बाद अपना रूमाल उस पर बाँध दिया।

यह सब करने के बाद रमेश ने उठते हुए सरोज से कहा—"सरोज, मैं पशु हूँ। मैं जा रहा हूँ।"

सरोज ने दूसरे हाथ से रमेश का हाथ पकड़ लिया—"नहीं, मैं तुम्हें अभी न जाने दूँगी।"

रमेश ने पूछा—"क्या कहा ?"

"यही कि मैं तुम्हें अभी न जाने दूँगी।"

[7]

दुनिया जिस रफ्तार से चल रही थी, उसी रफ्तार से चलती रही; पर रमेश के जीवन का कार्यक्रम बदल गया। उसका अधिकांश समय अब सरोज के साथ ही बीतता था। सुबह वह सरोज को पढ़ाता था, दोपहर-भर वह अपने घर में रहता था और स्वयं पढ़ा करता था। सन्ध्या के समय वह नशे में बेहोश होकर फिर सरोज के यहाँ पहुँच जाया करता था।

सरोज के जीवन में रमेश के आने से एक महान परिवर्तन हो गया था। पहले उसे रमेश पर दया आई, फिर वह उसकी प्रतिभा से प्रभावित हुई और उसके बाद वह उससे प्रेम करने लगी। सरोज की माँ ने सरोज के लिए बहुत बड़ी सम्पत्ति छोड़ दी थी। सरोज ने अपना व्यवसाय छोड़ दिया; पर फिर भी वह वेश्या थी, वेश्याओं के मुहल्ले में रहती थी।

इस प्रकार तीन महीने बीत गए। जाड़ा समाप्त हो गया था। उस दिन रमेश सरोज को पढ़ा रहा था। पढ़ते-पढ़ते सरोज रुक गई। वह रमेश को देखने लगी।

"क्यों, पढ़ना क्यों बन्द कर दिया ?"—रमेश ने पूछा।

"एक बात कहनी है। मानोगे ?"

"अगर मानने लायक बात होगी, तो जरूर मानूँगा !"

सरोज कुछ देर तक सोचती रही। उसकी समझ में न आ रहा था कि किस प्रकार बात आरम्भ की जाए। अन्त में लड़खड़ाते हुए स्वर में उसने कहा—"रमेश बाबू मैं वेश्यावृत्ति छोड़ना चाहती हूँ।"

"क्या ?"—आश्चर्य से रमेश ने पूछा।

"इसलिए कि मैं तुमसे प्रेम करती हूँ।"—इतना कहते-कहते उसने अपने दोनों हाथ रमेश के गले में डाल दिए।

रमेश हँस पड़ा, उसके मुख पर की कोमल रेखाएँ लोप हो गईं। उसने कहा—"क्या

कहा ?—तुम मुझसे प्रेम करती हो ? मैंने कौन-सा ऐसा पाप किया है सरोजदेवी !"

इस उत्तर से सरोज अवाक् रह गई। वह रमेश को एकटक देखने लगी।

रमेश के जीवन की कटुता एक भयानक तथा कर्कश व्यंग्य बनकर उबल पड़ी—"प्रेम ! सरोज ! दुनिया में प्रेम है कहाँ ? जो कुछ है वह पैसा है। पैसा सबकुछ खरीद सकता है—मनुष्य की आत्मा तक। तुम क्यों झूठ बोलती हो ? तुम मेरा पैसा चाहती हो, वह मैं तुम्हें दे रहा हूँ। मैं तुम्हें अधिक नहीं दे सकता, यह मैं तुमसे पहले ही कह चुका हूँ। फिर दूसरों से लो—जहाँ तक बने, दूसरों से रुपया छीनो। रुपया ही शक्ति है, रुपया ही मुक्ति है। और प्रेम ढकोसला है। सरोजदेवी मैं तुम्हारा भला चाहता हूँ, इसी से यह कहता हूँ।"

सरोज रोने लगी। उसने कहा—"मुझे कुछ नहीं चाहिए, मुझे प्रेम चाहिए—तुम्हारा प्रेम चाहिए रमेश ! चलो, यहाँ से दूर चलकर हम दोनों साथ-साथ रहें, पति-पत्नी के समान। मैं तुमसे विवाह करने को नहीं कहती। साथ रहने में क्या कोई हर्ज हैं ?"

"क्यों पागलपन की बातें करती हो, क्षणिक आवेश में क्यों अहित करने पर तैयार हो ?"

"मैं तुम्हारे हाथ जोड़ती हूँ, तुम्हारे पैर छूती हूँ। मुझे तुम्हारा रुपया नहीं चाहिए, मुझे तुम्हारी जरूरत है। तुम मुझे अपने पैरों पर रखो, मुझसे अलग न होओ।"

रमेश उठ खड़ा हुआ। उसने रूखे स्वर में कहा—"सरोज तुम होश में नहीं हो। मैं अभी जाता हूँ"—यह कहकर वह चला गया। सरोज रमेश के जाते ही फूट-फूटकर रो पड़ी। उस दिन दिन-भर सरोज ने खाना नहीं खाया।

रमेश घर पहुँचा, विनोद उस समय एक पत्र पढ़ रहा था। रमेश को देखते ही वह कह उठा—"रमेश, बाँके बाबू का पत्र आया है। उन्होंने तुम्हें नमस्कार लिखा है।"

रमेश ने विनोद की बात पर ध्यान न दिया, वह अपने विचारों में इतना मग्न था।

विनोद ने फिर कहा—"अरे, आज शाम की डाक से तो बाँके बाबू यहीं आ रहे हैं।"

"ऐसी बात है !"—रमेश ने साधारण ढंग से कहा।

"हाँ, उनको रिसीव करने के लिए स्टेशन जाना पड़ेगा। मेरे साथ चलोगे न ?"

"चला चलूँगा"—अन्यमनस्क भाव से रमेश ने कह दिया।

दो बजे दोपहर के विनोद ने रमेश को जगाया। रमेश ने कपड़े पहने और वह विनोद के साथ स्टेशन पर गया। प्लेटफार्म-टिकट खरीदकर दोनों प्लेटफार्म पर गए। गाड़ी आने में प्रायः आध घंटे की देर थी। दोनों प्लेटफार्म पर टहलने लगे। उसी समय श्यामबिहारी ने विनोद के कंधे पर हाथ रखा।

विनोद ने चौंककर पीछे देखा और वैसे ही उसने कहा—"कहो जी लोफर, बहुत दिनों बाद मिले !"

रमेश भी रुक गया। श्यामबिहारी ने रमेश को सलाम किया। रमेश ने सलाम का उत्तर दे दिया। श्यामबिहारी ने विनोद का हाथ पकड़कर कहा—"चलो रिफ्रेशमेंट-रूम

में बैठकर बातें होंगी।''—उसने रमेश से कहा—''मिस्टर रमेश, आप भी चलिए न !''

तीनों रिफ्रेशमेंट-रूम में गए। श्यामबिहारी ने तीन गिलास बियर के मँगवाए—''कहो, कैसे आए ?''—उसने विनोद से पूछा।

''बाँके बाबू इसी गाड़ी से आ रहे हैं, उनको रिसीव करने आए हैं !''

''बाँके बाबू इसी गाड़ी से आ रहे हैं ? यह तो तुमने अच्छी खबर सुनाई। उनसे मिले तो मुद्दतें बीत गईं !''

विनोद ने कहा—''और तुम्हारे क्या हाल हैं, इधर बहुत दिनों से दिखलाई नहीं पड़े ?''

श्यामबिहारी का मुँह उतर गया। उसने कहा—''क्या बतलाऊँ, मुसीबतों में पड़ा रहा।''

''कैसी मुसीबतें ?''—रमेश ने पूछा।

''क्या बतलाऊँ, स्टेशन मास्टर ने तुम्हारे मामले में मेरी रिपोर्ट कर दी है, मुझसे जवाब तलब हुआ है।''

''तो फिर क्या हो ?''—रमेश ने पूछा।

''अगर तुम अपना बयान दे दो और उसमें मेरी शिकायत का प्रतिवाद कर दो, तो अच्छा हो।''

रमेश दयार्द्र हो गया। उसने कहा—''अच्छा मैं लिख दूँगा।''

''तो फिर चलो !''

तीनों आदमी उठकर ऑफिस में गए—श्यामबिहारी ने कागज, कलम और दावात रमेश के सामने रख दिए। रमेश ने जो कुछ श्यामबिहारी ने लिखवाया, लिख दिया। उसके बाद तीनों प्लेटफार्म पर आ गए।

जैसे ही ये लोग प्लेटफार्म पर आए, वैसे ही गाड़ी आ गई। इंटर क्लास में बाँकेलाल था। बाँकेलाल तीनों से मिला। उसके बाद कुली से उसका असबाब उतरवाया गया।

कुली को असबाब तकवाकर सबलोग फिर रिफ्रेशमेंट-रूम में गए। श्यामबिहारी बहुत प्रसन्न था। उसने ब्वाय को बुलाकर कहा—''चार गिलास बियर !''

बाँकेलाल बोल उठा—''नहीं चार गिलास ह्विस्की और सोडा।''

रमेश ने संशोधन किया—''एक बोतल जानीवाकर, सोडे की बोतलें तथा बरफ।''

उस समय विनोद, बाँकेलाल तथा श्यामबिहारी ने एक-एक पेग पिए; बाकी रमेश ने पी। इसके बाद सबलोग विनोद के घर पहुँचे। वहाँ पहुँचकर बाँकेलाल ने मुँह-हाथ धोया तथा कपड़े बदले।

सन्ध्या के समय विनोद ने कहा—''चलो घूमने चलते हो ?''

''हाँ''—सबों ने एक साथ उत्तर दिया।

''कहाँ चला जाए ?''—विनोद ने पूछा।

बाँकेलाल ने मुस्कराते हुए कहा—''सरोज के यहाँ !''

''सरोज के यहाँ ?—आश्चर्य से विनोद ने पूछा।

"हाँ, जानते नहीं कि रमेश बाबू की यह खास जगह है ?"—इस बार वह रमेश की ओर घूमा—"क्यों रमेश, सरोज के यहाँ अब भी तुम्हारी बैठक रहती है या नहीं ?"

विनोद ने मुस्कराते हुए कहा—"भाई, कुछ न पूछो, अब तो दिन-रात ये सरोज के ही यहाँ रहते हैं ?"

"तो फिर रमेश बाबू, आज वहीं रहे, तुम्हें कोई आपत्ति तो नहीं है ?"

रमेश ने कहा—"आपत्ति कैसी, चलो न !"

पार्टी सरोज के यहाँ पहुँची।

सरोज दिन-भर बहुत उदास थी। दिन-भर वह रमेश के व्यवहार पर रोती रही। उसे तनिक भी आशा न थी कि रमेश उसके यहाँ शाम को आएगा। उसने न कपड़े बदले थे, न अपना शृंगार किया था।

रमेश का स्वर सुनते ही दौड़कर उसने किवाड़ खोले; पर जैसे उसने यह जमघट देखा, वह चुपके लौट आई। चारों आदमी फर्श पर बैठ गए।

बातें बाँकेलाल ने शुरू कीं—"सरोज रानी के बहुत दिनों बाद दर्शन हुए; लेकिन आज आप उदास दिखलाई देती हैं।"

रमेश बोल उठा—"आज सुबह मुझ पर नाराज हो गई हैं।"

"नहीं ऐसी बात नहीं है, आज मेरी तबीयत कुछ ठीक नहीं है !"

श्यामबिहारी बड़े ध्यान से तथा बड़ी तन्मयता के साथ सरोज को देख रहा था। जिस वेश्या की उसने इतनी प्रशंसा सुनी थी और जिसके यहाँ जाने का उसे कभी साहस नहीं हुआ, उसको देखकर उसकी सुन्दरता से वह विमुग्ध हो गया। उस समय वह रमेश पर ईर्ष्या कर रहा था। रमेश किस प्रकार वहाँ पहुँच सका, उस पर वह आश्चर्य कर रहा था।

विनोद ने कहा—"यह तो बुरा हुआ। बाँके बाबू आज ही कलकत्ता से आए हैं, और वहाँ से आकर पहले-पहल उन्होंने आपको याद किया; लेकिन आपकी तबीयत ठीक नहीं।"

रमेश हँस पड़ा—"अरे तबीयत अभी थोड़ी देर में ठीक हो जाएगी।"

अब श्यामबिहारी के बोलने की बारी थी—"साहब, हमलोगों पर आप कुछ नाराज दिखलाई देती हैं—आखिर कौन-सा गुनाह हमलोगों ने किया है ?"

सरोज ने अपनी बड़ी-बड़ी आँखों से श्यामबिहारी को देखते हुए कहा—"नाराजी की बात का कोई सवाल ही नहीं उठता, जबकि मैंने आपको तो पहली ही दफे देखा है।"

इस रूखे और शुष्क उत्तर से श्यामबिहारी सुन्न-सा रह गया।

रमेश उठ खड़ा हुआ, आलमारी से वह ह्विस्की की बोतल निकाल लाया। उसने कहा—"इन बेकार बातों में क्या रक्खा है, लो पहले यहाँ आने के उपलक्ष में हमलोग सरोज की 'हेल्थ' पिएँ !"

विनोद जोर से हँस पड़ा—"यह तुमने पते की बात कही।" और शराब के दौर

शुरू हो गए।

सरोज एक किनारे बैठी हुई यह सब देख रही थी। बाँकेलाल ने अपना शराब का गिलास भरकर सरोज के सामने बढ़ाया—"क्यों सरोज रानी, हमलोगों पर आपकी कैसी खफगी—आप भी लीजिए !"

सरोज ने रूखे स्वर में कहा—"आप तो जानते हैं कि मैं शराब नहीं पीती !"

"नहीं, इतना कहाँ जान सका हूँ। हाँ, एक दफे हमलोगों के साथ आपने नहीं पी थी। लेकिन इससे क्या, आज न पीजिए, तो चख ही लीजिए !"

"नहीं, मैं इसे चख भी नहीं सकती।"

"वाह री पारसाई—मैं तो कुरबान हो गया !" मुँह बनाते हुए बाँकेलाल ने कहा।

इस समय तक शराब की गर्मी श्यामबिहारी के दिमाग में अपना पूरा असर कर चुकी थी। उसने बाँकेलाल से कहा—"म्याँ ढंग से पिलानेवाला हो, तो यह क्यों न पिएँ।"—और वह अपना गिलास लेकर सरोज की बगल में बैठ गया। एक हाथ सरोज के कंधे पर रखकर वह दूसरे हाथ से शराब का गिलास सरोज के मुख तक ले जाने लगा, और उसी समय सरोज ने हाथ से श्यामबिहारी को धक्का दिया। श्यामबिहारी उस धक्के के लिए तैयार न था, वह गिर पड़ा और शराब का गिलास उसके हाथ से छूट पड़ा।

सरोज थोड़ा-सा और हटकर बैठ गई।

रमेश, विनोद और बाँकेलाल तीनों ही जोर से हँस पड़े। श्यामबिहारी ने उठकर गिलास उठाया—और वह जहाँ से आया था, वहीं पर जाकर बैठ गया। उसने बाँकेलाल के कान में धीरे से कहा—"बड़ी बदतमीज है !"

"मैं पहले से जानता हूँ। देखो, अब मैं तुम्हारा बदला निकालता हूँ, मेरा साथ देना।"—बाँकेलाल ने धीरे से श्यामबिहारी के कान में कहा, फिर वह सरोज की ओर घूमा—"रंडी में पारसाई मैंने आज ही देखी !"

सरोज का मुख तमतमा उठा—उसने रमेश की ओर देखा।

रमेश आँखें बन्द किए बैठा था।

श्यामबिहारी ने कहा—"पारसाई गई चूल्हे में। जनाब, रंडी का काम है दूसरों को शराब पिलाकर बेवकूफ बनाना न कि शराब पीकर खुद बेवकूफ बनना।"

रमेश ने आँखें खोल दीं, उसने कर्कश स्वर में पूछा—"क्या कहा मिस्टर श्यामबिहारी ?"

रमेश के स्वर से श्यामबिहारी सहम गया—"कुछ नहीं, बाँकेबाबू से एक बात कही थी, जिससे आपका कोई सम्बन्ध नहीं है।"

विनोद अभी तक कुछ होश में था। उसने रमेश के कंधे पर हाथ रखते हुए कहा—"भाई, अब देर हो गई है, चला जाए। क्यों न बाँकेबाबू, क्या राय है ?"

पर बाँकेलाल उस समय लड़ने पर आमादा था। उसने कहा—"रमेश बाबू, श्यामबिहारी ने सिर्फ इतना कहा कि रंडी का काम है दूसरों को शराब पिलाकर बेवकूफ

बनाना, न कि खुद शराब पीकर बेवकूफ बनना। और एक बात मैं भी कह दूँ। श्यामबिहारी ने जो कुछ कहा, वह सोलह आना ठीक है।''

सरोज उठकर तेजी के साथ उस कमरे से चली गई।

रमेश ने विनोद से कहा—''विनोद अब यहाँ से चलना ही ठीक होगा।''

विनोद उठ खड़ा हुआ; उसके साथ बाँकेलाल, श्यामबिहारी तथा रमेश भी उठ खड़े हुए। चारों विनोद के मकान पर पहुँचे।

घर पहुँचकर सबलोग कमरे में बैठ गए। चारों मौन थे, चारों कुछ सोच रहे थे। एकाएक रमेश ने बाँकेलाल से कहा—''बाँके बाबू, आप विनोद के मेहमान हैं, और इसलिए आप मेरे भी मेहमान हैं; लेकिन एक बात आपको बतला दूँ कि असभ्य बनकर दूसरों से सभ्यता के बर्ताव की आशा करना अनधिकार-चेष्टा है !''

''मैं आपका मतलब नहीं समझ सका। क्या आप अधिक स्पष्ट करने की कृपा करेंगे ?''—बाँकेलाल का स्वर शान्त तथा दृढ़ था; पर उसके अन्दर उपेक्षा का व्यंग्य छिपा था।

रमेश का स्वर अधिक कर्कश हो उठा—''आपको इस प्रकार सरोज का अपमान करने का कोई अधिकार न था !''

बाँकेलाल मुस्कराया—''रमेश बाबू, सरोज वेश्या है, और वेश्यावृत्ति स्वयं ही एक महान् अपमानजनक पेशा है; इसलिए वेश्या को अपमानित करने का हर एक व्यक्ति को अधिकार प्राप्त है। और दूसरी बात यह है कि मेरे अधिकार पर आप निर्णय देने वाले होते कौन हैं ?''

रमेश का मुख क्रोध से तमतमा उठा। क्रोध से काँपते हुए स्वर में उसने कहा—''आप मेरे अधिकार को पूछते हैं, तो मैं आपको बतला दूँ कि मैं मनुष्य हूँ और प्रत्येक नर-पशु को, जो अकारण ही निर्बल मनुष्य पर आघात करे, दंड देना प्रत्येक मनुष्य का कर्तव्य है। समझे ! और सरोज के सम्बन्ध में मुझे यह कहना है कि उसकी वेश्यावृत्ति का कारण तुम-जैसे अर्थ-पिशाचों के स्वार्थ तथा बर्बरता में मिलेगा, जो जीवित रहने के लिए आदमी को अपना शरीर तक बेच देने को विवश करते हैं। यदि तुम स्वयं अपने को देखो, तो मालूम होगा कि तुम सरोज से कहीं अधिक पतित हो। सरोज ने धन के लिए केवल अपना शरीर बेचा है, किन्तु तुमने तो अपनी आत्मा तक बेच दी है ! मनुष्य-जाति को तो चाहिए कि वह तुम्हारा अपमान करे, तुम्हें ठुकराए।''

विनोद कोने की ओर देख रहा था और मुस्कराते हुए कुछ गुनगुना रहा था। श्यामबिहारी अलग बैठा हुआ यह बातचीत बड़े ध्यान से सुन रहा था।

बाँकेलाल ने पास खड़ी हुई छड़ी उठाकर तान ली—''रमेश, तुम मेरा अपमान कर रहे हो, तो लो !''—इतना कहते हुए उसने छड़ी का प्रहार किया।

उसी समय बाँकेलाल ने अनुभव किया कि उसकी कलाई मानो जकड़ गई और निर्जीव हो गई। छड़ी उसके हाथ से छूटकर गिर गई। रमेश उसका हाथ मोड़ रहा था और बाँकेलाल चिल्ला उठा।

विनोद घूम पड़ा—“अरे रमेश, क्या कह रहे हो—छोड़ो भी, उसका हाथ टूट जाएगा।”—यह कहकर उसने रमेश से बाँकेलाल का हाथ छुड़वा दिया।

हाथ छूटने के बाद बाँकेलाल आँखें बन्द करके लेट गया। श्यामबिहारी उठ खड़ा हुआ। उसने विनोद से कहा—“विनोद, अब देर बहुत हो गई है, कल फिर मिलूँगा।”

“अच्छी बात है !”—यह कहकर विनोद ने श्यामबिहारी को विदा किया।

रमेश वहाँ से उठकर चलने ही वाला था कि बाँकेलाल उठ बैठा। उसने विनोद से कहा—“विनोद, एक ताँगा मँगवा दो, मैं जा रहा हूँ।”

“क्यों ?”—विनोद ने पूछा।

बाँकेलाल चिल्ला उठा—“पूछ रहे हो क्यों ? तुम्हारे घर में मेरा अपमान हो रहा है। जिस मकान में मैं हूँ, वही पर एक असभ्य भिखमंगा भी रहे, मैं यह बर्दाश्त नहीं कर सकता। मैंने तुम्हें अपना सबसे बड़ा दोस्त समझा था; तुम्हारे सामने ही यह सब हुआ और तुम चुप रहे ?”

विनोद ने रमेश की ओर देखा, उसकी दृष्टि में मौन विवशता झलक रही थी।

बाँकेलाल कहता ही गया—“विनोद, हमारी-तुम्हारी लड़कपन की दोस्ती थी—आज यह दोस्ती भी टूट रही है, समझे ! मैं इस समय किसी होटल में ठहर जाऊँगा; पर तुम्हारे मकान में नहीं रहूँगा। यहाँ पर या तो रमेश ही रहेगा या मैं ही।”

विनोद ने सकुचाते हुए और हिचकिचाते हुए रमेश से कहा—“रमेश ! तुम्हें बाँके बाबू से माफी माँगनी चाहिए।

“माफी ?”—रमेश हँस पड़ा—“इस कीड़े से माफी माँगूँ—यह बड़ी मजेदार बात तुमने कही !”

विनोद उत्तेजित हो उठा—“रमेश, अपने शब्द वापस लो ! मेरे सामने ही मेरे अतिथि का अपमान अब तुम नहीं कर सकते।”

“हाँ ! हाँ ! जानता था विनोद कि तुम क्या कहोगे ! विनोद, शब्द कभी मुख से निकलकर वापस नहीं आता—सत्य—सत्य है, उसको दबाने से कोई फायदा नहीं।”

विनोद ने कहा—“रमेश, यह मेरा घर है—इतना सत्य है, और तुम इस सत्य को भूल रहे हो !”

रमेश उठ खड़ा हुआ। उसने शान्त-भाव से कहा—“हाँ विनोद, इस बात को मैं भूल गया था। इस भूल को अभी सुधार लेता हूँ !”—यह कहकर उसने अपना सामान बटोरना आरम्भ किया।

विनोद रमेश के पास पहुँचा। उसके कंधे पर हाथ रखते हुए कहा—“रमेश, यह क्या कर रहे हो ?”

“अपनी भूल सुधार कर रहा हूँ। यह मेरा घर नहीं हैं, और आज तक मैं इसे अपना घर समझे हुए था। अब मैं अपना घर ढूँढूँगा, आज रात से ही।”

उसी समय बाँकेलाल बोल उठा—“जाने भी दो—विनोद, अगर तुम चाहते हो कि मैं यहाँ रुकूँ, तो फिर उसे इसी समय यहाँ से चले जाने दो।”

विनोद मुँह लटकाए हुए वहाँ से चला आया।

उसी समय रमेश एक समीप के ही होटल में चला गया।

[8]

दूसरे दिन सुबह रमेश सरोज के यहाँ गया। सरोज ने द्वार खोल दिया, इसके बाद वह अलग हटकर बैठ गई। वह रमेश से एक शब्द भी नहीं बोली।

रमेश ने मुस्कराने का प्रयत्न करते हुए कहा—"मेरी रानी, क्यों रूठी हो ?"

सरोज ने उसकी ओर से अपना मुख फेर लिया।

रमेश ने सरोज का मुख जबर्दस्ती अपने सामने कर लिया—"क्यों आज यह मान क्यों ?"—और उसके हाथों में आँसू की दो गरम-गरम बूँदे गिर पड़ीं—"अरे, रोती क्यों हो ?"

'रोती क्यों हो ?'—ये शब्द सुनते ही सरोज का बाँध टूट गया, वह सिसक-सिसक कर रोने लगी।

"आखिर बोलो भी तो, क्या हुआ ?"—रमेश ने मुस्कराते हुए कहा।

सरोज ने मौन तोड़ा—"रमेश बाबू, आप अपने उन बदमाश दोस्तों का साथ छोड़ दीजिए।"

"यह बात है !"—रमेश ने धीरे से कहा। एकाएक उसका स्वर कठोर हो गया—"क्यों ?"

"मैं कहती हूँ, इसलिए !"

रमेश रात से ही उद्विग्न था। उसने कर्कश स्वर में कहा—"समझा, तुम मुझ पर शासन करना चाहती हो सरोज ! तुम चाहती हो कि तुम्हारे पीछे मैं अपने घनिष्ठ मित्रों को छोड़ दूँ। तुम उन्हें बदमाश कहती हो; और वे भी तो तुम्हें वेश्या कहते हैं।"

सरोज तिलमिला उठा। उसने कहा—"अच्छा, तो आप उन लोगों को मेरे यहाँ न लाया कीजिए।"

रमेश जोर से हँस पड़ा—"हाँ, अब तुमने ढंग की बात कही। मैं उन्हें तुम्हारे यहाँ न लाया करूँ। अभी तुम यह भी कहोगी कि तुम मेरे यहाँ न आया करो। मैं ऐसा काम करूँगा कि इस सबकी नौबत ही न आए ! समझी—आज से मैं ही तुम्हारे यहाँ न आऊँगा।"—यह कहकर रमेश उठने लगा।

सरोज ने रमेश का हाथ पकड़ लिया—"तुम्हारे हाथ जोड़ती हूँ, तुम बुरा न मानो—बैठो, मैं अभी तुम्हें न जाने दूँगी।"

रमेश ने सरोज का हाथ झटक दिया—"छोड़ो, मैं तुम्हारे यहाँ अब कभी न आऊँगा। तुमने मेरे मित्रों का अपमान किया है।"

"मैंने अपमान नहीं किया, मैंने तो सच कहा !"

"चुप रहो ! अब मैं जा रहा हूँ।"

सरोज ने रमेश का पैर पकड़ते हुए कहा—"नहीं, मैं तुम्हें न जाने दूँगी।"

"तो फिर तुम अपने शब्द वापस लो !"

"मैं अपने शब्द कभी वापस न लूँगी—मैंने जो कुछ कहा है, वह सच कहा है।"

रमेश जबर्दस्ती उठ खड़ा हुआ।—"तो फिर अब जा रहा हूँ।"

सरोज ने रुआँसी होकर कहा—"अच्छा, मैं अपने शब्द वापस लेती हूँ। अब तो बैठो !"

"नहीं, अब बात बहुत बढ़ गई ! अब तो तुम्हें मेरे मित्रों से माफी माँगनी पड़ेगी।"—रमेश क्रोध से पागल हो उठा था—"इसके लिए तैयार हो ?"

"नहीं, यह कभी नहीं हो सकता—कभी नहीं हो सकता।"—वह दरवाजे से लगकर खड़ी हो गई—"मैंने शब्द वापस ले लिए हैं, क्या यह काफी नहीं है ?"

"नहीं, यह काफी नहीं है !"—कड़ककर रमेश ने कहा—"तुम्हें उनसे माफी माँगनी पड़ेगी, समझीं !"

सरोज रो पड़ी—"रमेश बाबू, तुम मुझे खुद गाली दे लो, मार लो—लेकिन हाथ जोड़ती हूँ, तुम उनसे माफी माँगने को मजबूर न करो।"

रमेश वज्र-सा हो गया—"बोलो, माफी माँगोगी या नहीं ? अन्तिम बार मुझे उत्तर दो।"

सरोज रमेश के पैरों पर गिर पड़ी—"माँगूँगी—उनसे माफी माँगूँगी, पर तुम मुझसे नाराज न होओ, तुम मेरे यहाँ बैठो !"

रमेश ने सरोज को उठा लिया, उसका सारा क्रोध एक पल में गायब हो गया। वह फर्श पर बैठ गया। उसने कहा—"सरोज, मैंने तुम्हें इतना रुलाया है, मैं तुमसे माफी माँगता हूँ।"

सरोज ने आश्चर्य से रमेश को देखा।

रमेश ने कहा—"सरोज, मैं क्रोध में पागल हो गया था—पशु बन गया था। कल रात से मैं बड़ा उद्विग्न हो गया हूँ। जानती हो, कल रात यहाँ से जाने के बाद क्या हुआ ?"

"क्या हुआ ?"—सरोज ने पूछा।

"कल मैंने विनोद का घर छोड़ दिया। मुझसे और उन लोगों से झगड़ा हो गया—रात में ही होटल में चला गया।"

"क्यों ? झगड़ा क्यों हुआ ?"

रमेश ने कहा—"कल रात बाँकेलाल ने तुम्हारा अपमान किया था। मैं उसे नहीं सह सका—बस, इतनी-सी बात थी !"—और रमेश मुस्करा पड़ा।

सरोज ने रमेश के गले में हाथ डाल दिया—"तुम सच कहते हो ?"

"हाँ !"

"बतलाओ क्या हुआ ?"

"होता क्या—बाँकेलाल से कुछ कहा-सुनी हो गई।"

सरोज बड़ी देर तक रमेश को देखती रही। एकाएक उसने रमेश से पूछा—"रमेश, तुम मुझे प्यार करते हो ?"

रमेश हँस पड़ा; पर उसकी हँसी में माधुर्य न था—"क्या कहा ? मैं तुम्हें प्यार करता हूँ ? नहीं सरोज—प्यार तो एक ढकोसला है, जिस पर मैं विश्वास नहीं करता। समझीं !"

सरोज का मुख मुरझा गया। उसने कहा—"रमेश, तुम इतने निर्दयी क्यों हो ?"

"निर्दयी !"—रमेश कह उठा—"मैं निर्दयी हूँ ? क्या कह रही हो ? क्या धोखा न देना निर्दयता है ? सत्य बोलना निर्दयता है ? सरोज, मैं तुम्हें धोखा नहीं दे रहा हूँ—मैं सत्य कह रहा हूँ।"

सरोज उदास होकर अलग बैठ गई। थोड़ी देर तक दोनों मौन बैठे रहे, अन्त में सरोज ने मौन को तोड़ा—"रमेश बाबू ! एक बात कहूँ—मानिएगा ?"

"कहो, मानने लायक बात होगी, तो मानूँगा क्यों नहीं ?"

"आपका होटल में व्यर्थ ही अधिक खर्च होगा, आप मेरे यहाँ क्यों न रहें ?"

रमेश चौंक उठा—"क्या कहा ? तुम्हारे यहाँ रहूँ ? यह तो तुमने एक नई-सी बात बतलाई, जिसे मैंने कभी सोचा ही न था।"—रमेश कुछ सोचने लगा। थोड़ी देर बाद उसने कहा—"मैं समझता हूँ कि होटल से तुम्हारे यहाँ अच्छा रहेगा लेकिन तुम्हें तो कोई असुविधा न होगी !"

"जरा भी नहीं ! इसे तो मैं अपना सौभाग्य समझूँगी !"

"अच्छी बात है !" रमेश मुस्कराया—"होटल से तो यहाँ पर मेरा खर्च कम ही पड़ेगा। आज शाम को ही अपना असबाब यहाँ ले आऊँगा।"

सरोज उस दिन दिन-भर बहुत प्रसन्न थी। सन्ध्या के समय रमेश अपना असबाब लेकर उसके यहाँ आ पहुँचा।

रमेश के आने से सरोज को एक निधि-सी मिल गई। उसका जीवन भरा-पूरा हो गया। रमेश की जरा-जरा सी सुविधा का वह ध्यान रखती थी, रमेश के साथ ही वह खाना खाती थी। नित्य ही उसके लिए उत्सव-दिवस होता था। रमेश को पाकर मानो सरोज ने स्वर्ग पा लिया था।

रमेश दिन-भर सरोज के घर पर रहता था, और दिन-भर सरोज रमेश के साथ रहकर भी नहीं अघाती थी। सरोज का सुख चरम सीमा पर पहुँच गया था।

और रमेश भी दुखी न था। अपनी व्यथा को उसने अपने पागलपन से दूर कर दिया था, अपनी अकर्मण्यता के जीवन में उसने अपना अस्तित्व डुबा दिया था। फिर भी उसका घायल हृदय कभी-कभी कराह उठता था, उसका गत जीवन एक भयानक अभिशाप के रूप में उसके सामने आ जाता था। और उस समय वह असह्य वेदना अनुभव करता था। उस वेदना को डुबाने के लिए वह शराब पीता था, तब तक जब तक वह स्वयं न डूब जाए, बेहोश न हो जाए। ऐसे अवसरों पर वह एक कमरे में घंटों

बन्द रहकर सोचा करता था। उस समय रमेश के दुख से दुखी होकर सरोज रो पड़ती थी।

और समय बीतता गया। सरोज रमेश की पूजा करती थी, उसे देवता की तरह मानती थी; पर रमेश के लिए सरोज वेश्या थी। न इससे अधिक, इससे न कम। कभी-कभी जब रमेश सरोज को रुपये देता था, तब सरोज उसको लेने से इनकार कर देती थी। उस समय रमेश हँस पड़ता था और जबर्दस्ती सरोज को रुपये दे देता था। एक दिन तो उसने यहाँ तक कह डाला—"सरोज ! मूर्खता की बातें न करो। मैं तुमसे सच कहता हूँ कि मैं लखपती नहीं हूँ, तुम मुझे बहलाकर लम्बी रकम नहीं पा सकतीं। मैं बड़ा गरीब हूँ, मेरे पास जो कुछ है वह ले लो, क्योंकि जब यह खर्च हो जाएगा, उस समय तुम मुझसे कुछ भी न पा सकोगी। तुम मेरा सामान देखती हो, मेरे कपड़े—मेरा मगर के चमड़े का सूटकेस ! ये सब-के-सब मुझे मेरे एक मित्र ने दिए थे—ये रुपये भी तो उसी ने दिए थे। मैं—मैं दरिद्र हूँ, भिखारी हूँ ! मुझसे जायदाद लिखा लेने की सोचना बालू से तेल निकालने की कोशिश करना है !"

सरोज उस समय कुछ न बोली, उसने रुपये चुपचाप ले लिए; पर अपने कमरे में जाकर वह फूट पड़ी थी। रमेश सरोज के प्रेम को नहीं पहचान सका—प्रेम को पहचानने की क्षमता उससे जाती रही थी।

इस प्रकार दो महीने बीत गए। एक दिन रमेश ने अपना पर्स खोला—उसके पास बीस रुपये थे। दस-दस के दो नोट !—रमेश उन दोनों को हाथ में लेकर कुछ सोचने लगा।

रमेश दिन-भर उद्विग्न रहा। उसे एक नई चिन्ता ने आ घेरा। इन बीस रुपयों के खर्च हो जाने के बाद वह क्या करेगा ?—उसके सामने यह प्रश्न था। सन्ध्या के समय उसने स्वयं ही उत्तर दे दिया—"सब समाप्त हो गया—मुझे यहाँ से चल देना चाहिए, और कल ही चल देना चाहिए।"

उस दिन रात को रमेश उदास था ! वह सरोज के यहाँ से जाना न चाहता था, प्रेम पर अविश्वास करते हुए वह सरोज की ओर बिना जाने हुए ही आकर्षित हो गया था। सरोज के वेश्या होते हुए भी उसके हृदय में सरोज के प्रति, ममता की प्रगाढ़ भावना उत्पन्न हो गई थी; पर वह जाने के लिए विवश था और इसीलिए वह उदास था।

रमेश ने सरोज से कहा—"सरोज, बता सकती हो कि दो आदमी अचानक ही क्यों मिल जाते हैं ? करोड़ों आदमियों के होते हुए भी दो विशेष व्यक्ति क्यों एक दूसरे के जीवन में आ जाते हैं ? और फिर अगर आते हैं, तो निकल क्यों जाते हैं ?"

प्रश्न विचित्र था और जिस स्वर में यह प्रश्न पूछा गया था, वह उससे भी विचित्र ! सरोज ने रमेश में प्रथम बार भावुकता का चिह्न देखा और वह अज्ञात आशंका से सिहर उठी। उसने धीरे से कहा—"रमेश बाबू ! यह प्रश्न क्यों उठा—क्या आप यह बतला सकते हैं ?"

"यों ही।"—रमेश ने एक करुण मुस्कराहट के साथ कहा—"समझ में नहीं आता ! आखिर हमलोग पैदा ही क्यों हुए हैं ? हम एक-दूसरे की ओर क्यों आकर्षित होते हैं ?

हमारे सुख-दुख का केन्द्र कहाँ है ? सरोज, ये सब बड़ी विचित्र बातें हैं, मैं इन गुत्थियों को नहीं सुलझा पा रहा हूँ।''

सरोज विकल हो गई—रमेश की प्रश्नावली किसी परिवर्तन की द्योतक है, वह यह जानती थी। उसने फिर कहा—''आप इन गुत्थियों को सुलझाना ही क्यों चाहते हैं ?''

रमेश ने मानो सरोज की बात नहीं सुनी। वह कहता ही गया, ''आखिर मृत्यु क्या है ? मृत्यु वियोग का दूसरा नाम है—मृत्यु में वियोग स्थायी होता है, क्षणिक नहीं। इस हिसाब से यदि दो व्यक्ति सदा के लिए एक-दूसरे से अलग हो जाएँ और फिर जीवन में कभी न मिलें, तो जीवित रहते हुए एक-दूसरे के लिए दोनों की मृत्यु हो गई। है न ऐसी बात सरोज !''—और रमेश ने सरोज को बड़ी करुण दृष्टि से देखा।

सरोज ने रमेश के वक्षस्थल पर अपना सिर रख दिया। उसने रमेश के मुख पर हाथ रखते हुए कहा—''कैसी बातें कर रहे हो रमेश बाबू ! क्या हो गया ?''

अपनी करुणा को भरसक दबाने का प्रयत्न करते हुए रमेश मुस्कराया—''कुछ नहीं, ऐसे ही बेवकूफी की बातें करने लगा था। फिर भी बातें सार की हैं, इतना तो मानना ही पड़ेगा।''

सरोज ने रुआँसी होकर कहा—''हाथ जोड़ती हूँ रमेश बाबू, अब ऐसी बातें मत करो। मेरा जी घबड़ा रहा है। कुछ हँसो-बोलो !''

रमेश बड़े जोर से हँस पड़ा—''ठीक कहती हो सरोज, आज हमें हँसना ही चाहिए। रोने से कोई फायदा भी तो नहीं है। जब तक जिन्दा हो, हँसो और फिर हँसो !''—और रमेश की भावुकता लोप हो गई।

सुबह चार बजे रमेश की आँख खुल गई। रात की भयानक गर्मी के बाद प्रातः हवा ठंडी-ठंडी चलने लगी थी, सरोज उस समय गहरी नींद में सो रही थी। रमेश उठ खड़ा हुआ। थोड़ी देर तक वह पलँग के सिरहाने खड़ा हुआ सरोज को अनिमेष दृष्टि से देखता रहा, उस समय उसके मुख पर उसका दर्द प्रतिबिम्बित हो उठा—और फिर अनायास ही वह हँस पड़ा। वह कमरे में गया, उसने कपड़े पहने। उसके बाद उसने एक पत्र लिखा, स्पष्ट और छोटा-सा। पत्र लिखने के बाद उसने कुछ थोड़े-से कपड़े निकाले। एक तौलिया में उसने उन कपड़ों को लपेटा, पत्र उसने सूटकेस में रख दिया।

वह कमरे से निकला—एक अज्ञात प्रदेश उसके सामने था। आँगन में सरोज अब भी सो रही थी। वह सरोज के पलँग की ओर बढ़ा—अन्तिम बार उसे देखने के लिए। सरोज शायद उस समय कोई अप्रिय स्वप्न देख रही थी। उसी समय वह चिल्ला उठी—चिल्ला ही नहीं उठी, रो उठी। रमेश के पैर रुक गए—वह तेजी के साथ आँगन पार करके ज़ीने के नीचे उतर गया। थोड़ी दूर पर एक खाली ताँगा खड़ा था। ताँगे पर वह बैठ गया। उसने कहा—''स्टेशन चलो !''

स्टेशन पहुँचकर उसने ताँगेवाले को दाम दिए, और प्लेटफार्म पर गया। उसी समय जी.आई.पी. एक्सप्रेस झाँसी से आकर रुका था।

रमेश का मस्तिष्क ठीक तरह से काम न कर रहा था। वह भागा जा रहा था; वह

केवल इतना जानता था। कहाँ, इसका उसे पता न था। एक सेकंड क्लास के डब्बे में वह बैठ गया।

उस गाड़ी में कौन लोग हैं, उसने यह नहीं देखा। वह सोच रहा था। वह क्या सोच रहा था, वह स्वयं ही नहीं जानता था। तेजी के साथ विचार एक के बाद एक उसके मस्तिष्क में आते थे और निकल जाते थे—असम्बद्ध, धुँधले और पीड़ा से भरे हुए।

गाड़ी कब चल दी, और कब रुकी, इसका भी उसे पता न था।

एकाएक किसी ने कहा—"आपका टिकट !"

रमेश की विचार-शृंखला टूट गई। शून्य दृष्टि से उसने देखा एक टिकट-कलेक्टर उसके सामने खड़ा था। रमेश ने कोई उत्तर न दिया। टिकट-कलेक्टर ने फिर कहा—"आपका टिकट ?"

रमेश ने धीरे से कहा—"टिकट तो शायद मेरे पास नहीं है।"

"तो फिर आपको चार्ज देना पड़ेगा !"

"आप कहाँ जा रहे हैं ?"—रसीद-बुक निकालते हुए टिकट-कलेक्टर ने कहा।

"मैं नहीं जानता।"—सीधे-सादे ढंग से रमेश ने कहा।

"आप नहीं जानते कि आप कहाँ जा रहे हैं !"—आश्चर्य से टिकट-कलेक्टर ने कहा—"आप कहाँ से आ रहे हैं ?"

"कानपुर से !"

"और आप कहाँ जाने के लिए आए थे ?"

"जहाँ भी गाड़ी ले जाए।"

सामनेवाली बर्थ पर एक अधेड़ सज्जन बैठे हुए सिगार पी रहे थे। वे किसी विलायती कम्पनी के मैनेजर थे और लखनऊ में ही रहते थे। रमेश की और टिकट-कलेक्टर की बातें उन्होंने बड़े ध्यान से सुनीं, उनसे न रहा गया। उन्होंने कहा—"गाड़ी तो लखनऊ जा रही है—और अगर आप कानपुर से भाग रहे हैं, तो लखनऊ तो बहुत नजदीक है ?"

रमेश ने कहा—"मेरे लिए जैसा लखनऊ, वैसा ही दुनिया का और कोई कोना !"

"आपके पास कितने रुपये हैं ?"—टिकट-कलेक्टर ने पूछा।

रमेश ने पर्स से दस-दस रुपये के दो नोट निकालते हुए कहा—"अभी बीस रुपये हैं—आप मुझे चार्ज कर सकते हैं !"

"लखनऊ में आप किसी को जानते हैं ?"—सामने बैठे हुए सज्जन ने कौतूहल से पूछा।

"किसी को नहीं !"

टिकट-कलेक्टर को दया आ गई। उसने एक सादा थर्ड क्लास का टिकट रमेश को बना दिया। दस रुपये का नोट लेकर उसने नौ रुपये तीन आने वापस दे दिया।

"सिर्फ इतना !"—रमेश ने पूछा।

मुस्कराते हुए टिकट-कलेक्टर ने कहा—"जी हाँ, सिर्फ इतना।"

दूसरे स्टेशन पर टिकट-कलेक्टर गाड़ी से उतर गया। उन अधेड़ सज्जन ने रमेश से पूछा—"आप तो पढ़े-लिखे आदमी मालूम पड़ते हैं ?"

"मैंने बी.ए. पास किया है !"

"किस साल ?"

"पार साल !"

"कहाँ से ?"

"इलाहाबाद यूनिवर्सिटी से !"

"तो फिर आप तो श्यामकिशन मेहरोत्रा को जानते होंगे, उसने भी तो पारसाल बी.ए. पास किया है ?"

"श्यामकिशन !"—रमेश ने कुछ देर तक सोचा—"हाँ, वही श्यामकिशन, जो टेनिस का अच्छा खिलाड़ी है ?"

"हाँ, आपका नाम पूछ सकता हूँ ?"

"मेरा नाम रमेशचन्द्र श्रीवास्तव है !"

वे अधेड़ सज्जन चौंक-से उठे—"क्या आप वही रमेशचन्द्र श्रीवास्तव हैं, जो बराबर मैट्रिक तथा इंटरमीडिएट में फर्स्ट आने के बाद बी.ए. में सेकंड डिवीजन ही पा सके ?"

"जी हाँ !"—अन्यमनस्क-भाव से रमेश ने उत्तर दिया—"लेकिन आपको यह सब कैसे मालूम ?"

उन सज्जन ने कहा—"मेरा नाम रामकिशन मेहरोत्रा है और श्यामकिशन मेरा लड़का है। उसी ने मुझे ये सब बातें बतलाई हैं।"—एक सिगार रमेश की ओर बढ़ाते हुए रामकिशन ने कहा—"आजकल क्या कर रहे हो ?"

"कुछ नहीं !—अभी कुछ करने को सोचा भी न था। अब कोई नौकरी ढूँढूँगा।"

"अधिक क्यों नहीं पढ़ते ?"

"पढ़ने से अब तबीयत ऊब गई है।"

रामकिशन कुछ थोड़ी देर तक मौन रहे, फिर उन्होंने कहा—"देखिए, आप अच्छे मिल गए। मेरी कम्पनी को एक असिस्टेंट मैनेजर की जरूरत है, अभी बम्बई में हेड ऑफिस से इस सम्बन्ध में बातचीत करके लौटा हूँ। आपको मैं वह जगह दे सकता हूँ !"

"आपकी बड़ी कृपा होगी।"

अपना कार्ड निकालकर रमेश को देते हुए रामकिशन ने कहा—"आप पढ़े-लिखे जहीन आदमी हैं, और अगर आप अच्छी तरह से काम करेंगे, तो जल्द ही मैनेजर हो सकेंगे। इस समय आपको सौ रुपये मिलेंगे—और तनख्वाह तो आपका काम देखकर जल्द ही बढ़ा दी जाएगी। अच्छा, लखनऊ पहुँचकर आप मुझसे मिल लीजिएगा !"

"धन्यवाद !"—कहकर रमेश ने कार्ड रामकिशन से ले लिया। उसने अपने चारों ओर देखा—उस विशाल नगरी में वह अकेला था; और फिर उसे रामकिशन के कार्ड की याद आ गई। वह मन-ही-मन मुस्कराया। एकाएक उसे सरोज की याद आ गई,

और उसकी मुस्कराहट लोप हो गई।

उसी समय एक आदमी ने कहा—"किसी होटल में ठहरिएगा ?"

रमेश ने उस आदमी को देखा। वह चौबीस-पच्चीस वर्ष का एक नवयुवक था, खाकी जीन का पतलून तथा कोट पहने था। उसके कोट में पीतल का एक बिल्ला लगा था, जिस पर अंग्रेजी में लिखा था—"अमीनाबाद होटल।"

"हाँ !"—रमेश ने कहा।

गाइड ने एक ताँगा मँगवाया। ताँगे पर बैठकर रमेश होटल में पहुँचा। मैनेजर से उसने बीस रुपये मासिक पर एक कमरा ले लिया।

[9]

सरोज जिस समय सोकर उठी, दिन चढ़ आया था। रात-भर वह सपने देखती रही—और प्रत्येक सपना दुखद था। प्रातःकाल आँख खुलते ही उसका हाथ अपने बगल में रमेश को ढूँढ़ने को बढ़ा, हाथ खाली जगह पर पड़ा। चौंककर सरोज उठ बैठी। अपने अन्तिम सपने में उसने देखा था कि रमेश उससे क्रोधित है।

उठकर वह रमेश के कमरे में दौड़ी। रमेश वहाँ न था; पर उसका सूटकेस तथा अन्य सामान वहीं पर थे। सरोज ने समझा कि रमेश कहीं किसी अन्य कार्य से चला गया।

सरोज अपने काम-काज में लग गई; पर प्रत्येक पल उसका प्रतीक्षापूर्ण था। उसके अन्दर से कोई कह रहा था कि रमेश खो गया है। सरोज पढ़ने बैठ गई, उसने पहले 'लीडर' खोला। उसका मन उस दिन के समाचारों में नहीं लगा, कुछ थोड़ा-सा पढ़कर उसने अखबार रख दिया। पुस्तकें उसके सामने रक्खी थीं; पर पढ़ने को उसका जी न चाहता था। एकाएक ध्यान में रमेश की रातवाली बातें आ गईं। रमेश की रातवाली बातचीत को वह न समझी थी; पर उसके अन्दर सोई हुई उसकी छाया ने उस बातचीत के सारांश का एक धुँधला सा चित्र अंकित कर लिया था। अपने ही अन्दर उठनेवाली अस्पष्ट पुकार से प्रेरित होकर—वह अपने से ही पूछ उठी—"क्या रमेश आएगा ?"

सरोज उठ खड़ी हुई। छज्जे पर खड़ी होकर वह सड़क पर देखने लगी। उसकी आँखें रमेश को ढूँढ़ रही थीं। प्रायः आध घंटा वह वहाँ खड़ी रही; पर रमेश न आया। घड़ी ने उस समय दस बजाए।

अपने कमरे में वह बैठ गई। बैठ नहीं गई, वह गिर पड़ी। उसका हृदय भरा हुआ था, वह अनुभव कर रही थी कि मानो उसके हृदय में एक पका हुआ फोड़ा दर्द कर रहा है। उसकी आँखों में आँसू भर आए।

समय बीता जा रहा था—बड़ी धीमी रफ्तार से। सरोज सोच रही थी—"रमेश कौन

है ? वह कहाँ से मेरे जीवन में आया ? वह क्यों मेरे जीवन में आया ? मैं उसकी ओर क्यों आकर्षित हो गई ? वह मेरा है ही क्या ?''—और एकाएक उसने अनुभव किया कि उसकी आँखों में आँसू भरे हुए हैं। उसने अपने आँसू पोंछ डाले, इसके बाद उसने अपने को बहलाने की कोशिश की—''वह आता ही होगा। उसका सारा असबाब तो यहीं है—उसके यहाँ से चले जाने की बात सोचना मूर्खता है—सरासर मूर्खता है !''—पर वह अपने मन को अधिक बहला न सकी।

और घड़ी ने ग्यारह बजाए—बारह बजाए। रसोइए ने आकर कहा—''खाना तैयार है !''

''रमेश बाबू अभी तक नहीं आए, ठहरो !''—सरोज ने रूखेपन के साथ उत्तर दिया।

सरोज अब रमेश पर क्रोधित होने लगी—''अभी तक नहीं आए—क्यों नहीं आए ? और कुछ कहकर भी तो नहीं गए। आने दो, आज मैं उनसे न बोलूँगी—तब तक, जब तक वे मुझे अच्छी तरह से न मनाएँगे।''—और घड़ी ने एक बजाए—दो बजाए।

रसोइया फिर आया—''अब कितनी देर रुकूँ ?''

सरोज ने शून्य दृष्टि से रसोइए को देखा—''खाना ढककर रख दो—तुम्हें जल्दी है, तो चले जाओ।''

सरोज की बूढ़ी नौकरानी ने आकर कहा—''खाना खा लो चलकर, कब तक रमेश बाबू का इन्तजार करोगी ?''

''कब तक रमेश बाबू का इन्तजार करोगी ?''—सरोज ने यह वाक्य सुना। इसका उत्तर न देकर उसने तीव्र दृष्टि से नौकरानी को देखा—वह सहमी हुई चली गई। सरोज सोचने लगी—''क्या यह वाकई सच है ? क्या वह न आएँगे ? क्यों ? आखिर मैंने उनका क्या बिगाड़ा—वे चले क्यों गए ?''

अब सरोज रोने लगी। वह क्रोध में रो रही थी। उसे रमेश पर क्रोध आ रहा था, उसे अपने ऊपर क्रोध आ रहा था। रोते-रोते वह सो गई—उसके नौकरों को उसे जगाकर खिलाने का साहस न हुआ।

जिस वक्त सरोज जागी, रात हो गई थी। उठकर वह आँगन में गई, उसने मुँह-हाथ धोया। रमेश के कमरे में जाकर उसने देखा, वहाँ गहरा अँधेरा छाया था। वह डरकर वहाँ से लौट आई। नौकरानी खड़ी हुई थी, उससे सरोज ने पूछा—''बाई माँ, रमेश बाबू शाम को आए थे या नहीं ?''

नौकरानी ने कहा—''नहीं, और आज का खाना भी खराब गया। तुमने भी नहीं खाया।''

''मुझे भूख नहीं थी।''—और सरोज फिर कमरे में आकर बैठ गई। वह रोने लगी।

रात बीतने लगी, नौ बजे नौकरानी ने आकर कहा—''सरोज, रोने से क्या फायदा—चलो खाना तैयार है, खा लो।''

''चलो... !''—और सरोज उठ खड़ी हुई।

पर उससे खाना नहीं खाया गया। वह उसके गले में अटक रहा था—पानी के बल पर चार-छह कौर खाकर वह उठ खड़ी हुई। रसोइए ने कहा—"सरकार ने तो आज दिन में भी कुछ नहीं खाया था।"

"तबीअत ठीक नहीं है—और भूख भी नहीं लगी है।"—सरोज ने कहा।

रात-भर सरोज को नींद न आई—रात-भर वह सोचती रही और सोच-सोचकर रोती रही। दूसरे दिन वह रमेश के कमरे में फिर गई। इस बार उसने रमेश का सामान देखा। सूटकेस खोलते ही उसे रमेश का पत्र मिला। उसने उत्सुकतापूर्वक पत्र खोला। उसमें लिखा था—

सरोज,

मैं आज सदा के लिए तुम्हारे यहाँ से जा रहा हूँ। मेरे पास अब रुपये नहीं रह गए—तुम्हारा काफी रुपया अभी मुझ पर बाकी है। अपना सूटकेस और सब सामान तुम्हारे यहाँ छोड़े जाता हूँ। जब रुपया भेज सकूँगा, तब भेज दूँगा—इतना विश्वास रखना। मैं तुम्हारा ऋण अवश्य अदा कर दूँगा।

तुमने मुझ पर बड़ी कृपा की—इसके लिए धन्यवाद देता हूँ। एक बात कह दूँ—तुम बड़ी अच्छी हो। तुम्हारे पास आत्मा है—विश्वास है। तुम्हें छोड़ते हुए मुझे दुख हो रहा है; पर क्या करूँ, विवश हूँ। और सरोज ! पता नहीं, हम-तुम फिर कभी मिलेंगे भी ? शायद नहीं, इसीलिए अन्तिम बार विदा।

रमेश

इस छोटे-से पत्र को सरोज ने एक बार पढ़ा, दो बार पढ़ा और तब तक पढ़ती रही, तब तक वह बेहोश नहीं हो गई।

सरोज पर अब एक विचित्र प्रकार की उदासी ने अपना अधिकार जमा लिया था। उसे संसार में किसी बात पर रुचि न रह गई। दिन-भर वह रोया करती थी। उसे अब जरा-जरा सी बात पर क्रोध आने लगा। वह अपने चारों ओरवाले सारे वातावरण से घृणा करने लग गई। उसका अस्तित्व छाया-मात्र रह गया था।

उसकी भूख-प्यास तो एकदम लोप हो गई थी। उसकी नौकरानी उसे समझाती थी, वह समझने की कोशिश भी करती थी। और फिर एकाएक वह रो पड़ती थी—जो कुछ उसने समझा था, वह एकदम भूल जाती थी। उसने घर के दरवाजे बन्द करवा दिए थे, और वह अकेले पड़ी रहा करती थी।

इस प्रकार पन्द्रह दिन बीत गए। इन पन्द्रह दिनों में वह पीली पड़ गई।

सोलहवें दिन सन्ध्या के समय सरोज ने अपनी नौकरानी से कहा—"बाई माँ, देखो तो मुझे कुछ बुखार है ?"

नौकरानी ने सरोज का हाथ पकड़ा—"अरे हाँ—तुम्हें तो काफी बुखार है। कब आया ?"

"पता नहीं—इधर तबीयत भारी रहती है।"

"तो फिर डॉक्टर को बुला लाऊँ ?"—किंचित चिन्तित होकर नौकरानी ने कहा।

"नहीं—अब इस वक्त डॉक्टर कहाँ मिलेगा ? और तबीयत आप-ही-आप अच्छी हो जाएगी।"

दूसरे दिन सुबह उठते ही नौकरानी ने सरोज का हाथ देखा—हलका-सा बुखार उस समय भी था। सरोज से बिना कुछ कहे-सुने वह एक पास के डॉक्टर को बुला लाई। डॉक्टर ने टेम्परेचर लिया, सौ डिग्री बुखार था।

डॉक्टर ने सिर हिलाते हुए कहा—"मलेरिया मालूम होता है !"

सरोज की दवा आरम्भ हो गई।

एक सप्ताह तक दवा होती रही; पर सरोज को कोई लाभ न हुआ। उसकी हालत दिन-दिन बिगड़ती ही गई; पर सरोज को इसकी चिन्ता न थी, वह दिन-रात रमेश की याद में रोती रहती थी। एक सप्ताह बाद नौकरानी ने सरोज से कहा—"बेटी, शहर के किसी दूसरे डॉक्टर को बुलाऊँ ?"

सरोज मुस्कराई; पर उसकी उस मुस्कराहट में अथाह करुणा थी। उसने कहा—"क्या करोगी बाई माँ, अब मैं जीना भी तो नहीं चाहती हूँ।"

नौकरानी की आँखों में आँसू भर आए। सरोज के मुख पर हाथ रखते हुए उसने कहा—"ऐसी बातें न करो बेटा—भगवान से विनय है कि तुम जुग-जुग जियो। अभी तुमने जिन्दगी का सुख ही क्या देखा है।"—और नौकरानी ने नगर का प्रमुख डॉक्टर बुलवाया।

डॉक्टर ने भली-भाँति सरोज की परीक्षा करके कहा—"शायद टाइफायड है। अच्छा होने में पन्द्रह दिन से कम न लगेंगे।"

सरोज दिन-दिन कमजोर होती चली जाती थी। डॉक्टर रोज सुबह सरोज को देखने आता था। पाँचवें दिन बाद जब डॉक्टर सरोज को देखने आया, तब उसने उसे खाँसते हुए देखा। सरोज को दो दिन से हलकी-हलकी खाँसी भी आने लगी थी। डॉक्टर एकाएक बहुत गम्भीर हो गया। चलते हुए उसने कहा—"कल अगर सिविल सर्जन को भी बुला लूँ, तो कोई हर्ज तो नहीं है ?"

डॉक्टर को गम्भीर देखकर बूढ़ी नौकरानी सहम गई। उसने कहा—"डॉक्टर साहब, बुला लीजिए !"

बाहर आकर उसने डॉक्टर से कहा—"डॉक्टर साहब, मेरी बच्ची अच्छी तो हो जाएगी ?"

डॉक्टर ने उसी प्रकार गम्भीरता से कहा—"उम्मीद तो है !"—और इतना कहकर वह तेजी के साथ चला गया।

दूसरे दिन सिविल सर्जन भी आए। दोनों डॉक्टरों ने सरोज की परीक्षा की, इसके बाद सिविल सर्जन ने अंग्रेजी में सरोज के डॉक्टर से कहा—"मुझे तो तपेदिक का भय होता है !"

"मैं भी ऐसा ही समझता हूँ। खून की परीक्षा क्यों न कर ली जाए ?"

"हाँ !"—और सिविल सर्जन सरोज का खून शीशे के टुकड़े पर लेकर चला गया।

तीसरे दिन सिविल सर्जन फिर आया। उसने सरोज के डॉक्टर से अंग्रेजी में कहा—"तपेदिक के कीटाणु खून में मिलते हैं—और यह गैलपिंग किस्म का है।"

बूढ़ी नौकरानी दोनों डॉक्टरों की बातें उत्सुकता से सुन रही थी, यद्यपि समझ न पाती थी। सरोज बातें समझ रही थी; पर आँखें बन्द किए हुए शान्त लेटी थी। डॉक्टरों ने नुस्खा लिया।

बूढ़ी नौकरानी ने हाथ जोड़कर सिविल सर्जन से पूछा—"डॉक्टर साहब ! मेरी बच्ची अच्छी हो जाएगी ?"

"हाँ ! हाँ !"—सिविल सर्जन ने उत्तर दिया।

सरोज ने आँखें खोलीं। उसने सिविल सर्जन से अंग्रेजी में कहा—"डॉक्टर साहब ! मैं जानती हूँ कि मैं बचूँगी नहीं; आप उस बूढ़ी को क्यों धोखा दे रहे हैं ? आप कह चुके हैं कि मुझे तपेदिक है !"

विस्फारित नेत्रों से सरोज को देखते हुए सिविल सर्जन ने कहा—"तुम अंग्रेजी समझती हो ? ठीक है, आपको तपेदिक है, लेकिन अगर ठीक तरह से दवा करेंगी, तो आप बच सकती हैं !"

"शायद !"—और सरोज ने आँखें बन्द कर लीं।

सिविल सर्जन ने नौकरानी से कहा—"देखो—इनका उठना-बैठना सबकुछ बन्द कर दो। पेशाब-पाखाना यह सब चारपाई पर से ही करें।"

सरोज अब बिस्तर पर लग गई। उसका दिन का कार्यक्रम था—लीडर तथा रमेश की किताबें पढ़ना और जब इनसे फुर्सत मिले, तब रोना।

सरोज जानती थी कि वह तिल-तिल मर रही है। वह जीवित रहना भी न चाहती थी। मृत्यु की ओर से उदासीन थी; पर उसे शान्ति न थी !

एक भयानक अशान्ति उसके हृदय में अपना घर बनाए थी। वह रमेश को पाना चाहती थी।

वह जानती थी कि रमेश उससे प्रेम करता है—और वह ! वह तो रमेश के लिए मर ही रही थी। विधि की विडम्बना यही थी—रमेश सरोज से प्रेम करते हुए भी अपने प्रेम को नहीं पहचान सका।

और सरोज भगवान पर नाराज थी। वह अनुभव कर रही थी कि जीवन के अन्तिम क्षणों में, वह नास्तिक होती जा रही है। रमेश कहाँ है—वह जीवित है या मर गया ? रमेश ने जाने के बाद उसे एक पत्र भी तो नहीं लिखा ! उफ ! रमेश कितना कठोर है !

वह फिर सोचने लगती थी—"रमेश इतना कठोर क्यों है ?"—और वहीं वह अपने से पूछ उठती थी—"मैं इतनी कोमल क्यों हूँ ?" इन दो प्रश्नों का उत्तर वह न पाती थी और फिर अपने को वह समझाने लगती थी—"शायद भगवान ने पुरुष को कठोर बनाया है और स्त्री को कोमल बनाया है !"—पर इस उत्तर से वह सन्तुष्ट न हो पाती

थी, इस विषमता पर वह भगवान को गालियाँ देने लगती थी। और गालियाँ देते-देते वह रुक जाती थी—वह सोचने लगती—"मैं कितना अधिक पाप कर रही हूँ ! भगवान को गालियाँ देना पाप तो है ही ! पहले जन्म में पाप किए थे, उसका तो यह दंड भोग रही हूँ—और दूसरे जन्म में फिर से दुख सहने के लिए क्यों पाप कर रही हूँ ?...यही तो रमेश ने कहा था कि मनुष्य अपने कर्मों का ही दंड भोगता है—इस जन्म में और अगले जन्म में।"

"अगला जन्म !"—सरोज की विचार-धारा बदलती थी—"क्या पुनर्जन्म होता है ? अगर होता है, तो क्या मैं अगले जन्म में रमेश से मिलूँगी ? शायद ! पर उसे मैं पहचानूँगी किस तरह से ? पहले जन्म की बातें याद ही कहाँ रहती हैं—मुझे तो पहले जन्म की कोई भी बात याद नहीं है ! फिर पुनर्जन्म होता है, यही कौन ठीक है ?"

और सरोज की विचार-धारा फिर चक्कर खाती थी—"मैं क्यों मर रही हूँ ? क्या पाने के लिए मर रही हूँ ? फिर क्या मैं अपनी इच्छा से मर रही हूँ ? यदि अपनी इच्छा से मर रही हूँ, तो क्या मैं अपने को मृत्यु से बचा नहीं सकती ? नहीं, नहीं !"—और सरोज अपने कृश हाथ देखती—दर्पण में मुख देखती, फिर वह सोचने लगती—"और अगर रमेश लौट भी आवे, तो क्या वह मुझे उतना ही चाहेगा, जितना पहले चाहता था ?"

इसी प्रकार की बातें सरोज सोचा करती थी; उसके अन्तःकरण में एक भयानक तूफान उठ रहा था।

दिन-के-दिन बीतने लगे, अब सरोज को चारपाई से उठने में भी कष्ट होता था। एक दिन उसने डॉक्टर से पूछा—"डॉक्टर साहब ! क्या मृत्यु को रोक सकना मनुष्य के हाथ में है ?"

सरोज के इस प्रश्न से डॉक्टर सहम-सा उठा—"शायद नहीं !"

सरोज मुस्कराई—"तो फिर आप मुझे बचाने का क्यों प्रयत्न कर रहे हैं ? आप जानते हैं कि आप मुझे नहीं बचा सकते ? धीरे-धीरे मृत्यु मुझ पर अधिकार जमाती जा रही है—और मैं भी यह जानती हूँ। डॉक्टर साहब ! क्या आप मुझे बचा सकते हैं—क्या आप यह समझते हैं कि मैं अच्छी हो सकूँगी ?"

डॉक्टर भी मनुष्य था, उसकी आँखों में आँसू भर आए—"बचानेवाला परमेश्वर है—मैं तो साधन-भर हूँ !"—और वह उठकर चला गया।

सरोज उस दिन शान्त थी, वह लीडर पढ़ रही थी। एक पन्ने पर उसकी दृष्टि रुक गई। वह विज्ञापन का एक टुकड़ा था। उसमें एक आदमी ने अपने भागे हुए लड़के को लिखा था—"बेटा...तुम्हारी माता तुम्हारे भागने के बाद एकदम बीमार पड़ गई। डॉक्टरों ने उन्हें जवाब दे दिया है। तुम्हारी माँ दिन-रात तुम्हारी ही याद करती हैं। तुम जहाँ हो वहाँ से चले आओ, शायद तुम्हारे आने से तुम्हारी माँ बच जाएँ।"

इस विज्ञापन को सरोज ने कई बार पढ़ा, फिर 'लीडर' उसने मेज पर रख दिया। वह सोचने लगी—"क्या उसका लड़का यह पत्र पढ़ेगा और लौट आएगा ? शायद, पत्र

तो इसीलिए छपवाया गया है। उसकी माँ मर रही है, लड़के को उसका पता नहीं है, माँ लड़के का पता भी नहीं जानती—" और सरोज को अचानक ही सूझ गया—"मैं भी तो मर रही हूँ, और रमेश को मेरा पता नहीं। वह सोचता होगा कि अच्छी तरह से हूँ—और यही क्या ठीक कि वह कभी मेरे विषय में सोचता भी हो ! मैं भी उसका पता नहीं जानती कि उसे अपनी बीमारी का पता दे सकूँ। अच्छा, अगर मैं भी इसी प्रकार का पत्र अखबार में छपवा दूँ, तो कैसा रहे ? शायद रमेश मेरा पत्र पढ़ ले, अखबार तो वह रोज पढ़ा करता था। और पत्र छपवाने में हर्ज ही क्या है ? अगर उसे मेरा पत्र मिला, तो बहुत अच्छा है और अगर उसने न पढ़ा, तो उसमें मेरा नुकसान ही क्या होता है ? यही चार-छह रुपये न !—सरोज रुपयों का खयाल आते ही हँस पड़ी। उसने अपने चारों ओर देखा—"वह मकान, उसकी जायदाद, उसकी सारी सम्पत्ति तभी तक उसकी है, जब तक वह जीवित है और उसके बाद..."

सरोज ने नौकरानी को बुलाया, कलम, दावात, कागज मँगवाकर उसने काँपते हुए हाथों से लिखा—

प्रिय रमेश

मैं मृत्यु-शय्या पर पड़ी हूँ। तुम्हें एक बार देखना चाहती हूँ, यही मेरी अन्तिम इच्छा है—और मैं यह नहीं जानती कि कब तक जिन्दा रहूँगी। अगर मरने के पहले तुमसे मिल सकी, तो सुख से मर सकूँगी।

सरोज

सरोज ने यह विज्ञापन 'लीडर' में भिजवा दिया।

[10]

तीसरे दिन रमेश रामकिशन मेहरोत्रा से मिला, उसी दिन वह नौकर हो गया।

और रमेश ने अन्यमनस्क भाव से अपने चारों ओर देखा, एक नए संसार में वह फेंक दिया गया था—ऐसे संसार में, जहाँ हर्ष नहीं था, उत्साह नहीं था—केवल एक शून्य था !

सन्ध्या के समय होटल में पहुँचकर रमेश ने शराब पीना आरम्भ किया और तब तक पीता रहा, जब तक वह बेहोश न हो गया।

लखनऊ में यही रमेश का जीवन था। उसका कोई मित्र न था, जनसमुदाय से उसे अरुचि थी। वह जीवित था, किस काम के लिए ? यह भूल गया था। रस और माधुर्य—वह इन दोनों को खो बैठा था। दिन-भर वह काम-काज में व्यस्त रहता था, और सन्ध्या के समय उसका भूतकाल उसके सामने एक भयानक अभिशाप के रूप में खड़ा

हो जाता था। उस अभिशाप से वह सिहर उठता था, उससे वह दूर भागना चाहता था और भागने का लाख प्रयत्न करने पर भी वह भाग न पाता था। उसके हृदय के तार ढीले पड़ गए थे, और एक-के-बाद एक विगत स्मृतियाँ एक कर्कश झंकार करती हुई उन तारों से टकराती थीं। उन स्मृतियों के प्रतिघात से वह कराह उठता था।

रमेश का अस्तित्व आदि से अन्त तक अस्तित्व का अपवाद बन गया था—निर्जीव और वेदनापूर्ण। बीच-बीच में उसकी आत्मा तड़प उठती थी, और उस तड़पन से मर्माहत होकर वह हँस पड़ता था। प्रभा के स्वार्थ ने उसे अविश्वासी बना दिया था, और अविश्वास से उस पिशाच के प्रहार से उसकी आत्मा तड़पी नहीं थी, छटपटाई नहीं थी—वह केवल बेहोश हो गई थी; पर सरोज के प्रेम ने उसकी आत्मा की बेहोशी को दुखद सपनों से भरी निद्रा में परिणत कर दिया था।

प्रभा के पास से हटने के बाद रमेश अपने लिए जीवित था, सरोज के पास से हटने के बाद वह अपनापन ही खो आया था। बिना जाने हुए रमेश ने सरोज को अपनापन सौंप दिया था, और इसीलिए वह जीवन में एक भयानक अभाव का अनुभव करने लगा था।

रामकिशन मेहरोत्रा की रमेश पर ममता थी, अपने पुत्र की भाँति वह रमेश को मानते थे। दो-एक बार रमेश को उन्होंने अपने यहाँ आमन्त्रित भी किया; पर रमेश ने कुछ-न-कुछ बहाना करके टाल दिया।

इस प्रकार एक महीना बीत गया। एक दिन रामकिशन ने दफ्तर में रमेश से कहा—"रमेश, मेरी बदली हो गई, मैं यहाँ से जा रहा हूँ। मेरी जगह पर एक अंग्रेज आ रहा है !"

"हूँ !"—रमेश ने भावनारहित उत्तर दिया।

रामकिशन को रमेश की उदासीनता अच्छी नहीं लगी। कुछ झल्लाकर उन्होंने कहा—"रमेश, मेरी जगह पर एक अंग्रेज आ रहा है, तुम्हें आगाह किए देता हूँ कि उसका स्वभाव अच्छा नहीं है।"

रमेश ने अपनी आँखें उठाईं। उसने गौर से रामकिशन को देखा—फिर उसने गम्भीर स्वर में कहा—"बाबूजी ! आप इसकी चिन्ता न करें !"

रामकिशन उठ खड़े हुए—एक महीना तक रमेश के साथ रहकर भी वे रमेश को न समझ पाए थे।

"मैं कल जा रहा हूँ !"—यह कहकर रामकिशन चले गए।

उस दिन सन्ध्या के समय रामकिशन को बड़ा आश्चर्य हुआ, जब उन्होंने देखा कि रमेश उनके बँगले में आया। उन्होंने आदरपूर्वक रमेश का स्वागत किया।

बाबू रामकिशन ने ड्राइंग-रूम में रमेश को बिठलाया—उसके बाद उन्होंने चाय मँगवाई। उस दिन एक वर्ष के बाद प्रथम बार रमेश एक ड्राइंग-रूम में बैठा था—अपने चारों ओर उसने एक अजीब दृष्टि से देखा। चाय का प्याला लेते हुए उसने धीमे स्वर से कहा—"मैं शायद यहाँ पहले भी कभी आया हूँ।"

बाबू रामकिशन ने आश्चर्य से रमेश की ओर देखा—"नहीं, तुम मेरे बुलाने पर भी यहाँ कभी नहीं आए।"

रमेश उस समय न रामकिशन को पहचान रहा था, न उनके स्वर को। उसने दृढ़तापूर्वक कहा—"नहीं, मुझे अच्छी तरह याद है कि मैं यहाँ आया हूँ—जरूर आया हूँ।"—और एकाएक वह जोर से हँस पड़ा।

रमेश की मुद्रा देखकर बाबू रामकिशन सहम गए—"रमेश ! होश में हो !"

रमेश ने चाय का प्याला अपने होठों से लगा लिया, मानो उसने रामकिशन की बात सुनी ही नहीं। रामकिशन एकटक रमेश को देख रहे थे।

चाय का प्याला मेज पर रखकर रमेश ने सिगरेट के डिब्बे से सिगरेट निकालकर सुलगाई। उठकर वह कमरे में टहलने लगा। अब वह कह रहा था—"बाबू रामकिशन, आपकी और मेरी बहुत पुरानी दोस्ती है। आप भूल रहे हैं, पर मुझे याद है—अच्छी तरह याद है। आपने मेरे ऊपर बहुत अधिक उपकार किए—और अन्त में मैंने आपको गोली मार दी। लेकिन आप कितने अच्छे आदमी हैं कि आपने तब भी मुझसे बुरा नहीं माना—मुझे एक कटु शब्द तक नहीं कहा। और उसके बाद भी आप मुझ पर उपकार करते रहे। आप जा रहे हैं—मुझे बड़ा अफसोस है। बाबू रामकिशन अच्छे आदमी दुनिया में बहुत कम हैं।"

रामकिशन रमेश की हालत देखकर बहुत चिन्तित हो गए; उन्होंने तेजी से कहा—"रमेश, कुर्सी पर बैठो और होश की बातें करो।"

रमेश ने रामकिशन को देखा—रमेश की आँखों में एक अजीब भाव था, जिसे रामकिशन नहीं समझ सके। वह रामकिशन के सामने खड़ा हो गया—"क्या मैं गलत कह रहा हूँ ?"

रामकिशन उठ खड़े हुए। रमेश का हाथ पकड़कर वे उसे बरामदे में ले गए। एकाएक रमेश चौंक उठा। उसने कहा—"अरे ! मैं क्या-क्या कह गया—बाबूजी, माफ कीजिएगा—मैं आपे में नहीं था।"

"हाँ, मैंने समझा कि तुम पागल हो गए।"

"नहीं, बाबूजी, पागल तो मैं हो चुका हूँ, इस समय भी अपने आपे में नहीं हूँ—वह तो मेरी पुरानी संज्ञा लौट-सी रही थी, एक विकृत-रूप में। पर इससे क्या होता है, बाबूजी, दुनिया एक विचित्र जगह है !"—कहते-कहते रमेश जोर से हँस पड़ा।

रामकिशन ने रमेश को सिर से पैर तक देखा। कुछ देर तक चुप रहकर उन्होंने कहा—"रमेश, तुम बहुत दुखी मालूम होते हो। तुमने मुझसे अपने सम्बन्ध में कभी कुछ बतलाया नहीं।"

"हाँ, बाबूजी, पर मैंने कभी अपने सम्बन्ध में बतलाने की आवश्यकता नहीं समझी ! बाबूजी, अपने दुखों को स्वयं बर्दाश्त करना मनुष्य का धर्म है; अपने दुख दूसरों को बाँटना, दूसरों की सहानुभूति जागृत करना, अपने दुख से दूसरों को दुखी करना—यह कायरता है। यह मनुष्य को शोभा नहीं देता ! है न ऐसी बात !"

"मैं तो ऐसा नहीं समझता !"—रामकिशन ने कहा—"रमेश, एक बात तुम भूल गए हो—दुख बाँटने से ही हलका होता है; मनुष्य का हृदय जब तक भरा रहता है, तब तक वह एक बहुत बड़े खतरे के सामने रहता है। कोई भी भावना सीमित नहीं रहना चाहती, वह स्वयं दूसरों पर व्यक्त होने का प्रयत्न करती है। जिस समय तुम अपना दुख दूसरों से नहीं कहते, उस समय तुम अपने से ही उस दुख को बार-बार कहते हो—बिना अपने जाने हुए, और यहाँ एक भयानक प्रतिक्रिया तुम्हारे अन्दर काम करती है। समझे !"

रमेश ने सिर हिलाया—"आप शायद ठीक कहते हैं; मैंने कभी इस पर ध्यान नहीं दिया था—ध्यान देने का अवसर भी मुझे नहीं मिला ! पर अब—अब जब आप जा रहे हैं—अब बहुत देर हो चुकी है। नहीं, बाबूजी, अब सब बेकार है। मैं जा रहा हूँ—आपको अभी बहुत काम-काज करना होगा !"—यह कहकर रमेश बिना रामकिशन के उत्तर की प्रतीक्षा के चल दिया।

दूसरा मैनेजर आ गया। रमेश पर शासन कड़ा हो गया, उसे रामकिशन का चला जाना अब खला।

एक सप्ताह बीत गया। रमेश में और उसके मैनेजर में रोज ही कुछ-न-कुछ कहा-सुनी हो जाती थी। उस दिन रमेश जब ऑफिस पहुँचा, वह उद्विग्न था। रात-भर उसने बुरे-बुरे सपने देखे थे। वह सो न सका था। दफ्तर पहुँचकर उसने 'लीडर' के पन्ने उलटे—एकाएक उसकी नजर एक विज्ञापन पर रुक गई।

वह विज्ञापन सरोज का था—रमेश अपना मत्था पकड़े हुए उस विज्ञापन को बार-बार पढ़ रहा था, विज्ञापन के शब्दों को वह एक के बाद एक दुहराता जाता था, फिर भी उसकी समझ में कुछ न आ रहा था।

रमेश ने अगला पन्ना उलटा, उसने कुछ पंक्तियाँ पढ़ीं; पर फिर उसने पन्ना उलट दिया, उसने फिर विज्ञापन पढ़ा। झल्लाकर उसने 'लीडर' बन्द करके फेंक दिया और काम करने लग गया।

पर वह काम न कर सका, सरोज की तस्वीर उसकी आँखों के आगे झूल रही थी; और उसकी आँखों के आगेवाली सरोज की मूर्ति करुणा और निराशा की मूर्ति थी। एक बार ही उसका अतीत बड़ी निर्दयता के साथ उसके सामने आकर खड़ा हो गया। वह एकाएक हँस पड़ा, उसने बल लगाकर कहा—"नहीं—सब बेकार है; यह पागलपन है—निरा पागलपन है !"

रमेश उठ खड़ा हुआ, वह कमरे में टहलने लगा। रमेश की उस उद्विग्नता पर क्लर्कों को आश्चर्य हो रहा था, वे आपस में काना-फूसी कर रहे थे। रमेश ने यह सब देखा और उसने अपने को सँभाला। वह मैनेजर के कमरे में गया। और सिर दर्द के बहाने उस दिन की छुट्टी लेकर वह अपने होटल चला गया।

होटल के कमरे में पहुँचकर वह एकाएक अपने पलँग पर गिर पड़ा और फूट-फूट कर रोने लगा। वह क्यों रो रहा है, यह वह स्वयं ही न जानता था; पर रो रहा था,

जोर से रो रहा था। आज वह बहुत दिनों बाद रोया था।

रमेश बड़ी देर तक रोता रहा, उसके बाद वह सो गया।

जिस समय उसकी आँख खुली, उसका चित्त कुछ हलका था। उसने घड़ी देखी, चार बज चुके थे। कमरे के बाहर बरामदे में वह खड़ा हो गया और सड़क पर चलने वालों को वह देखने लगा। एकाएक फिर उसे सरोज की याद आ गई—सरोज मृत्यु-शय्या पर लेटी है !

किसी ने उसके अन्तःकरण से कहा—''रमेश, चलो—सरोज तुम्हें बुला रही है—वह तुम्हें देखना चाहती है—चलो, चलना तुम्हारा कर्तव्य है !''

और रमेश कह उठा—''सरोज मेरी कौन होती है ?''—और एकाएक वह रुक गया। सरोज के साथवाली रातें—सरोज का भोलापन, सरोज की ममता—ये सब एक अजीब तरह की कसक लिए हुए विस्मृति के गर्त से निकल पड़ीं।

रमेश कमरे में चला गया, शराब की बोतल निकालकर उसने पीना आरम्भ कर दिया ; पर सरोज ने वहाँ भी उसका पीछा न छोड़ा—किसी ने फिर उसके अन्तःकरण में कहा—''रमेश, सरोज मर रही है—बेवकूफ, वह तेरे ही कारण मर रही है, तुझे वहाँ जाना चाहिए !'' और रमेश को ऐसा मालूम हुआ, मानो सरोज की प्रेतात्मा उसके सामने खड़ी रो रही है।

रमेश ने शराब की बोतल रख दी, कपड़े पहनकर वह होटल से निकल पड़ा, घूमने के लिए। उसने अपने मन में कहा—''आखिर यह पागलपन क्यों ? लोग मरते ही रहते हैं—सरोज से मेरा क्या सम्बन्ध ? उस क्षणिक ममता को जाग्रत करना बेकार है—लेकिन—'' सहसा रमेश की विचारधारा बदली—''लेकिन वह मर रही है; क्यों मर रही है ? वह मुझे देखना चाहती है मरने के पहले—क्यों देखना चाहती है ? और—और सरोज मेरे कारण मर रही है।''

रमेश तेजी के साथ गोमती की ओर जा रहा था, और उसकी विचारधारा उसकी तेजी से कहीं अधिक तेजी के साथ चल रही थी। वह प्रथम दिन, जब वह सरोज से मिला था—फिर उसके बाद रमेश ने सरोज के साथ जो-जो दुर्व्यवहार किए थे—सरोज का आत्म-समर्पण—ये सब उसकी आँखों के आगे एक के बाद एक आए—और एक पीड़ा से भरी हुई हलचल मचाकर चले गए। रमेश ने मुस्कराने का प्रयत्न करते हुए कहा—''यह तो जीवन-नाटक का एक अभिनय था''—और फिर किसी ने उसे धिक्कारा—''एक अभिनय—मनुष्य के प्राणों के प्रश्न को एक अभिनय कह सकते हो ?''—रमेश काँप-सा उठा—सहसा वह रुक गया। उसने अपने सामने देखा, वह केसरबाग में आ गया था। वह घूम पड़ा, घूमकर वह होटल लौट आया। अपने कमरे में जाकर वह फिर बैठ गया—पर उसे कहीं शान्ति न मिल रही थी। आज उसे शराब पीने की भी इच्छा नहीं हो रही थी।

उसने घड़ी देखी, अभी छह नहीं बजे थे। एकाएक वह उठ खड़ा हुआ। उसने अपना पर्स निकालकर जेब में डाल लिया, कुछ कपड़े उसने एक अटेची-केस में

भर लिए और वह निकल पड़ा। एक ताँगे पर बैठकर उसने ताँगेवाले से कहा–
"स्टेशन !"

स्टेशन पहुँचकर उसने टिकट लिया, इसके बाद वह कानपुरवाली गाड़ी पर बैठ गया।

[11]

सरोज ने विज्ञापन भिजवा दिया था–और उसे यह आशा थी कि रमेश आवेगा। वह बिस्तर पर लग गई थी–तिल-तिल अपने जीवन पर से वह अपना अधिकार खो रही थी।

उस दिन, जब उसका विज्ञापन 'लीडर' में निकला, वह प्रसन्न थी। सुबह उसने 'लीडर' पढ़ा–और उसके बाद वह मुस्कराई। नौकरानी को उसने सिरहाने बिठलाया–
"बाई माँ, रमेश बाबू का कमरा साफ कर रखो–वे आ रहे हैं !"

नौकरानी की आँखों में आँसू भर आए, उसने समझा कि सरोज को सन्निपात हो गया। उसने कहा–"बेटी, तबीयत कैसी है।"

सरोज ने नौकरानी के भाव पढ़ लिए। उसने कहा–"बाई माँ, आज तबीयत कुछ हलकी मालूम हो रही है; तुम घबराओ नहीं, कोई मुझसे कह रहा है कि रमेश बाबू आते होंगे"–फिर एकाएक उसका स्वर करुण हो गया–"बाई माँ, उनका कमरा ठीक करवा दो, देखो उन्हें कोई तकलीफ न होने पाए।"–और उसकी आँखों में आँसू भर आए।

नौकरानी जोर से रो पड़ी–उसने सरोज के मस्तक पर हाथ फेरते हुए कहा–
"बेटी ! भगवान तुम्हें अच्छी कर देगा। दुखी मत होओ।"–और वह वहाँ से तेजी से चली गई।

"पगली कहीं की !"–सरोज ने धीरे से कहा–और उसके मुख पर एक हलकी सी मुस्कराहट दौड़ गई। आँख बन्द करके वह हिसाब लगाने लगी–आज सुबह 'लीडर' में विज्ञापन निकला है ! रमेश कहाँ होगा ?–कलकत्ता ! अच्छा तो कलकत्ता, आज चला हुआ पत्र कल पहुँचेगा–कल सबेरे ! और कल सबेरे रमेश यह विज्ञापन देखेगा। फिर कल रात वह वहाँ से चलेगा और परसों दोपहर के समय वह कानपुर आ जाएगा। परसों दोपहर को दो बजे ! ठीक, इस समय दस बजे हैं–दो बजे तक हुए चार घंटे, और दो दिन के हुए अड़तालीस घंटे–कुल बावन घंटे ! बावन घंटे के बाद वह यहाँ आ जाएगा। लेकिन मान लो वह कलकत्ता में नहीं है, वह बम्बई चला गया है–तब ? बारह घंटे और सही, तो हुए चौंसठ घंटे–चौंसठ घंटे से अधिक उन्हें न लगेंगे।"–सरोज ने अपनी आँखें खोल दीं। उसने कमरे-भर में अपनी नजर दौड़ाई।

धूप तेज हो रही थी, बिजली के पंखे की हवा में भी हलकी-सी गर्मी आ गई थी।

नौकरानी सरोज का खाना लेकर कमरे में आ गई थी—उसने सरोज को पकड़कर बिठलाया—सरोज ने स्वाद के साथ भोजन किया; उसके बाद वह लेट गई—उसने नौकरानी से कहा—"बाई माँ, आज पान खाने को जी करता है।"—सरोज ने रमेश के चले जाने के बाद पान न खाया था।

बुढ़िया ने प्रसन्न मन सरोज को पान दिया। सरोज ने कहा—"बाई माँ, जानती हो, रमेश बाबू आ रहे हैं !"

नौकरानी ने कोई उत्तर न दिया।

सरोज ने फिर कहा—"बाई माँ, रमेश बाबू जब आएँ तो उन्हें सीधे यहाँ ले आना, समझी !"—नौकरानी ने सिर हिला दिया।

"बाई माँ ! जाओ खाना खा लो और देखो किवाड़ बन्द कर दो, मैं सो रही हूँ। अब दोपहर-भर तुम्हारे यहाँ आने की कोई जरूरत नहीं है—मेरी तबीयत आज बहुत अच्छी है !"

बुढ़िया ने आश्चर्य से सरोज को कुछ देर तक देखा और उसने देखा कि सरोज के मुख पर कुछ चमक आ गई है। भगवान से प्रार्थना करते हुए और मनौती मानते हुए वह कमरे से बाहर चली गई।

बुढ़िया के बाहर जाते ही सरोज हँस पड़ी—"और बाई माँ कितनी दुखी है—वह क्या जानती है ? वह जान ही क्या सकती है ? वह सिर्फ इतना जानती है कि मैं बीमार हूँ और मेरे बचने की कोई आशा नहीं है। और इसके आगे जानने की न उसमें क्षमता है और न कोई आवश्यकता है !"

उस समय घड़ी ने बारह बजाए। सरोज ने घड़ी देखी—"अब ज्यादह-से-ज्यादह बासठ घंटे ! इसके बाद रमेश बाबू मेरे पास होंगे। उन्हें गए हुए कितने दिन हुए हैं—सोचूँ तो—दो महीने और केवल दो महीने, और इन दो महीनों में क्या-से-क्या हो गया।"—सरोज ने अपना हाथ देखा—निर्जीव मांस-रहित कृश !—"क्या-से-क्या हो गया ! रमेश बाबू मुझे पहचानेंगे; मुझे देखकर वह क्या सोचेंगे, मुझे इस प्रकार छोड़कर चल देने की गलती को वह अनुभव करेंगे ? क्या मुझे देखकर वह दुखी होंगे ?"—सरोज की आँखें तरल हो गईं, एक भयानक भावना एकाएक उसके मस्तिष्क में आ गई और वह सिहर उठी—"क्या रमेश बाबू मुझे देखकर मुझसे मेरी कुरूपता के कारण घृणा नहीं कर सकते ? मैं कितनी कुरूप हो गई हूँ।"—शीशा उठाकर सरोज ने अपना मुख देखा—"इन दो महीनों के अन्दर ही कितनी कुरूप हो गई हूँ। हे भगवान्, उतने दिनों के लिए मुझे रूप दे दो, जितने दिन मुझे रमेश बाबू के साथ रहना है, उसके बाद जब तुम्हारी इच्छा हो, मुझे ले लो। मैं जानती हूँ कि मृत्यु से मुझे कोई बचा नहीं सकता।"—सरोज ने उठने का प्रयत्न किया; पर वह असफल रही। बड़े करुण स्वर में उसने कहा—"नहीं, अब तो उठा भी नहीं जाता, बहुत निकट आ गई हूँ—मौत के मुँह के—अब कितने दिन और जीवित रह सकती हूँ ? अधिक-से-अधिक एक महीना ! इस एक महीने में क्या होगा ?—अगर रमेश बाबू आ जाते, तो शायद..."—और सरोज

अधिक न सोच सकी।

जिस समय उसकी आँख खुली, चार बजे थे। नौकरानी के सहारे वह बैठ गई–उसका हृदय हलका हो गया था। उसने नौकरानी से कहा–"बाई माँ ! रमेश बाबू का कमरा ठीक कर दिया है न !"

इस बार नौकरानी ने कहा–"हाँ, ठीक करवा दिया गया। रमेश बाबू के आने की तुझे चाहे जितनी भी उम्मीद हो, मैं तो कह सकती हूँ कि वे नहीं आएँगे।"

सरोज ने नौकरानी का हाथ पकड़ लिया–"बाई माँ ! तुम नहीं जानतीं–रमेश जरूर आवेंगे–मैं जानती हूँ कि वे जहाँ भी होंगे, वहाँ से अब चलनेवाले होंगे–बाई माँ !"

बुढ़िया ने कहा–"हाँ बेटी, कहो !"

"कुछ नहीं, बाई माँ, रमेश बाबू को इसी कमरे में ले आना सीधे। और देखो, उनसे तुम कुछ कहना नहीं–कहीं नाराज न कर देना, बाई माँ, हाथ जोड़ती हूँ !–समझीं !"

छह बजे सरोज ने थर्मामीटर लगाया। नौकरानी से उसने कहा–"बाई माँ ! आज बुखार भी कुछ कम है–102 डिग्री। दो डिग्री कम हो गया है।"–एकाएक सरोज कह उठी–"बाई माँ, क्या मैं अच्छी हो सकती हूँ ?"

नौकरानी ने सरोज के मत्थे पर हाथ फेरते हुए कहा–"मेरी बेटी, भगवान तुझे अच्छी कर देंगे–मैं जानती हूँ, मैंने इतनी मनौती मान रक्खी है–क्या इस बुढ़िया की प्रार्थना बेकार जाएगी ?"

सरोज ने शून्य की तरफ देखते हुए कहा–"नहीं बाई माँ, मैं अच्छी होना नहीं चाहती–जरा भी नहीं चाहती ! वेश्या की जिन्दगी ही क्या है, इससे अच्छी तो मौत है–बाई माँ, मैं मौत चाहती हूँ, जिन्दगी की चाह मुझे नहीं है !"

जीभ दबाते हुए नौकरानी ने कहा–"राम-राम ! बेटी, कैसी बात कर रही हो ! तुम्हें किस बात का दुख था।"–पर एकाएक बुढ़िया सरोज की मुख-मुद्रा देखकर रुक गई और कमरे के बाहर चली गई।

आठ बजे–और नौकरानी ने सरोज के सामने खाना रख दिया।

सरोज ने खाना देखा–फिर उसने कहा–"बाई माँ ! अगर रमेश अभी आ जाएँ, तो ? उनके लिए खाना बनाया न होगा !"

"अभी आ जाएँ–" बुढ़िया ने आश्चर्य से सरोज को देखा–"बेटी, कैसी बातें करती हो ?"

"नहीं, बाई माँ, मैंने वैसे ही कह दिया था।"–और सरोज ने पहला कौर मुँह में डाला।

इसी समय किसी ने दरवाजे की साँकल खटखटाई।

सरोज ने कहा–"बाई माँ, देखो तो कौन है–कह देना मैं अच्छी हूँ, यहाँ मत लाना।"

बुढ़िया जब लौटी, तब वह काँप रही थी। सरोज ने कहा—"बाई माँ ! क्या हो गया।"—और एकाएक सरोज के हाथ का कौर उसके हाथ से छूटकर गिर पड़ा।

सरोज ने देखा—दरवाजे पर रमेश खड़ा था—कृश और पीला ! सरोज थोड़ी देर तक मौन रही, फिर उसने कहा—"आज ही ?—"

रमेश हिला-डुला नहीं, वह वैसे ही खड़ा रहा।

सरोज ने तनिक जोर से कहा—"रमेश बाबू, मैं उठ-बैठ नहीं सकती, दरवाजे पर बढ़कर आपका स्वागत करने में असमर्थ हूँ, आप चले आइए !"

रमेश धीरे-धीरे एक अपराधी की भाँति सरोज की तरफ बढ़ा। सरोज के पलँग के पास वह आकर रुक गया।

सरोज एकाएक बल लगाकर चारपाई से उतर गई और रमेश के पैर छूने को झुकी और उसी समय वह गिर पड़ी—रमेश के पैरों पर, और उसे जोर से एक खून की कै हुई।

नौकरानी ने और रमेश ने उसे उठाकर बिस्तर पर लिटा दिया, उस समय वह बेहोश थी। नौकरानी दौड़ी हुई डॉक्टर को बुलाने चली गई।

सरोज ने आँखें खोलीं—रमेश खड़ा था। सरोज ने इशारे से रमेश को अपने सिरहाने बिठलाया, फिर उसने क्षीण स्वर में कहा—"तुम आ गए !"

"हाँ !"—रमेश ने कहा—"लेकिन तुम्हारी यह क्या हालत ?"

सरोज ने रमेश का हाथ अपने हाथ में ले लिया—"मेरी यह हालत तुम्हारी वजह से हुई, समझे।"—उस समय सरोज का हाथ जल रहा था; कै होने के बाद उसका बुखार एकदम तेज हो गया था।

रमेश ने कोई उत्तर न दिया, वह सरोज को गौर से देख रहा था। सरोज ने फिर कहना आरम्भ किया—"हाँ, मेरी यह हालत तुम्हारी ही वजह से हुई है रमेश बाबू ! तुम मुझे छोड़कर चले गए—हैं न ऐसी बात ! मुझे क्यों छोड़कर चले गए ?"

इस समय तक नौकरानी डॉक्टर को साथ लेकर आ गई।

डॉक्टर ने सरोज को देखा। उसके बाद उसने सरोज से भर्त्सना के स्वर में कहा—"आप को मना कर दिया गया था कि आप हिलें-डुलें मत—फिर आप क्यों उठीं ? आप अपने ही हाथ अपना अहित कर रही हैं !"

मुस्कराते हुए सरोज ने डॉक्टर से कहा, "डॉक्टर साहब ! मैं सब जानती हूँ—मैं जानती हूँ कि मैं बच नहीं सकती, फिर डॉक्टर साहब जिन्दगी के सुख का एक छोटा-सा पल क्यों बेकार छोड़ा जाए ! डॉक्टर साहब—आज मेरी जिन्दगी के बहुत बड़े सुख का दिन है, और यह जानते हुए कि मृत्यु मेरे सिर पर खड़ी है, उस मृत्यु के भय से उस प्रसन्नता के क्षण को व्यर्थ जाने देना, बहुत बड़ी मूर्खता होगी डॉक्टर साहब !"

डॉक्टर ने सरोज को गौर से देखा; सरोज ने जो कुछ कहा था, उसे डॉक्टर नहीं समझ सका। सिर हिलाते हुए उसने कहा—"नहीं, तुम्हें परहेज करना पड़ेगा—जैसे मैं कहता हूँ, वैसा करना पड़ेगा !" यह कहकर उसने नुस्खा लिखा।

नौकरानी डॉक्टर के साथ दवा लेने चली गई। रमेश सरोज के साथ अकेला रह गया। सरोज ने रमेश को फिर अपने सिरहाने बिठला लिया—रमेश का हाथ पकड़े हुए वह लेटी थी। उसकी आँखें बन्द थीं, उसके मुख पर सन्तोष और सुख की रेखाएँ स्पष्ट थीं। उसे असीम आनन्द का अनुभव हो रहा था। इस प्रकार वह काफी देर तक लेटी रही।

नौकरानी दवा लेकर लौट आई। सरोज ने आँखें खोल दीं, उसने नौकरानी से कहा—"बाई माँ ! मैंने कहा था कि अगर रमेश बाबू आ गए तो ! उनके लिए खाने का इन्तजाम करो न !"

नौकरानी चली गई। रमेश ने अपने हाथ से सरोज को दवा पिलाई। दवा पीकर सरोज ने फिर आरम्भ किया—"रमेश बाबू, बतलाया नहीं कि तुम क्यों चले गए थे ?"

"मेरे पास रुपये नहीं थे—सबकुछ खर्च हो गया था।"

"रुपये !"—सरोज ने आश्चर्य से कहा।

"हाँ, रुपये खत्म हो गए थे और बिना रुपये भला मैं किस प्रकार रह सकता था ?"

सरोज के मुख पर एक करुण मुस्कराहट आई—"रमेश बाबू ! क्या तुमने मेरे प्रेम को रुपयों का गुलाम समझा था ? क्या तुमने समझा था कि मैं तुम्हारे रुपयों के कारण तुमसे प्रेम करती थी—तुमने बहुत बड़ी गलती की, रमेश—और इस गलती का मूल्य मेरा प्राण था ! समझे ! जरा बाई माँ को बुला दो !"—रमेश ने नौकरानी को बुला दिया। सरोज ने नौकरानी से कहा—"जरा वह चाँदीवाला डिब्बा निकाल लाना !"

नौकरानी डिब्बा ले आई। नौकरानी के जाने के बाद अपना चाबी का गुच्छा सरोज ने रमेश के हाथ में देते हुए कहा—"रमेश बाबू, इस डिब्बे को खोलो !"—रमेश ने डिब्बा खोला—"रमेश बाबू, जो कुछ तुमने मुझे दिया था, वह सब इसमें है। समझे, एक पैसा मैंने खर्च नहीं किया है। मुझे तुम्हारा रुपया नहीं चाहिए था—मैं तुम्हें चाहती थी, केवल तुम्हें। पैसे की मेरे पास कमी नहीं है, मेरी माँ चार लाख की सम्पत्ति मेरे लिए छोड़ गई है; पर वह सम्पत्ति मेरे किस काम की ? मैं तुम्हें चाहती थी—रमेश, और तुम्हीं में मेरा अस्तित्व था, मेरा संसार था। जिस समय तुम चले गए—तुमने मेरे जीवन में एक भयानक सूनापन पैदा कर दिया। उस समय मैंने जाना कि मृत्यु क्या है। तुम गए—और मेरे जीवन में मृत्यु की छाया छोड़ते गए। रमेश ! पता नहीं, तुम इसे समझ सकोगे कि नहीं, क्योंकि तुम पुरुष हो।"

रमेश का मुख धुँधला पड़ गया—उसने अपने अपराध की गुरुता देखी, उसने सत्य देखा। वह कराह उठा—"सरोज ! सरोज ! !"

सरोज कहती ही गई—"रमेश, मैं जानती थी कि तुम मुझसे प्रेम करते हो; पर अपने प्रेम को तुम स्वयं ही न जानते थे। उफ—तुम्हारी गलती का मूल्य मुझे चुकाना पड़ रहा है, रमेश ! स्त्री को भगवान ने इतना कोमल क्यों बनाया है।"

रमेश चिल्ला पड़ा—"बस करो—सरोज, बस करो ! अगर मैं अपने प्राण देकर भी तुम्हें बचा सकता हूँ, तो मैं तैयार हूँ—सरोज ! सरोज ! हाथ जोड़ता हूँ, मुझे क्षमा करो !

मैं कितना अधम हूँ—पापी हूँ।''

सरोज की आँखों में आँसू भर आए—''नहीं, रमेश, दुखी न हो ! यह भगवान की इच्छा है, इससे तुम्हारा कोई दोष नहीं है। मेरी मृत्यु आ गई है—मुझे मरना ही है। यदि तुम मुझे बचा भी सकते, तो मैं तुम्हें कभी भी यह न करने देती ! मैं तो वेश्या हूँ—हूँ न; रमेश, मैं तुम्हारे लिए नहीं बनी हूँ—भगवान ने ठीक ही किया है, जो वह मुझे लिए ले रहा है। एक प्रार्थना है—अगर उसे मान लो, तो तुम मुझे सबकुछ दे सकोगे।''

रमेश फूट-फूटकर रो रहा था। हिचकियाँ लेते हुए उसने कहा—''तुम जो कुछ कहो, मैं करूँगा।''

अपने हाथ से रमेश के आँसू पोंछते हुए सरोज ने कहा—''जब तक मैं जिन्दा हूँ, तब तक तुम यहीं रहो—फिर जहाँ तुम्हारा जी चाहे, चले जाना।''

''मैं अन्त तक तुम्हारे साथ रहूँगा।''—रमेश ने कहा।

नौकरानी ने रमेश के खाने का प्रबन्ध कर दिया। वह रमेश को बुलाने के लिए गई। सरोज ने उससे कहा—''बाई माँ ! रमेश बाबू का कमरा तो तुमने ठीक करवा ही दिया है !''

''नहीं, मैं तुम्हारे कमरे में रहूँगा !''—रमेश ने कहा।

सरोज मुस्कराई—''रमेश बाबू यह गैरमुमकिन है, मुझे तपेदिक है...''

''इससे क्या—मैं तुम्हारे साथ रहूँगा—इसी कमरे में !''

''अच्छा, बाई माँ, रमेश बाबू का सामान इसी कमरे में ला दो !''

रमेश सरोज के साथ रहने लगा। सरोज की हालत दिनों-दिन बिगड़ती जाती थी। एक दिन सरोज ने रमेश से कहा—''रमेश बाबू ! तुमने कभी अपने सम्बन्ध मैं बतलाया नहीं—आखीर दफे तो मुझे बतला दो। मैं अब बहुत थोड़े दिन की मेहमान हूँ !''

रमेश ने उस दिन सरोज को अपना सारा इतिहास बतला दिया। सरोज ने सब सुनकर ठंडी साँस ली—''ठीक है, रमेश, दुनिया एक अजीब जगह है ! अच्छा, मैं जा रही हूँ। पता नहीं, अब फिर कभी मिलना होगा कि नहीं, यद्यपि मुझे पूर्ण विश्वास है कि हम दोनों फिर अगले जन्म में अवश्य मिलेंगे। हाँ, तो तुमसे दो बातें चाहती हूँ।''

''वे क्या ?''

''पहले वादा कर लो कि करोगे।''

''मैं वादा करता हूँ।''

''एक तो यह है कि तुम शराब पीना छोड़ दो।''

रमेश हँस पड़ा—''तुम्हारे यहाँ लौटकर तुम जानती ही हो कि मैं उसे छोड़ चुका हूँ !''

''और दूसरी यह कि तुम पढ़ना फिर से आरम्भ कर दो। देखो रमेश, तुम्हारा स्थान बहुत ऊँचा है—तुम दुनिया में बहुत बड़ा काम करने आए हो—जाओ, अपने काम में

लगो, यह घृणित वातावरण तुम्हारे लिए नहीं बना है—और प्रभा ? उसकी बात छोड़ो; वह स्त्री नहीं है, पिशाचिन है, समझे !"

"सरोज—तुम ठीक कहती हो—मैं जाऊँगा, पढ़ूँगा। तुम विश्वास रखो।"

दोपहर के समय सरोज ने नौकरानी से एक वकील को बुलवाया। रमेश रात-भर जागने के कारण अपने कमरे में सो रहा था। वकील से उसने एक वसीअत लिखवाई—अपनी सारी सम्पत्ति उसने रमेश को वसीअत कर दी। दूसरे दिन उस वसीअत की रजिस्ट्री भी हो गई।

इस घटना के तीसरे दिन, रात के समय जब रमेश सरोज के सिरहाने बैठा हुआ सोच रहा था, सरोज ने कहा—"रमेश, जरा नज़दीक खिसक आओ।"

रमेश और नजदीक खिसक आया।

बड़े कोमल स्वर में सरोज ने कहा—"रमेश, आज मैं जा रही हूँ।"

रमेश का कलेजा धक् से रह गया—"क्या कहा ?"

"मैं जा रही हूँ—रमेश, अपना मुँह झुकाओ—मैं तुम्हारा प्यार कर लूँ।"

रमेश ने मुख झुका दिया। सरोज ने रमेश के मत्थे का चुम्बन लेकर कहा—"रमेश, कहना मैं नहीं चाहती थी, पर देख रही हूँ कि मृत्यु पर किसी का वश नहीं है ! रमेश, मुझे तुम अपनी गोद में उठा लो।"

रमेश ने सरोज को गोद में उठा लिया—"ठीक है रमेश ! अब तुम मुझे अपने हृदय से लगाओ—रमेश—मैं जा रही हूँ, तुम्हारा इन्तजार करूँगी।"—और सरोज का सिर लुढ़क गया, आँखें बन्द हो गईं।

[12]

प्रभा ने कहा—"तुम कहाँ चले गए थे—हमलोगों को तुम्हारे गायब हो जाने पर बड़ा आश्चर्य हुआ ! तुम्हारे जाने के कुछ दिनों के बाद कुँवर अजितकुमार सिंह भी कहीं गायब हो गए। चलो, मेरे यहाँ चलो, वहाँ बातें होंगी।"

रमेश कार पर बैठ गया। कार सर कृष्ण की बरसाती के नीचे रुकी। प्रभा के साथ रमेश ड्राइंग-रूम में प्रवेश किया। कुर्सी पर बैठकर हँसते हुए प्रभा ने कहा—"तुम बड़े दुर्बल हो गए रमेश, कहाँ चले गए थे, बतलाया नहीं।"

बड़े रुखे स्वर में रमेश ने कहा—"प्रभा, मैं रुपया पैदा करने गया था—यह जानकर कि रुपया ही मनुष्यता है, रुपया ही शान्ति है !"

प्रभा ने कहा—"तो फिर तुमने रुपया पैदा किया ?"

"हाँ।"—एक व्यंग्यात्मक मुस्कराहट के साथ रमेश ने कहा।

"कितना ?"

''चार लाख।''

''चार लाख !''–प्रभा चौंक उठी–''एक वर्ष में चार लाख–असम्भव है !''

''नहीं–असम्भव नहीं है–मेरी जेब में यह बैंक का ड्राफ्ट पड़ा है, देख सकती हो''–यह कहकर रमेश ने बैंक का ड्राफ्ट प्रभा को दे दिया।

प्रभा ने बड़े गौर से उलट-पुलटकर बैंक के उस ड्राफ्ट को देखा, इसके बाद उसने ड्राफ्ट रमेश को लौटाते हुए कहा–''बड़े ताज्जुब की बात है, और धीमे स्वर में उसके मुख से निकल पड़ा–अब तो विवाह में कोई बाधा नहीं है।''

रमेश हँस पड़ा–एक अजीब भयानक तथा कर्कश हँसी, और वह उठ खड़ा हुआ–''क्या कहा प्रभा–विवाह में कोई बाधा नहीं है ? सुनो, विवाह तो मेरा हो चुका; पर दुर्भाग्यवश जिस समय मेरा विवाह हुआ था, मैं पागल था, बेहोश था। और जब मुझे होश आया, तब सबकुछ समाप्त हो चुका था।

''विवाह ! प्रभा, विवाह के दो पहलू हैं, प्रथम आत्मिक सम्बन्ध–प्रेम और ममता। उसे तुम मानती नहीं हो; दूसरा पहलू आर्थिक है, है न ! और वहाँ मेरी बात भी सुन लो।

''प्रत्येक सम्बन्ध में लेन-देन का व्यवहार है। स्त्री पुरुष से उसका धन चाहती है, और पुरुष उसे धन देता है, सुख देता है, जीवन की सभी सुविधाएँ देता है। और अपना धन के बदले पुरुष स्त्री से उसकी श्रद्धा, उसकी शक्ति, उसकी आज्ञाकारिता पाने की आशा करता है। लेकिन प्रभा, तुम लेने को तैयार हो–देना तुम नहीं जानती। हमारे धन पर आश्रित होकर भी तुम हमारी गुलामी करने को नहीं तैयार हो, बल्कि उल्टे समानाधिकारों की दुहाई देकर और विशेषाधिकारों की आड़ लेकर तुम पुरुष को गुलाम बनाना चाहती हो। इस सबसे मैं केवल एक नतीजे पर पहुँचता हूँ–तुम पुरुष का धन लेती हो, पुरुष को अपना शरीर देने के बदले में–है न ऐसी बात ! और यह वेश्यावृत्ति है–प्रभाजी, नमस्कार !'' और रमेश हँसता हुआ कमरे के बाहर चला गया।

●●●